Friedrich Theodor Vischer

# Faust
# Der Tragödie dritter Teil



Herausgegeben von
Fritz Martini

Philipp Reclam jun. Stuttgart

# Inhalt



Universal-Bibliothek Nr. 6208

Gesamtherstellung: Reclam, Ditzingen. Printed in Germany 1994

ISBN 3 15 006208 X

# Faust

## Der Tragödie

## Dritter Theil.

Treu im Geiste

des zweiten Theils des Götheschen Faust

gedichtet von

Deutobold Symbolizetti Allegoriowitsch Mystifizinsky.

---

Zweite umgearbeitete und vermehrte Auflage.

---

Tübingen, 1886.
Verlag der H. Laupp'schen Buchhandlung.

*Motto*

Und allegorisch, wie die Lumpen sind,
Sie werden nur um desto mehr behagen.

Goethe, *Faust*,
der Tragödie zweiter Teil

## Erster Aufzug

### Erster Auftritt

*Einfaches Zimmer. Lieschen tritt auf.*

Lieschen. Ich bin das Lieschen, das am Brunnentrog
Einst des Gespräches mit dem Gretchen pflog.
Erinnert euch, wie sie aus meinem Munde
Vom Bärbelchen vernahm die schlimme Kunde.
Weil ich nun damals so moralisch sprach,
Ließ mir der Herr in seiner großen Gnade
Des Fegefeuers heiße Qualen nach
Und läutert mich auf minder hartem Pfade.
Er wählte mich nach meines Lebens Endung
Zu sonderlich bedeutungsvoller Sendung,
Ernannte mich zu hochgewicht'ger Stelle:
Im Himmelsvorraum, an der heil'gen Schwelle
Darf ich als Fausti Seelenfreundin leben,
Bis wir gereift, ins Heiligtum zu schweben.
Das arme Gretchen, das zu hart gebüßt:
Ihr ist jedwede Läuterung erlassen,
Als sel'ger Geist ward sie schon längst begrüßt
Im sel'gen Kreis, den keine Worte fassen,
Sie wohnt in der Verklärten Sitz
Zu hoch für eines Dichters Witz.
Vernehmet nun, was ich getreu berichte
Von Doktor Fausts seitheriger Geschichte.
Als er zum Himmelseingang ward erhoben,
Erklang ein Ruf posaunenhaft von oben:
»Es hat nicht ohne Recht
Der Kritiker Geschlecht,
Voran der Geist, der stets verneint
Und stets als ihr Regent erscheint,
Den scharfen Einwand vorgebracht,

Der viele Leser stutzig macht,
Der Geisterwelt präsentes edles Glied,
Nicht ganz so strebend hab' es sich bemüht,
Als nötig, es zu retten
Aus Satans Ketten;
Darum ward resolvieret,
Wird hiemit dekretieret:
Faust soll vorerst dahüben
Noch eine Zeit sich üben,
Soll zur Erinnrung an sein Amt auf Erden
Im mystischen Vorraum vor dem höchsten Himmel
Bei sel'ger Knaben munterem Gewimmel
Präzeptor werden!
Dies soll mit gewissen Entbehrungen,
Mit prüfenden Erschwerungen,
Mit Lockungen, die wir nach unserem Plan
Dem Satan selbst bewilligt han,
Verbunden sein!
Und obendrein
Erfolgen dann weitere Übungen,
Versuchende heilsame Trübungen,
Zum Schluß ein läuternder Prozeß,
Was noch verhüllt bleibt unterdes.
Dies soll ergehn über unsern Knecht!
Conclusum! Vidit! Es ist recht.« –
Erlaubt, daß ich hier nebenbei bemerke,
Ein Wink in Goethes eignem Dichterwerke
Sei als Motiv, worauf der Spruch sich stützt,
Vom höchsten Consistorium benützt:
Da Fausti Seele – freilich fast zu prompt –
Mit Engelpost zur Himmelspforte kommt,
Im Puppenstande zwar zunächst,
Dann aber reißend schnelle wächst,
So singen dort die sel'gen Knaben –
Ihr werdet's ja gelesen haben
Und kennt den pädagogisch schönen Text:

»Er überwächst uns schon
An mächtigen Gliedern,
Wird treuer Pflege Lohn
Reichlich erwidern.
Wir wurden früh entfernt
Von Lebechören,
Doch dieser hat gelernt,
Er wird uns lehren.«
Was nun das himmlische Dekret
Unter den Prüfungen versteht,
Die an den neuen Stand sich knüpfen
Nebst andern, die dann weiter folgen sollen:
Laßt nur das Drama weiter hüpfen,
So wird sich alles euch entrollen.
Ich melde jetzt – ihr werdet es verlangen –
Genauer, was mit mir ist vorgegangen.
Nicht fern von diesem himmelnahen Ort
Steht ein Gebäude, edler Bildung Port,
Ein Institut, Feld für Erziehungssaat,
Vorhimmlisches Töchterpensionat,
Wo man das Herz sowohl als auch den Geist
Im Guten, Wahren, Schönen unterweist.
Da wird der Sinn geseiet und gesichtet,
Im deutschen Stil, in Logik und Musik,
Literatur, Kritik sowie Physik,
Vor allem in der Unschuld unterrichtet.
»Religion für Töchter« war die Blume
Des Unterrichts. Des Herrn Direktors Muhme
Trug sie uns vor; wie tief und klar,
Ich vergeß es nie!
Ihr schöner Standpunkt war
Gemäßigt freisinnige Theologie. –
Manch Gröbliches, was mir vom alten Stande
Noch anhing, tat mir ab die Gouvernante.
Wahr ist es leider, daß ich gerne klatschte,
Wenn ich mit andern zu dem Brunnen patschte;

Weit hinter mir mit Gelte und mit Krug
Liegt jetzo dieser lasterhafte Zug.
Ich reifte, machte mein Examen,
Und als den Faust hieher die Engel nahmen,
Ward ich als Hausverwalterin,
Als weise Unterhalterin,
Als Warnerin, als Mahnerin,
Vollkommenheitsanbahnerin
Dem Waller nach dem Himmelszelt
In Gnaden beigesellt.

*(Sie geht an den Tisch, deckt weiter, tritt aber noch einmal vor.)*

Doch ob der Anstalt zu Herrn Doktors Essen
Hätt' ich noch einen Hauptpunkt fast vergessen.
Der gute Valentin! Da muß ich nun
Vom Bärbelchen zugleich Erwähnung tun:
Der Valentin, kein andrer, war ihr Schatz,
Ein Leichtfuß schien er mir, ein Flatterspatz;
Ich sprach: »Er ist ein flinker Jung,
Hat anderwärts noch Luft genung.«
Wie unrecht! Er war treu! Allein er fiel,
Und Treu und Leben fand ein frühes Ziel.
Und als zu ihr die Trauerkunde kam,
Sie trug es nicht, die Arme starb vor Gram.
Doch ihm und ihr war für so schweres Leid
Entschädigung von seltner Art bereit:
Er durfte hier am Rand der Himmelshallen
Für müde Pilger, die zum Gipfel wallen,
Ein Wirtshaus, eine Brauerei errichten,
Wohin zur Labung kurze Zeit sie flüchten.
Die Bärbel kocht, er schenkt, und alle Gäste
Befinden sich, so hört man, auf das beste.
Jedoch für meinen guten Faust,
Der hier so friedlich mit mir haust,
Ist dieser Umstand keine Kleinigkeit.
Warum? Die Antwort ist bereit,

Der nächste Auftritt bringt sie schon
Mit mächtiger Sensation.
Hiemit sind dann die Proben eingeläutet,
Die jener Ausspruch dunkel angedeutet.
Ach Gott, mir ist es angst und bang
Vor dem geahnten Sturm und Drang!
Doch schimmert Licht des Trostes in die Nacht,
Ein Himmelsbote hat es überbracht:
Es ist ein milder Zusatzparagraph
Zum strengen Machtwort, das den Teuren traf:
Der Valentin, der handfest tücht'ge Klopfer,
Auf Erden einst des Fausti blut'ges Opfer,
Jetzt christlich ihm versöhnt nach Möglichkeit,
Soll ihm zur Hülfe, wenn die schwersten Proben
Ihn etwan aus dem Gleichgewicht geschoben,
Mit seiner Muskel Boxkraft sein bereit.
Seht hier die Klingel: kommt's zu schwer,
So darf ich ziehn und er eilt her.
Genug, es ist des Mittagessens Hora,
Euch grüßt des Schauspiels Chorus oder Chora.
*(Verneigt sich und tritt an den Tisch zurück.)*

## Zweiter Auftritt

*Faust tritt ein.*

Lieschen *(nimmt ihm Hut und Mantel ab).*
Bist müde, mein Verehrter! Komm, gib her!
Faust. Ach, wie war heut die Mühe wieder schwer!
Wie schmeckte mir ein gutes Gläschen Wein!
Lieschen.
Mein guter Heinz, du weißt, es darf nicht sein!
Hier steht die Milch, komm her, ich schenk dir ein.
Faust.
Ach ja *(er nimmt und trinkt mit Widerwillen),*

und Hunger setzt's, nach solcher Last!
Was gibt's zu essen, sag, was hast?

L i e s c h e n.
Du weißt es ja, Heuschreckentag ist heut,
Doch morgen gibt es liebliches Gebäck
Von wildem Honig.

F a u s t. Widriges Geschleck!
O schmale Kost, o harte Prüfungszeit!
So lebt kein Proletarier,
Kein Züchtling, Vegetarier!

L i e s c h e n.
Beherrsche dich, denk immer an den Zweck!

F a u s t. Ich bitte, darf ich denn mit Fug mich nicht beschweren?
Den Jungen soll ich Faust, den zweiten Teil, erklären!
Ja, das macht Hunger, das macht Durst!
Wie lechzt man da nach Bier, nach Wein, nach Wurst!
Dabei darf ich den Stecken zwar besitzen,
Doch ihn bei schwerer Strafe nicht benützen,
Soll, was sie auch für Bubenstreiche treiben,
Für ausgesuchten Schabernack,
Geduldig wie ein sanfter Engel bleiben!
O das verfluchte Schlingelpack!

L i e s c h e n.
Heinrich!

F a u s t.
Verzeih, daß mir das starke Wort entflohn,
Ein Rückfall war's in alten Erdenton!
O wolle du nur fort und fort,
Als Hüterin, als Seelenhort,
Wenn mich des Zornes rauhe Geister zwacken,
Mich reinigen von diesen Erdenschlacken,
Hier an des Himmels Ranft
Weiblich gelind und sanft
Zu höheren Gefilden
Mich bilden!

Lieschen.
O nein, mein Guter, du auch bildest mich,
Ich dich durch des Gefühles zarte Bande,
Du mich mehr mit dem männlichen Verstande;
O Wechselbildung schön und förderlich!
O Wonne, zu des höchsten Himmels Hallen
Einander bildend so emporzuwallen!

Faust.
Ja, das ist schön und wäre schöner noch,
Wär' die Diät um etwas besser doch!
Dich, Holde, tadl ich nicht
Ums magere Gericht,
Du folgst ja nur, ich weiß es lange schon,
Dem Wortlaut höherer Instruktion.
Des Leibs Entbehrung,
Der Geistabklärung
Zweckvolle Mehrung,
Sie soll den alten Erdenbengel
Filtrieren bis zum reinen Engel;
Und doch ist's hart, doch ist es halt zu viel,
Zu steiler Weg zu dem erhabnen Ziel,
Wenn man vom Schulstaub kommt so hungrig, so verschwitzt,
Mit tiefem Atemzug zu Tisch dann endlich sitzt
Und findet da das traur'ge Einerlei,
Kartoffel, Lattich, fade Pflanzenkost
Und nur am Sonntag dünnen Apfelmost. –
O Lieschen, du mit deinem Weibermagen,
Du ahnest nicht, was solche Kur will sagen!
Warum dies Leben, wie Johann der Täufer?
Ich war ja doch kein Fresser und kein Säufer!

Lieschen.
Noch andre Formen treibt die Üppigkeit,
Gedenke reuig der arkadischen Zeit!
Warum bist du zur Prüfung da?
Gedenk, o Faust, der Helena!

Faust.
Ach, geh mir weg, es sei dir nicht verhehlt:
Symbolisch war ich nur mit ihr vermählt,
Man tat nur so, es war der pure Schaum,
Phantasmagorisch schattenhafter Traum!

Lieschen.
Den Blocksberg, Faust, vergiß nicht ganz!
Da führte dich der arge Reisebruder
Zu Tanz mit wem? Pfui, Faust, zu welchem Tanz!

Faust.
Das waren dennoch allerliebste Luder!

Lieschen.
Heinrich, mir graut vor dir!

Faust. Ach Gott, verzeih!
Verzeih, daß ich so tief zurückefiel!
Des Ärgers, Hungers, Durstes Tyrannei
Reizt zynisch mich zum alten groben Stil!
Vergiß das rohe, unanständ'ge Wort
Und bilde mich nur immer weiter fort!

Lieschen.
Der Stil nur wär' es? Ist's nicht der Gedanke?

Faust.
Es waren freilich gar so reizend schlanke.

Lieschen *(nach einem Blick in den Spiegel)*.
Faust, Faust, sei jetzt doch mehr für das Gesetzte,
Nur das Solide sei dir das Geschätzte!
Die starken Reden laß dem Valentin,
Dem Mann des Volkes gehn sie eher hin.

Faust. O er, gefällt durch meinen Degenstoß,
O wie beneid ich ihm sein jetzig Los!
Nicht Macbeth konnt' in seiner Seele Leiden
So schmerzlich den Gemordeten beneiden!
Mir vor der Nase steht sein wohnlich Haus,
Und wirbelt da des Herdes Rauch heraus,
Hör ich vom Anstich den vertrauten Klang,
Vergnügter Gäste Schwatzlärm und Gesang,

Und denk ich, wie's dem Guten ist zu gonnen,
Wenn abendlich am Himmel sinkt die Sonnen,
Daß er in sich geht und denkt,
Wo man einen guten schenkt,
Da ist mir – ach, wie kann es anders sein! –,
Als zög' mich Zaubermacht hinein!
Wohl sag ich mir im Namen der Moral
Den Grund und Zweck von dieses Darbens Qual,
Doch ist es jedem eingeboren,
Daß sein Gefühl hinan und vorwärts strebt,
Wenn vor dem Geist in Stille reif gegoren
Mit holdem Dampf ein Sauerkräutchen schwebt,
Wenn zart geräuchert neben Schweines Rüssel
Ein Wurstpaar dampfet in der wackern Schüssel,
Hienebst – verzeih! Ich muß ein wenig schmatzen –
Bayrische Knödel oder Schwabenspatzen,
Dazu ein Tröpfchen edles, firnes Naß
Vom Keller aus dem Lagerbiergelaß. –

## Dritter Auftritt

*Die Decke öffnet sich, es erscheint in einem rötlichen Lichtkreis Mephistopheles mit einem Orchester von höllischen Geistern, die, als Köchinnen und Kellnerinnen gekleidet, in einer Küche beschäftigt sind; er dirigiert mit dem Taktstock.*

Gesang der Geister.
Schwindet beengende,
Mönchisch bedrängende,
Traurige Wände!
Weichet behende
Traulichen Räumen
Freundlicher Küche!
Schüsseln umsäumen,

Blanke, die Ränder,
Pfannen die Ständer;
Quillet hervor,
Steiget empor,
Holder Gerüche
Reizparadies.
Denn an dem Herde
Flinker Gebärde
Stehet die nette
Köchin Babette,
Drehet das fette
Gänschen am Spieß. –
  Weitre Gewahrung
Zeiget daneben
Salzigen Harung,
Welcher soeben
Neben Kartöffelein,
Die sie gerädelt fein,
Stehet parat,
Kleingeteilt aufzugehn,
Angemacht aufzustehn
Im ölgenetzeten,
Essigdurchsetzeten
Räsen Salat.
  Doch in Kamines Schoß
Drängen sich klein und groß
Bis zu dem Firste,
Locken und winken
Rauchige Schinken,
Zungen und Würste,
Ziehn um die niedliche,
Um die gemütliche,
Die appetitliche
Köchin, die drehende,
Sorglich besehende,
Schwebenden Kranz.

Fertig nun findet sie,
Ziehet vom Spieße die
Brätelnde, schmorende,
Nasebetorende,
Goldschimmerhäutliche,
Brodelnde, bräutliche,
Rundliche Gans.
Wie sie sich beuget,
Wie sie sich neiget
Über die Schüssel,
Klirren bewegt,
Rasseln die Schlüssel,
Lange und kurze,
Blinkend am Ringe
Stählerner Zwinge,
Die sie am Schurze
Amtsgemäß trägt.
Doch der gewaltigste
Unter denselbigen
Öffnet aufs baldigste
Zu dem gewölbigen
Keller die Tür;
Dort aus dem kluftigen,
Dunkeln Gelaß
Luget herfür
Strotzend von duftigen,
Alten und reinen
Tiroler Weinen,
Strotzend von hopfigem,
Malzgehalttropfigem
Kraftelixiere
Lagernder Biere
Faß an Faß. –

F a u s t *(sich den Mund wischend).*
Oh, oh, oh!
O das ist nicht von Stroh!

*(Gebärden des Entzückens, hierauf Versinken in einen träumerischen Zustand. Er schläft ein. Der Geisterchor ist verschwunden, die Decke schließt sich wieder, Mephistopheles erscheint hinter Faust.)*

Mephistopheles *(ad Spectatores).*
Da bin ich. Faßt den Satz in seiner Tiefe:
Wo Prüfung ist, ist auch das Negative!
*(Sich über Faust beugend und die dürren Hände über ihn ausstreckend.)*
Er schläft, so recht, nun ist er wieder mein!

Lieschen.
O weh, o weh, der Böse wieder da!

Mephistopheles.
Altbackne Trutschel, freilich, ja.

Lieschen. Weh, schläfert er ihn gänzlich ein,
So hat er gewonnen,
Hat ihm den Geist umsponnen!
*(Zu Faust, indem sie ihn rüttelt.)*
Wach auf, wach auf, sonst bist du ja verloren!

Faust *(im Schlaf redend).*
Hörst du das Gänselein am Spieße schmoren?

Lieschen *(ihn stärker rüttelnd).*
Ermanne dich, da steht der Hölle Sohn!
Komm zu dir! Auf, er packt dich schon!
Vertreib ihn mit Gebet,
Sonst wird's zu spät!

Faust *(erwachend).*
Ach, laß mich fort, du bete nur und bleibe!
Ich breche auf und stürze in die Kneipe!
Was ist die Himmelsfreud? Ein leerer Traum
Verglichen mit der Kneipe trautem Raum!
Fühlt' ich nicht immer ihren Wert?
Bin ich der Schlucker nicht, der Schlechtbehauste,
Der Unmensch, den am magern Herd
Der grimme Durst, der dürre Hunger zauste?
Und seitwärts du mit wohlerzognen Sinnen

In dieser Hütte dürft'gem Möbelzelt
Und all dein häusliches Beginnen
Umfangen von der engen Küchenwelt?
Dich, deinen Frieden muß ich untergraben,
Du, Kneipe, willst und sollst dies Opfer haben!
Hilf, Teufel, mir die Angst verkürzen!
Was muß geschehn, mag's gleich geschehn!
Genießen will ich noch des Lebens Würzen
Und meinethalb zugrunde gehn!

Mephistopheles *(reißt ihn empor, um ihn fortzuzerren).* Gehörest mir,
Nur her zu mir!

Lieschen. O Not, o Not! Er raset, er ist hin!
Jetzt ist es Zeit, jetzt schell ich Valentin!
*(Zieht die Glocke.)*

## Vierter Auftritt

Valentin *(mit einer Malzschaufel).*
Was soll's, was gibt's?

Faust *(in Krämpfen).* O hin zu dir! zu dir!
Nur *einen* guten Bissen reiche mir!
Nur *einen* guten Tropfen
Aus Malz und Hopfen!
Nur einen einzigen Pokal
Von dunkelrotem Spezial!
Nur *einen*! Reiche mir aus deinen Fluten
Nur *einen* kühlen Becher der Erquickung,
Ach, ich vergeh in diesen Lechzegluten,
Errette mich vom Qualtod der Erstickung!

Valentin *(zu Lieschen).*
Zum Brunnen mit dem Eimer schnell,
Füll ihn mit Wasser aus dem frischen Quell,
Und übern Kopf schütt ihm die kalte Flut!
Ein Sturzbad ist in solchem Falle gut.

Lieschen.

Ich weiß, das Physikalische
Wirkt öfters aufs Moralische;
Soll schnell geschehn, der Brunnen ist nicht fern,
Dabei denk ich der alten Zeiten gern. *(Ab.)*

Mephistopheles

*(die linke Hand an Faust, mit der rechten den Degen ziehend, zu Valentin).*

Gleich nimm ihn mit dir, schenk ihm ein!
Wo nicht, sollst du des Teufels sein!
Den Degen sieh, mit dem ich dich gelähmt!
Gedenke, Lümmel, wie man dich gezähmt!

Valentin.

War keine Kunst, dein Degen war gefeit,
Der meine nicht, doch jetzt ist andre Zeit!
Gleich sind die Waffen hier
Im höheren Revier,
Mein Instrument ist himmlisches Ärar,
Ist zauberfest geweihtes Mobiliar!
*(Sie fechten.)*

Mephistopheles.

Verflucht, wie seine Schaufel saust! *(Taumelt.)*

Valentin.

So, Hund, jetzt spür auch meine Faust!
*(Schlägt ihn.)*
Und hast du meine Faust gespürt,
So spüre, wie mein Arm umschnürt,
Wie er dich rüttelt, schüttelt, schnellt,
Zur Tür hinaus im Fluge prellt!
*(Er faßt ihn um den Leib, schüttelt ihn; Lieschen zurück, sie übergießt Faust.)*

Faust.

Sie gießet, sie schüttet
Die himmlische Quelle,
Der Busen wird ruhig,
Das Auge wird helle!

*(Valentin wirft mit einem Schüttelruck schnellend den Mephistopheles zur Tür hinaus. Faust zusehend:)*
Ei, wie der's kann! Recht so, hinaus!
Hinaus, hinab in seiner Hölle Graus!

Mephistopheles *(sich zurückwendend).*
Frohlocke nicht, wenn ich für diesmal kusche,
Wart nur, wart nur, bis *ich* dich einmal dusche!

## Fünfter Auftritt

*Harfentöne von oben, hierauf:*

Gesang unsichtbarer guter Geister.
Glücklich erstanden –

Faust.
Horch, welche reinen Töne!

Lieschen.
Von himmlischer Schöne!
Nicht lockend, lullend,
Sinnkitzelschnullend,
Nicht jenen gleich phrenetisch,
Nein, hoch ästhetisch.

Gesang derselben Geister.
Glücklich erstanden!
Selig der Sterbliche,
Welcher die reizende,
Küchengewerbliche,
Sinneneinheizende,
Brätelnde, schmalzige,
Fleischliche, gänsliche,
Prickelnde, salzige,
Angenehm brenzliche,
Wurstliche, fettige,
Lockend Babettige,
Lüsterne, kitzliche,

Gaumenerhitzliche,
Weinlich bespitzliche,
Schmatzende, bitzliche,
Malzige, hopfige,
Spundenfortklopfige,
Seideleinspritzliche,
Gärende, bockige,
Schäumende, flockige,
Mittelbar nützliche
Prüfung –
wenn auch mehr nur tatsächlich, mehr dem Erfolg als dem Verdienste nach –
bestanden.

Faust *(zu Valentin).*
Laß dich umarmen, den ein Gott mir schickte
Als Retter aus dem Rausch, der mich umstrickte!
Du scheinst – ich sag es ohne Phrasendunst –
In jener seltnen, expedienten Kunst,
Hinauszuschmeißen, an die Luft zu setzen,
Des echten Hausknechts amtlichem Ergetzen,
Ein wahrer Techniker zu sein.

Valentin. Sieh zu und lerne, liebes Doktorlein,
Ich bin ein Kerl, der etwas kann,
Wie ich, so macht's ein rechter Mann!
Half dir nicht einst, dem üppigen Minnesänger,
Mit seinem Schwert der schnöde Rattenfänger,
Dem jetzt der Zauber in der Scheide blieb,
Wie hätt' ich damals weidlich dich gezwiebelt
Mit unpariertem tücht'gem Stoß und Hieb!
Du bist und bleibst – es sei mir nicht verübelt,
Man grollt ja nicht in diesem Heiligtumb –
So hier wie dort halt ein Charakterlump!

Faust.
Wart nur, wart nur! das sag ich meinem Düntzer!

Valentin.
Was scher ich mich um diesen Zopf?

Zeig's ihm nur an, dem tausendfachen Münzer
Von Goethes letztem Hosenknopf!
Siehst du's denn aber gar so gern,
Wenn Famel schreiben über ihren Herrn?
– Doch jetzo muß es anders gehn, es muß,
Denn jetzt bin ich dein Famulus!
Vorwärts mit mir durch Höllen Qualm und Schwaden,
Mit mir, der Arm und Schenkel hat und Waden!

Faust.
Der Mensch ist wacker, zuverlässig, stet,
Doch fehlt's ihm fühlbar an Humanität!

Lieschen.
Heut soll uns nichts beleidigen,
Wir werden ihn noch schmeidigen,
Wir bilden ihn, wir schleifen ihn noch fein,
Den ungeschliffnen Edelstein.
Umarmet mich, mir ist vor Freude weinrich,
Komm, Valentin, komm, hochgeschätzter Heinrich!
*(Man hört eine Glocke läuten.)*
Die Glocke ruft, jetzt zu dem Lehrerstuhle,
Gekühlter Freund, und halte deine Schule!

## Sechster Auftritt

Schulstreich: Käfer etc
Provokationen

*Ein Schulzimmer. Es treten lärmend ein, mit Schulsäcken, Büchern, dreißig selige Knaben, nehmen nach und nach Platz auf den Bänken. Mephistopheles steckt den Kopf zur Türe herein:*

Mephistopheles.
Gut' Morgen, holde Jugend, liebe Fratzen!

Knaben *(jubelnd).*
Oho! der lustige Kauz ist wieder da!

Mephistopheles *(ist eingetreten).*
Heut setzt's wohl Tatzen?

Knaben.
Wieso, wieso? Ihr wisset ja,
Er darf nichts tun, darf uns nicht schlagen!
Mephistopheles.
Wollt ihr's mal recht drauf wagen?
Nun sagt mir doch, ihr allerliebsten Tocken,
Was denkt ihr heut ihm wieder einzubrocken!
Karlchen.
Hier eine Kugel Pech, ich schmier's auf den Katheder.
Mephistopheles.
Auch gut, da klebt er fest mit seines Sitzteils Leder.
Fritzchen.
Ich habe da Knallerbsen mitgebracht.
Mephistopheles.
Nun ja, ihr müßt sie auf den Boden streuen,
Daß, wenn er auftritt, es ergötzlich kracht;
Doch bin ich stets ein Freund vom Neuen;
*(zieht ein Schächtelchen aus der Tasche)*
Kommt her, da guckt, ich hab euch was!
Knaben *(ihn umringend und drängend)*.
Ei, wie, laß sehen, was ist das?
Mephistopheles.
Platz, süßer Pöbel, Platz!
*(Hält Gustelchen die Schachtel ans Ohr.)*
Hörst, Äffchen, wie es krabbelt?
Wie's rutscht und schiebt und zappelt?
Gustelchen.
Ach, Maienkäfer!
Mephistopheles. Ja, mein liebes Kind!
Ich haschte sie heut nacht nur so geschwind,
Wie ich vom Blocksberg schlendernd stieg herunter;
Ich dachte schmunzelnd just an jene Nacht,
Wo ich mit Faust denselben Weg gemacht.
Blitz, welcher lust'ge Saus und Braus!
Der Hexentanz, was für ein Schmaus!
Es war so munter wie in Wien beim Sperl,

Und damals, ja, war Faust ein andrer Kerl!
Wie unverzagt schritt er bergan mit mir!
Das Drama ging nicht weiter, aber wir,
Und einem Rest von Goethes Epigrammen,
Die mit den Xenien nicht gepaßt zusammen,
Verschafft' ich bei der Geisterzunft
Noch leidlich eine Unterkunft!
Nun, wie ich da so bummle ohne Sorgen,
So schwärmten denn die Käfer gegen Morgen,
Sie summten fröhlich ihre Frühlingslieder,
Es spukte wohl selbst durch die Käferglieder
Die herrliche Walpurgisnacht –
Blitz, wer hat aufgemacht?

Knaben.
Der Fritz, der Fritz!

Mephistopheles *(gibt ihm eine Ohrfeige).*
Da hast du was für deinen Wunderfitz!
*(Beschwörend, die offene Schachtel hinaushaltend.)*
Der Herr der Maienkäfer, Schwaben,
Der Wanzen, Spinnen, Läuse, Schaben,
Der Schlangen, Kröten, Krokodille,
Vampire, Molche, Armadille,
Der Herr der Würmer und Lazerten,
Der Herr des Krebsgangs auf der Erden,
Er schickt euch das Verhängnis!
Zurück in das Gefängnis!
*(Die Käfer fliegen in die Schachtel.)*

Mephistopheles *(zu Gustel, der sich des Deckels bemächtigt hat).*
Klapp zu, klapp zu!
So, jetzt ist Ruh!
Da nimm's, und wenn der Lehrer ist im Zug,
Mach auf und laß den Tierchen ihren Flug!
Doch halt, es fällt mir noch ein Stückchen ein,
Das soll das beste noch von allen sein!
Langt vom Katheder mir den Stecken!

Fritzchen, Karlchen und andere *(ihn holend und bringend).*
Was mag er wohl bezwecken?

Mephistopheles *(zieht ein Messerchen und schneidet am Stecken).*
Wir ringeln ihn.

Knaben.
Was ist denn das?

Mephistopheles.
Sancta Simplicitas!
Wie, ihr, in allen Bubenstreichen
Zu Lehrers Qual bewandert sondergleichen,
Ihr wißt vom Steckenringeln nichts? Schaut her!
Ich nehm ihn, schneid hinein, doch nicht ganz quer,
Auch nicht bis in des Markes Mitte;
Aufsteigend in Spirale mit dem Schnitte,
Ganz fein, daß man ihn ja nicht sieht,
Richt ich den Stab so her, daß, wenn zu wild
Die Zornesader dem Gereizten schwillt
Und er nun doch vom Leder zieht,
Das Instrument ihm in der Hand zerbricht
Und ihm die Hälfte schnellet ins Gesicht.
Ihr sorgt dafür, daß seines Unmuts Geister
Nicht mehr bezwingt der hart bedrängte Meister.

Knaben.
Gern, gern nach Kräften! Wird's, so ist's famos!
*(Man hört Schritte.)*

Mephistopheles.
Er kommt; an euren Platz! Dann frisch drauf los
Mit allen euren Teufelei'n!
Den Stecken schnell ins Pult hinein!
*(Die Knaben legen den Stecken ins Kathederpult, alle ordnen sich schnell, Mephistopheles verschwindet.)*

## Siebenter Auftritt

Faust *(tritt ein).*
Es ist so schwül, so dumpfig hie,
Daß es den Atem mir bedrückt,
Die sel'ge Knabenkolonie
Hat wiederum die Luft verdickt.
*(Er öffnet ein Fenster, sitzt in den Katheder.)*
Wir kommen also heut an den Homunkel;
Nicht leicht ist's, heute gebt besonders acht!
*(Ein paar Knaben werfen Knallerbsen aus, Geflüster, Gekicher.)*
Was gibt's? Was hör ich da für ein Gemunkel?
*(Vom Katheder herabeilend.)*
Verschwört ihr euch im Anfang gleich
Zu einem neuen Schelmenstreich?
Wer scharrt, wer flüstert, kichert, hustet, lacht?
Gesteht, wer hat die Unruh angefangen?

Knaben *(durcheinander).*
Der Fritzchen, Karlchen, Gustel *(usw.)* hat die Schuld!
*(Während der Unruhe schleicht Karlchen auf den Katheder und schmiert Pech auf den Sitz.)*

Faust. Ihr Satansvolk! Ihr ungezognen Rangen!
Mir reißt am Ende doch noch die Geduld!
Still jetzt, und keiner soll sich regen,
Sonst kommt es sicher doch zu Schlägen!
*(Er tritt auf eine Knallerbse, sie kracht, er rutscht, fällt; allgemeines Kichern, Lachen.)*
Das ist zuviel! Jetzt greif ich nach der Waffe!

Karlchen.
Ah bah! Ihr dürft ja nicht!

Faust.
Mit dir beginn ich, frecher Laffe!
Du bist der Täter, ungezogner Wicht!
*(Schreitet zum Katheder, ergreift den Stecken, hält aber plötzlich still.)*

Wie ist mir? Welche milde Stimme
Wehrt tief im Innern meinem Grimme?
Der Stunde denk ich, da in meiner Hand
O homo fuge! eingeschrieben stand,
Auch Wallenstein
Fällt jetzt mir ein:
»Ich will es lieber doch nicht tun«; –
So sei's, ich laß den Backel ruhn.
*(Er legt den Stecken weg.)*
Die Untersuchung schlag ich diesmal nieder,
Gemessen ratend: Solches tut nicht wieder!
Der Dichtung tiefem Ernste wird's gelingen,
Den Geist des Mutwills, hoff ich, zu bezwingen,
Es geht jetzt, wie gesagt, an den Homunkel,
Gebt acht, paßt auf, der Gegenstand ist dunkel!
*(Ablesend aus einem Manuskript.)*

Der Homunculus, das von meinem früheren Famulus Wagner, nachher Professor, auf chemischem Wege verfertigte Menschlein, ist einerseits die geistlose Gelehrsamkeit, welche Schätze des Wissens zwar sammelt, aber nicht in lebendigen, geistigen Besitz zu verwandeln weiß, andererseits aber ebensosehr das besonnene, in selbstbewußter Kraft ahnungsvoll nach dem idealen Schönen hingerichtete Streben, also die sich selbst übertreffende Gelehrsamkeit, die Liebe zum Schönen, die dem Menschen voranleuchten muß, wenn er das Land der Schönheit suchen und finden soll; übrigens, da er an Galateas Muschelwagen zerschellt und als flüssiges Feuer –

Doch nein, der Rest sei aufgeschoben!
Erst laßt mich sehen, ob ich euch kann loben;
Jetzt wird behört. Nun, Karlchen, sag –
*(Er will aufstehen, fühlt, daß er anklebt, reißt sich los.)*
Das Wetter schlag! –
Was hält mich da?
Hier pappt es ja!

Was klebt, was sperrt?
Was reißt, was zerrt?
Ha, das ist Pech!
Wer war so frech?
*(Eilt vom Katheder unter die Knaben; man bemerkt, daß ein Teil seines Beinkleids etwas mangelhaft geworden.)*
Wer hat's getan? Ihm nahet das Gericht!

Knaben.
Ich nicht – ich nicht – ich nicht – ich nicht –

Faust.
Nicht länger spotte,
Du teuflische, obwohl selige
Lausbubenrotte!
Daß ich euch noch befehlige,
Jetzt endlich sollt ihr klärlich es verspüren!
Den Backel, was auch folge, will ich führen!
Gespannt ist jeder Nerv zu Schreckenstaten!
Vom ersten fang ich an und haue fort
Mit furchtbar'm Hieb von Ort zu Ort,
Bis mir der schnöde Täter wird verraten!
*(Geht entschlossen zum Katheder, ergreift den Stecken, steht aber plötzlich still.)*
Wär' es getan, wenn es getan ist, dann
Wär's gut, man tät' es schnelle; wenn der Schlag
Auffangen könnt' in seinem Netz die Folgen,
Mit dem Vollbringen das Gelingen haschen,
Daß mit dem Stockhieb alles aus und ab,
Ganz fertig alles wäre – hier – nur hier,
Auf dieser Schülerbank der Gegenwart,
Das künft'ge Leben setzte ich aufs Spiel.
*(Die Türe wird leise halb geöffnet, Lieschen wird sichtbar.)*

Lieschen *(flüsternd).*
Enthalte dich auch jetzo von dem Wilden
Und suche menschlich deine Schar zu bilden;

Wenn wilde Bären unter Menschen laufen,
Da muß der Fühlende entsetzlich schnaufen.
Ergib dich ganz humanitarischen Zwecken
Und laß im Pulte den barbar'schen Stecken!
Von Lady Macbeth volles Gegenteil
Bered ich dich zu deinem eignen Heil.
*(Zieht die Türe wieder zu. Ab.)*

Faust.
Sei mir gesegnet, Engelstimme du!
Ja, du hast recht! Ich habe keinen Stachel,
Als einzig Zornwut, die zum Aufschwung eilt,
Sich überschlägt und in die Patsche fällt – –
Und nun, ihr Jungen, wieder zum Homunkel!
Genau und ohne jegliches Geflunkel
Will er bestimmt sein, kurz gefaßt,
So daß das Wort streng zum Begriffe paßt;
So sage, Fritzchen, ohne Federlesen,
Was ist es also, dieses seltne Wesen?

Fritzchen.
Homunkel ist fürs erste überhaupt –
Er ist – er ist –

Faust.
Nun, wie mit Recht man glaubt –
*(Für sich.)*
Schon ist die vorige Definition,
Die memorierte, wieder mir entflohn.
Es ist nicht Zeit, im Hefte nachzusehn,
Aus Kommentaren, wenigstens aus zehn,
Hab ich die Deutungen mir abgeschrieben –
*(Laut.)*
Er ist – er ist – wo sind wir stehngeblieben?
Er ist, besieht man es beim Licht –

Fritzchen.
Erlaubt, mir scheint, ihr wißt es selber nicht.

Faust *(für sich).*
Du ahnungsvoller Schlingel du!

*(Laut.)*
Wart, Kerl, ich haue doch noch zu!
*(Besteigt den Katheder, sieht in das Manuskript.)*

Ja gut, zuerst folgt noch der Rest der ersteren, längeren Definition: Der Homunculus ist nämlich außerdem, daß er einerseits die trockene Gelehrsamkeit, andrerseits die Liebe zum ideal Schönen ist, zugleich eine äußerst tiefsinnige Anspielung auf den Vulkanismus. Indem er nämlich am Muschelwagen der Galatea –

*(Maienkäfer summen.)*
Welch tiefes Summen, welch ein dumpfer Ton
Stopft mit Gewalt das Wort in meinem Munde?
Verkündiget ihr Maienkäfer schon
Des Wonnemonats freudenreiche Stunde?
Was sucht ihr, mächtig und gelind,
Ihr Brumseltöne mich im Schulenstaube?
Klingt dort umher, wo Frühlingsferien sind –
*(Noch mehr Maienkäfer summen.)*
Des Sumselns hör ich mehr! Wie, was! ich glaube –
*(Gekicher. Ein Maienkäfer sitzt Faust auf die Nase; stärkeres Gekicher.)*
Das Bubenpack,
Zum Schabernack
Ließ los das käfrige Gefieder –
Die Ader schwillt, der Zorngeist packt mich wieder –
*(Er stürzt vom Katheder herab unter die Knaben, findet nach längeren Schwierigkeiten bei Gustelchen die Schachtel, reißt ihn am Wamskragen zum Katheder.)*
Ha! an mir selbst – so bin ich desperat –
Begeh ich, zwar mit etwas Änderung,
Doch mit dem gleichen wilden Schwung
Zum zweitenmal dasselbe Plagiat.
Was ist die Himmelsfreude mit gebundnen Armen!
Jetzt soll das Haselholz in meiner Hand erwarmen!
Hilf, Teufel, mir die Pein verkürzen!
Was muß geschehn, mag's gleich geschehn!

Mag dein Geschick auf mein's zusammenstürzen
Und du mit mir zugrunde gehn!
In Todesmut will ich zum Stecken greifen,
Dir fünfundzwanzig auf den Hintern häufen,
Zum Globus, den geschwollenen, erweitern
Und wie du selbst am End auch ich zerscheitern!
*(Er ergreift den Stecken, holt mit der Rechten aus, während er mit der Linken Gustelchen die Hosen spannt, der Stecken zerbricht, das obere Stück fliegt ihm an den Kopf; ausgelassenes Gelächter der Knaben.)*

Faust.
Ha, diesmal hat der schlimmste Bubenstreich
Mich just gerettet aus der Hölle Rachen!
Vernunft kehrt wieder; lacht ihr Buben gleich,
Der Teufel, der's euch riet, wird schwerlich lachen.

Mephistopheles *(erscheint im Hintergrund, nur dem Zuschauer sichtbar, hinter dem Ohre kratzend).*
O diesmal war ich sonder Zweifel
Ein dummer Teufel!
Die Patsche hab ich selbst mir angerichtet,
Durch Steckens Ringlung meinen Sieg vernichtet;
Ich Esel habe nicht bedacht,
Daß allzu scharf nur schartig macht!
Von neuem wird mir's klar: ich bin ein Teil der Kraft,
Die stets das Böse will und stets das Gute schafft.

Gesang unsichtbarer guter Geister.
Erste Strophe
Glücklich erstanden!
Selig der Sterbsliche,
Welcher die herbsliche,
Beinah verderbsliche,
Heil doch erwerbsliche,
Knallende, erbsliche,
Erbsliche, knallende,
Rutschende, fallende
Prüfung bestanden!

Zweite Strophe

Glücklich erstanden!
Selig der Sterbliche,
Welcher die tappige,
Sitzledergerbliche,
Schmierige, pappiche,
Hinterwärts färbliche,
Klebrige, schnappige,
Hosenabklappige
Prüfung bestanden.

Dritte Strophe

Glücklich erstanden!
Selig der Lehrende,
Dichtung Erklärende,
Knaben Behörende,
Der die beschwerende,
Ärgerlich störende,
Käferlich brummende,
Schläferlich summende,
Lüftedurchirrende,
Surrende, flirrende,
Naseumschwirrende,
Krabbliche,
Fappliche,
Schwappliche,
Zappliche
Prüfung zwar nicht so ganz,
Wenigstens nicht mit Glanz,
Immerhin unterdes,
Doch noch in Folge des
Bubengeschlingelten,
Rundschnittumzingelten,
Steckengeringelten
Streiches bestanden!

Faust.

O tönet fort, ihr süßen Engelslieder!

Tropft Schweiß der Scham auch von der Stirne nieder,
Die Gnade siegt, der Himmel hat mich wieder!
*(Lieschen ist inzwischen eingetreten.)*
Dank stamml ich dir!

Lieschen.
Nicht mir, nicht mir!
Zu Hilfe kamen äußere Momente,
Doch alles dankst du lediglich am Ende
Dem eignen Selbst, das ernst und tief
Dir wieder ins Bewußtsein rief
Ihn, der vorübergehend schlief:
Kants kategorischen Imperativ.
*(Umarmung. Die Knaben weinen gerührt. Hinter der Gruppe Mephistopheles, immer noch hinter dem Ohre kratzend.)*

## Achter Auftritt

*Zimmer wie im ersten Auftritt des ersten Akts. Faust eben niedersitzend am Tisch, den Lieschen deckt.*

Faust.
Das wäre durchgeschwitzt!
Doch was kommt itzt?
Die Ruhepause dauert wohl nicht lange;
Wie ist mir vor der weitern Prüfung bange!
Es mehrt die Angst, daß sie noch gar so dunkel,
Geheimnisvoll hängt an der Parzen Kunkel.

Lieschen *(eine Flasche und eine Schüssel aufstellend).*
Erhole dich! Vergiß!
Da – trink und iß
Und sammle Kraft zum neuen schweren Schritte
Geruhig hier in unserer stillen Hütte.

Faust. Ei, schau! Was bringst? Nicht Milch, nicht wilder Honig,

Ist es wohl Wein? Ich hoff, er ist nicht konig –
Und in der Schüssel, wie? Heuschrecken sind es nicht.

Lieschen.

Bratwürste! Sieh das köstliche Gericht!
Durch ein besonderes Dekret,
Heut morgen mir in Gnaden abgereicht,
Ist heute dir verbessert die Diät,
Daß nicht die Kraft zum neuen Gang dir weicht.
Der Trank jedoch ist reiner Apfelwein.

Faust *(zugreifend)*.

Nun ja, mag sein, mag sein!
Ach wie das schmeckt!
Die Lebensgeister weckt!
Da nimm, halt wacker mit, dein Wohl! stoß an!
*(Sie essen und trinken. Es donnert.)*

Eine tiefe, furchtbare Baßstimme.

Auf, Doktor Heinrich Faust!
Es ist genug geschmaust!
Dir reicht das Schicksal jetzt noch einen Bittern:
Noch einmal sollst hinab du zu den Müttern!
*(Pause.)*

Lieschen.

Bleib aufrecht, Faust! Wie ist dir? Schaudert's dich?

Faust.

Die Mütter! Mütter! 's klingt so wunderlich!
Die Mütter! 's trifft mich immer wie ein Schlag,
Das Schauerwort, das ich nicht hören mag!
*(Neuer Donner.)*

Dieselbe Stimme.

Tu auf dem alten Schlüssel einen Pfiff,
Darauf erfolgt der rasche Niederschliff!

Lieschen.

Das wird ja wohl der rost'ge Schlüssel sein,
Den du nicht sehen konntest ohne Pein;
Du batest mich, recht tief ihn zu verstecken,
Zuunterst in dem Schrank schloß ich ihn ein.

Faust.

Es ist der Schlüssel zu dem Tal der Schrecken,
Obwohl nur Rost und lumpiges altes Eisen;
Mir war verboten, ihn hinwegzuschmeißen;
Du ahnest nicht, wohin es geht,
Es ist ein furchtbares Dekret!

Lieschen.

Ergib dich in dein Los!
O Faust, sei groß!

Dieselbe Stimme *(etwas milder).*

Zu deiner Hilfe soll der Valentin,
Du Hasenfuß, mit dir hinunterziehn!
Drei Prüfungen sind ausersehn,
Man hofft, du werdest sie bestehn!
Die erste ist nicht gar zu schwer,
Heiß geht es bei der zweiten her:
Wird Feindes Macht euch überstark,
Stampft! und euch hilft Urlebensmark.
Die dritte ist noch schwerer,
Prüft dich als treuen Lehrer;
Sei fest, laß deine Schule dir nicht nehmen,
Vor hehren Geistern mußt du sonst dich schämen.
*(Donnerschlag.)*

Faust.

Diesmal hat's ziemlich lange peroriert,
Orakel sind sonst kürzer redigiert. –
Im Anfang freilich etwas grob.

Lieschen.

Ertrag's, verzage nicht darob!
Als Ganzes war die Rede doch human,
Man spürte das schon ihrer Länge an.

## Neunter Auftritt

*Valentin tritt ein, als Soldat angetan, Degen an der Seite.*

Valentin.

Habt ihr's gehört? Ich weiß es schon;
Durch wunderbare Vision,
Die mir im Traume ward heut nacht,
Ist mir die Ordre kundgemacht.
Hinunter zu den Müttern soll es gehn,
Ich soll als Knappe dir zur Seite stehn.
Wer sind die Mütter? Weiß der Teufel!
Verfluchte Hexen ohne Zweifel?

Faust.

Göttinnen sind es, dunkle, ungekannte,
Von Geistern selbst nicht gern genannte.
Ihr Wesen ist Gestaltung, Umgestaltung,
Des ew'gen Sinnes ew'ge Unterhaltung,
Umschwebt von Bildern aller Kreatur,
Urtypen der erzeugenden Natur;
Dort ist origo omnium formarum.

Valentin.

Spaßvogel du! Urigel? Lirum larum!

Faust.

Du lachst, Naturbursch! Aber mir, mir graut,
Mich überrieselt kalte Gänsehaut!

Valentin.

Wo aber ist das Zeug? In welchem Raum?
Hinunter geht's, so sagte mir der Traum.

Faust.

Sie thronen hehr in purer Einsamkeit,
Um sie kein Ort, noch weniger eine Zeit.

Valentin.

Potz Blitz, da tapp' ein anderer hinein!
Da muß es ja verdammt langweilig sein!

Faust.
Es ist kein Raum und doch zugleich ein Raum,
Ein Raum und doch gewissermaßen kaum.
Zu ihrer Wohnung magst ins Tiefste schürfen,
Sie ist im innersten Erdballschlund,
Den wir mit Fug symbolisch deuten dürfen
Als metaphysischen Weltenuntergrund.

Valentin. Als Untergrund? Das muß ja Hefe sein!
Da haben wir – dies muß von selbst erhellen –
Die Welt uns als ein Bierfaß vorzustellen.
Wie schlagen wir den mächt'gen Spunden ein?

Faust. Fast lachen muß ich trotz dem tiefen Schauer;
Naiver du, wie denkst du ganz als Brauer!
Stellst dir, du unverbesserlicher Tor,
Tief mystische Dinge wie mechanisch vor!
Ein Schlüssel tut's, tief geistiges Symbol,
Der öffnet uns das grauenvolle Hohl!
Es sei! Es sei!
Ich muß es wagen,
Hinweg das Zagen!
Lieschen, den Schlüssel bring herbei!
*(Lieschen geht mit Zeichen großer Angst.)*

Valentin.
Zu einem Schloß von so besonderer Art
Will's wohl ein Ding mit einem krausen Bart,
Und schwer genug mag's werden, ihn zu drehn.

Faust.
Ach, am Objekte ist nicht viel zu sehn;
Des Grauens Sitz bei solchen Geistertiefen
Liegt wesentlich und stets im Subjektiven.

Lieschen *(kommt mit einem rostigen Schlüssel).*
Da komm ich mit dem Schauderinstrumente,
Mit Zittern nahm ich's in die zarten Hände.

Valentin.
Der ganze Bart ist ja ein rost'ger Knauf!
Das geht ja nicht, der macht das Schloß nicht auf.

Faust. Ich soll ihn ja nicht stecken und nicht drehn,
Ein Pfiff darauf, und alles ist geschehn.
O schrecklich Jetzt! Mir zuckt das Herz voll Qual!
Ich bleibe hier, ich wag's nicht noch einmal!
Valentin *(macht eine entschieden gebietende Attitüde mit dem Schlüssel).*
Potz Donner, sei doch nicht so feig,
Du siehst ja aus wie Milchbrotteig!
Hättst du gelernt, dich selbst und andere zu meistern,
Erbebtest du auch nicht vor einer Schar von Geistern!
So steh doch nicht so mauderich,
Wenn du nicht pfeifst, so pfeife ich!
Faust. Nein! Nein!
Das darf nicht sein!
Es wäre völlig wirkungslos
Und stellt' uns schwerer Ahndung bloß,
Nur reiner Pfiff von Humanistenlippen
Führt uns hinab durch infernale Klippen;
Die Mütterwohnungöffnungsprozedur
Taugt nicht für empiristische Natur!
Valentin *(den Schlüssel reichend).*
So pfeife denn, dein Pfiff mag eher gelten,
Doch meinen Stand, den laß ich mir nicht schelten.
Faust. Es sei! Ich wag es. Lieschen, lebe wohl!
Jetzt geht's hinunter in das grause Hohl!
Lieschen.
Zieh kühn hinab ins dunkle Reich der Mütter,
Bald grüß ich dich als sieggekrönten Ritter!
Du, Valentin, beschütze treu den Teuern,
Verlaß ihn nie in seinen Abenteuern,
Doch sei dabei ein bißchen minder grob,
Sonst trübest du das zugedachte Lob!
Valentin.
Ich bin halt, wie ich bin, ich mein es nicht so böse;
Soll der da vorwärts gehn, so braucht es eben Stöße.
*(Faust pfeift. Es erscheint ein Kaminfeger.)*

## Zehnter Auftritt

*Die Vorigen. Der Kaminfeger.*

Kaminfeger *(mit Leiter, Besen, Schürfeisen).*
Da bin ich, da bin ich und zeige euch an,
Der Schlot ist geöffnet, bereit ist die Bahn!
Beginnen kann der Niederschlupf
Zum unnennbaren Mütterschupf!
*(Er verschwindet.)*

Lieschen.
O Himmel, sah ich recht? er hinkt auf einem Fuß!
Sein Blick aus der geschwärzten Fratze
Wies merkbar auf die innre Teufelstatze,
Aus höllischer Esse bracht' er seinen Ruß!

Valentin.
Könnt' ich ihn packen, mit seinem Besen
Ihm den Leviten tüchtig lesen!
Ein schöner Reiseführer, der Mephisto!
Jetzt weiß man erst nicht, hotto oder histo?

Faust.
Nicht speziell versteh ich diese Wendung,
Doch das erseh ich aus der dunkeln Sendung:
Zum Tauchen in die tiefsten Tiefen,
Zum penetranten Niederschliefen,
Zum Geistesrücktritt hinter die Erscheinung
Führt nur die Kraft durchschneidender Verneinung,
Sie sieht sich an wie das abstruse Schwarze.

Valentin.
Dir wachsen doch, wie Warze wächst auf Warze,
Die Raupen im Gehirn! Was faselst da?
Den rußig Schwarzen, scheint mir, lobst du ja!

Faust.
Ach Gott, die Tiefen der Abstraktion,
Sie selbst enthalten oft Illusion,
Es können ihre Schauer, ihre Schrecken,

Heilsam an sich, doch Täuschung auch bezwecken;
Der Schwarze, der dem Guten doch muß dienen,
Meint's drum nicht gut, ist nicht als Freund erschienen.
O Not! o Kreuz! Furchtbarer Doppelschein!
Entsetzlich Zwielicht zwischen Ja und Nein!

Valentin.

Blitzsakerment! Wer kann das Zeug verstehen!
Der Mensch wird närrisch! Hoch ist's Zeit zum Gehen!
*(Dumpfes donnerähnliches Geräusch. Der Boden unter Faust und Valentin schwankt, bricht ein, sie sinken hinab, Faust reicht im Versinken seufzend Lieschen noch einmal die Hand.)*

Lieschen *(allein).*

O schauervoller Niedergang!
Wie ist um ihn mir weh und bang!
Doch weiß ich, all der Schauer und der Schreck
Hat eine Läutrungsphase nur zum Zweck,
Und tief bedenkend faß ich neuen Mut:
Das ganze Leben ist ein Institut.

*(Der Vorhang fällt. Ende des ersten Aufzugs.)*

## Zweiter Aufzug

### Erster Auftritt

*Die Bühne zeigt einen Raum, der kein Raum ist, nichtsdestoweniger in einer großen Höhle mit großem Tor und einer seitlichen Spalte des Gesteins besteht. Um auszudrücken, daß man sich außerhalb der Zeit befindet, kann die Theateruhr gestellt werden. Drei Mütter sitzen an einem steinernen Tisch, trinken Kaffee und sind zugleich beschäftigt, Figuren aus allerhand Zeug zu verfertigen. Sie singen.*

Mutter A.

Teils sind wir wesenhaft,
Teils jedoch nicht,
Hexenhaft, besenhaft,
Wahrheit, Gedicht.
Tief in der Erde Schoß,
Also im Raum,
Doch zugleich körperlos,
Geistiger Schaum,
Außerhalb aller Zeit,
Doch zugleich einst und heut,
Thronen wir plauderbar,
Spaßhaft, doch schauderbar,
Trinken Kaffee,
Juchhe!

Mutter B.

Fleißig auch flicken wir,
Sitzend im Ring,
Nähen und stricken hier
Seltsames Ding.
Jeglichen Wesens Form –
Dies ist der Witz –

Findet hier seine Norm,
Seine Matriz,
Ewigen Prägestock,
Erstlichen innern Rock.
Bild wird von uns erneut,
Wenn Geistes Macht gebeut.
Trinket Kaffee!
Juchhe!

Mutter C.

Fragest du, was und wie
Dieses denn sei,
Halte dich nur an die
Philosophei!
Nimm deinen Plato her:
Reinesten Wein
In der Ideenlehr
Schenkt er dir ein,
In der beschaulichen,
Mystischen, blaulichen;
Kannst du sie nicht verstehn,
Läßt du sie lieber gehn.
Trinket Kaffee!
Juchhe!

Mutter A.

Andre behaupten nun
Sinniglich grübelich,
Dieses geheime Tun
Interpretiere sich
Richtiger, klarer aus
Dem Diodor,
Denn dieses alte Haus
– Bringen sie vor –
Melde beziehlichen,
Schwer zu erklärenden,
Mütter verehrenden
Kult auf Sizilichen.

Trinket Kaffee!
Juchhe!

Alle drei Mütter *(sich anfassend, tanzend).*
Uns ist die Konjektur
Übrigens wurst,
Löscht der Kaffee uns nur
Unseren Durst.
Goethe dort oben lacht,
Des labor improbus,
Wenn euch der Zahn erkracht
Über der harten Nuß!
Drehet und windet euch,
Zanket euch, schindet euch,
Schreibet und schnörkelet,
Firgelet, nörgelet! –
Hoch der Kaffee!
Juchhe!

*(Ausgelassener höllischer Fandango. Schauderhaftes Gelächter. Es klopft an der Tür.)*

Mutter A.
Wer ist der Unberufne, der an dieses Tor,
Um welches rings ein schauerlich Geheimnis weht,
Mit ungeweihter Frevlerhand zu rühren wagt?

Mephistopheles *(außen).*
Oho, ihr Mütterchen, oho!
Stellt euch nicht so!
Nur aufgetan! wozu denn das Geflunker?

Die drei Mütter.
Herrje! Herrje! Besuch von unsrem Junker!
*(Öffnen eilig.)*

## Zweiter Auftritt

*Die Vorigen. Mephistopheles als Kaminfeger tritt ein.*

Mephistopheles.
Guten Abend, liebe Mühmchen,
Dieses Abgrunds holde Blümchen!

Mutter A.
Ei, welch artiges Kostümchen!

Mutter B. Der allerliebste Seelenjäger,
Wie reizend heut als Schornsteinfeger!

Mutter C.
Enthüllet uns, wenn's euch beliebt,
Was ihr in dieser Maske triebt!

Mephistopheles *(legt Leiter und Besen beiseite und erscheint in seinem gewohnten Habit).*
Ich seh, es gibt Kaffee, ihr lieben Schätzchen,
Ihr gönnt mir wohl ein Schälchen und ein Plätzchen?

Die drei Mütter *(durcheinander, einen Stuhl setzend, einladend, Kaffee einschenkend).*
Da sitzt, da nehmt und laßt's euch schmecken!

Mephistopheles *(ein Zigarrentäschchen ziehend).*
Ist es vergönnt, mir eine anzustecken?

Mutter A.
Wir können's gut vertragen, riechen's gern.
Geht, reichet Feuer unsrem gnäd'gen Herrn.

Mephistopheles.
Braucht's nicht, ich führe früh und spat
Zündholz von eignem Fabrikat.
*(Zieht aus einem Büchschen ein Zündhölzchen, fährt damit über sein Gesäß, zündet an, sitzt, nimmt einen Schluck Kaffee – für sich.)*
Puh! Puh! die gelben Rüben stinken raus.
Man kann dazu das Rauchen
Vom höllischen Havanna-Wenzislaus
Wahrhaftig brauchen!

Mutter A.

Nun saget an, was gibt's denn Neu's jetzunder?

Mephistopheles *(behaglich im Stuhle sich dehnend).*

Nun ja, der Faust kommt wieder runter.
Zur Niederfahrt in euren tiefen Schacht
Hab einen eignen Schlot ich angebracht
Und dann im Schornsteinfegerkleid
Ihm angezeigt, der Durchgang sei bereit;
Doch nicht zu wohlgeputzt soll er ihn finden,
Er mag sich nur mit Klettern tüchtig schinden,
Die weiche Haut an Händ und Füßen schürfen
Und etwas Rußstaub in die Kehle schlürfen.
Noch einer kommt mit ihm, ein Grobian;
Dem wird vergehn der rohen Stärke Wahn.
Es bleibt uns Zeit, ein wenig noch zu plaudern,
Sie sollen uns im Vorgemache zaudern;
Waschwasser müßt ihr für die zwei Gesellen
Und Seife, Handtuch vor die Türe stellen,
Sie sollen nach der Fahrt durch den geschwärzten Rachen
Anständig draußen Toilette machen;
Denn unser Hof ist keiner von den kleinen,
Salongerecht muß da der Gast erscheinen.
Dann schiebt den Riegel vor das hohe Tor,
Wann's uns gefällt, so lassen wir sie vor.

Mutter A *(zu Mutter B und C).*

Besorgt die Sachen!
Müßt schnelle machen!
*(Während es geschieht, zu Mephistopheles.)*
Der Faust also, um dessentwillen wir –

Mephistopheles. Um dessentwillen ihr von mir,
Da es bedurfte neuen, schnellen Rats,
Seid aus dem Chaos, aus des Ursalats
Nicht angemachtem Teil herausgezwickt,
Herausgeklaubt, geschustert und geflickt.
Ihr wißt, ihr Grazien, wie mein Zauberstab

Euch seinerzeit das dunkle Leben gab
Und euch sodann von meiner Schöpferkraft,
Die Scheingeburten, Schatten, Schemen schafft,
Ein Teil vererbte, um mit Geisterhänden
Am Zögling Faust mein Werk noch zu vollenden.
Es war mir leider nicht gelungen,
Im Wollustschlamm den wunderlichen Jungen
Am Brockensabbat gründlich zu versumpfen;
Ihr solltet im Absurden ihn verdumpfen,
Im klassischen Walpurgisnachtgewirr,
In zusammengestoppelter Larven Geschwirr,
In bizarrem Greifen- und Sphinxeschnarren
Ihn glücklich bilden zum schalen Narren,
Und um die Tatkraft ganz ihm zu entwinden,
Ihn mit dem Schemen Helena verbinden.
Da kam mir die verhängnisvolle Schere
Der obern Macht verteufelt in die Quere,
Die Luft der Politik, die herbe, frische,
Nahm ihn am Wische,
Riß ihn empor aus unsern Netzen.
Er eilte, sich ein großes Ziel zu setzen,
Das sogenannte Volkswohl. Dummes Wort!
Doch schlimm für mich! Er schlüpft mir eben fort!
Zwar noch einmal sucht' ich ihn dranzukriegen;
Ich war es, als sein böser Dämon,
Der gegen Baucis und Philemon
Ihm die Gewalttat eingab zu verfügen.
Allein es half mir nichts, dieweil das alte Paar
Aus dem Ovidius gepumpet war.
Man wagt kein streng supplicium,
Bringt man entlehnte Masken um.
Es hatte nämlich dieser tapfre Mann
Für einen Sieg, den ich für ihn gewann,
Ein Lehn empfangen aus des Kaisers Hand,
Ein langgestrecktes Uferland
An des gefräß'gen Meeres Strand.

Der Wellen Ansturm galt es abzuzwingen,
Ihm täglich neu das Feste abzuringen,
Es galt zu hacken, schaufeln, graben, hauen
Und das Erkämpfte fruchtbar anzubauen;
Die Knechteschar, sie sparte nicht den Fleiß,
Das Beste aber tat die Zauberkunst,
Nichts ohne sie vermochte aller Schweiß,
Und Fausts Verdienst war nichts als eitler Dunst.
Und dann nach jener alten Leute Gütchen
Weckt' ich in ihm ein lüstern Ahabs-Mütchen;
Was ich geraten, hatt' ich zu vollstrecken
Und fing das Ding ein bißchen gröblich an,
Die Alten fielen um vor Schrecken
Und blieben tot – es war getan.
Sonst sah man ihn nicht weiter viel regieren,
Den Handel aber wollt' er protegieren,
Er schickte mich als Flottenführer aus,
Und etwas Seeraub gönnt' ich mir als Schmaus.
Dann aber, dann kam ein Moment,
Darob mir heut noch Gall und Leber brennt:
Mein Doktor Faustus wird ein Skrupelklauber,
Den Abschied gibt er meinem feinen Zauber,
Ich schicke nun, den Mut ihm doch zu lähmen,
Vier graue Weiber, allegorische Schemen,
Ihm auf den Hals. Drei jagt er schnelle fort,
Die vierte doch, die Sorge, bleibt am Ort,
Sie haucht ihn an, nimmt ihm das Augenlicht –
Was es bedeutet, weiß ich selber nicht –,
Genug, es sollt' ihn ängstigen und schwächen;
Doch er läßt sich den starren Sinn nicht brechen,
Es zeugt sein Hirn in aufgeblasnem Schaum
Von großer Zukunft einen hohlen Traum,
Wie er auf freier, selbsterkämpfter Erde
Ein freies Volk als Fürst regieren werde,
Er ruft, entzückt von diesem Narrenbilde,
Als schaut' er in der Seligen Gefilde:

»Im Vorgefühl von solchem hohen Glück
Genieß ich jetzt den höchsten Augenblick.«
Da steht die Uhr, der Zeiger fällt,
Der stolze Träumer ist geprellt
Und ganz abrupt, nicht weiter motiviert,
Doch just, wie der Vertrag es stipuliert,
Sinkt er auf einmal maustot um,
Und ich natürlich war nicht dumm –
Ach nein! – ich war's – war's nachher – schweig,
o Zunge!
Ich, wie ein grüner, unerfahrner Junge –
Der Teufel soll die schönen Engel holen!
Wie haben sie mich hinterlich vexiert,
Rückwirkend um die Beute mich bestohlen!
Ach ja! ich habe furchtbar mich blamiert!

Mutter A.

O Armer! Seht, er schämt sich! Purpurröte
Kämpft mit dem Schwefelgelb, ein rein Orange
Entsteht aus der chromatischen Melange!
Oh, sieh dies Schauspiel an, verklärter Goethe!
Sieh hin, wie er vor Ärger nun erblaut,
Wie Blau mit Gelb als Grünes sich erschaut,
Wie Grün mit Rot als Wechselsupplement
Sich hebt und mehrt, gesteigert strahlt und brennt!
Wir möchten gern dies Farbenphänomen
Im zweiten Teil des Faust verwendet sehn,
Man findet dort so viel Geologie,
Der Farbenlehre nur gedenkst du nie!

Mephistopheles.

Doch als ich schon dem höchsten Himmel nah
Des Faust Unsterbliches getragen sah,
Hab ich nicht faul nachträglich mich gewehrt!
Mit würd'gem Nachdruck macht' ich geltend,
Zu leicht sei ihm die Seligkeit beschert.
Wie? rief ich edel zürnend, sittlich scheltend:
Der Mensch hat ja im Grunde nichts getan,

Und dafür langt er nun im Himmel an?
Ich querulierte, drängte, ließ nicht nach,
Bis Gott der Herr aus einer Wolke sprach:
»Nun meinethalb, es sei,
Du meine Polizei,
Mein Sauerteig, mein Hauptmineur,
Du mein agent provocateur!
Entfernt noch von den höchsten Paradiesen
In einen Vorraum sei der Faust verwiesen,
Zwei große Proben soll er noch bestehen!
Wie er sich hält, wir werden es ja sehen;
Und jede soll Versuchungen umfassen
Verschiedner Art, die ganz dir überlassen.« –
Als erste dieser prüfungsreichen Lagen
Ward ihm ein schwierig Schulamt übertragen:
Die sel'gen Knaben mußt' er instruieren
Bei schmaler Kost. Den Bakel je zu führen
War ihm verboten. Wie ich da ihn packte,
Wie ich ihn reizte, kitzelte und plackte,
Könnt ihr euch denken.

Mutter A.

Und wie ist's gegangen?

Mephistopheles.

Ach die Erzählung müßt ihr nicht verlangen!
Wie ihn sein grober Spießgesell geschützt,
Wie ich durch Zufall kläglich abgeblitzt –
Still, still davon! Kurzum, mit knapper Not
Mied er den Durchfall, der ihm nah gedroht.
Doch jetzt bei euch, ihr dunkeln Priesterinnen,
Soll seiner Proben zweiter Gang beginnen,
Und hier, ich schwör's, wird er total zerzaust,
Des Himmels Muttersöhnchen, dieser Faust!
Helft mir, daß nichts zum Rigorosum fehle!
Bestürmt mit Geisterschauern seine Seele!
Ihm soll der Schreck das dünne Blut entfärben!
Den Tod der Feigheit soll er schmählich sterben!

Kurzum, so wahr ich bin der Mephistophel,
Er muß mir doch noch unter den Pantoffel!

Die drei Mütter *(durcheinander).*
Was aber tun wir? Satan, edler Vetter,
Gib Rat, sag an, sprich, hilf, Potz Donnerwetter!

Mutter A.
Da fällt mir ein – was meinst? Wir haben ja
Im Magazine noch die Helena
Benebst dem Kerlchen, ihrem Sohn,
Dem Purzelwicht Euphorion.

Mephistopheles.
Ihr könnt's versuchen, mit den alten Fetzen
Den weichen Mann aufs Trockene zu setzen.
Doch halt ich wenig drauf; er hat's verschmeckt,
Gemerkt, was in den Kindertocken steckt.
Halt! Halt! Was andres fällt mir ein,
Das muß, mir dünkt, von großer Wirkung sein;
Dann noch etwas, das muß noch besser batten:
Zwei Schreckpopanze, schauerliche Schatten,
Zwei Wauwau, Knechte Ruprecht will ich pappen!
Gebt nur gleich her, reicht Werg und Leinwandlappen,
Filz, Leder, Watte, Roßhaar, Blech,
Reicht Teer und Kleister, Schnur und Pech,
Wir besteln gleich die erste schöne Puppe,
Ihm einzubrocken eine Höllensuppe!
*(Die Mütter schaffen aus Wandschränken das Verlangte herbei. Mephistopheles fängt an zu arbeiten.)*

Die drei Mütter.
Was gibt's? Ei schön, schau, schau!
Das gibt ja einen prächtigen Wauwau!

Mephistopheles *(flüstert während der Arbeit unverständliche Worte. Spannende stille Tätigkeit unter Beihilfe der Mütter. Mephistopheles zieht eine Büchse aus der Tasche und gießt etwas Flüssiges in die Puppe).*
Den Klebestoff, den zähen Teufelsleim,
Aus höllischem Drachenfett gekochten Seim,

Gieß ich nunmehr aus dieser Büchse
Zu festrem Halt ins Lumpenwerk hinein.

Mutter A.
So, so, nun wird's solide sein.

Mephistopheles.
Jetzt dort vom Unschlitthafen etwas Wichse!
*(Wird gereicht.)*
Daß ich den Schnurrbart kräusle fein,
Denn ausgedreht in zwei sublime Spitzen,
Just wie zwei Rattenschwänze, muß er sitzen.
*(Es geschieht. Man hört ein stärkeres Klopfen.)*

Valentin *(draußen).*
Macht auf, ihr alten Schachteln!
Sonst gibt es Dachteln!

Faust *(draußen, leise, doch hörbar zu Valentin).*
Warum denn gleich so grob, du Tor?
*(Laut.)*
Erhabne Wesen, laßt uns gnädigst vor!

Mephistopheles.
Herein das Zeug in euer Kämmerlein,
Des Hochgewölbs verborgne Seitenkluft!
Ihr bleibet noch, und wenn es heft'ger pufft,
Nach kurzem Schelten lasset sie herein,
Doch dürfen euch die Gäste nicht mehr finden,
Zu mir hinein beeilt euch zu verschwinden,
Helft mir am dritten von den Wauwau-Geistern
Getreulich nähen, stopfen, flicken, kleistern.
Ist alles fertig, lassen wir sie los:
Ihr werdet sehn, die Wirkung ist famos.
Und wenn auch eins und zwei nicht trifft,
Das dritte trifft, drauf nähm' ich Gift!
*(Stärkeres Pochen, während Mephistopheles in einer Seitenöffnung der Höhle verschwindet und die Mütter schnelle das Puppenzeug hineinschaffen).*

Mutter A. Wer ist der Unberufne, der an dieses Tor,
Um welches rings ein schauerlich Geheimnis weht,

Mit weltbefleckter, frevler Hand zu rühren wagt?
Erst reinigt sorgsam euch mit heil'ger Waschungsflut,
Die draußen in geweihtem Becken steht bereit,
Dann tun wir auf, und ihr, andächt'gen Schauers voll,
Betretet betend dieses hohe Heiligtum!
Sonst werfen Schrecken, tötliche, zu Boden euch,
Dem Jüngling gleich zu Sais, der den Schleier hob!

Valentin *(außen).*
Wir lassen uns nicht an der Nase ziehn!
Der Schmutz von eurem rußigen Kamin
Ist abgewaschen und gebürstet schon;
Bescheidet euch, wir sind kein Schweinepack,
Wir halten was auf unsere Person!
Macht auf! Sonst gibt es einen Knack!

Faust *(außen).* Ach, Valentin, wir wollen höflich bitten,
Wir richten's eher mit bescheidnen Sitten!

Valentin *(draußen).*
Man wird wohl lang noch betteln!
Im Dienste wird gefordert!
Macht auf, ihr Vetteln!
Wir sind beordert!

Die drei Mütter.
Uhu, Schuhu,
Schuhu, Uhu!
*(Schläge und Fußstoß an die Tür, sie bricht ein, während die Mütter schnell in das Seitengemach abgehen.)*

## Dritter Auftritt

*Faust und Valentin treten ein.*

Valentin *(umschauend).*
Leer ist das Nest!
Hier vom Geschirr ein Rest!
Ach schau, hier wohnen Kaffeebasen!

Faust. Die Töpfe halt ich für etrursche Vasen.
Und sieh, ein brauner Saft darin:
Da steckt gewiß geheimnisvoller Sinn!
Ist's wohl von dem, den ich in jener Nacht
Dem festlich hohen Morgen zugebracht,
Doch sanft gerührt nicht ausgetrunken?

Valentin.
Auch Semmelreste liegen da zum Tunken;
Mußt übern Topf die Nase neigen:
Das duftet ja nach Rüben und nach Feigen,
Zugleich auch nach Zichorie,
Des Weiberkaffees Glorie!
Dafür muß ich Verständnis han,
Hab's schwer der Bärbel abgetan.

## Vierter Auftritt

*Die Vorigen. Aus der Seitenspalte erscheint Helena.*

Helena.
Erkennst du mich, o ritterlicher Faust, nicht mehr,
Mich Helena, mit der du einst im Liebesbund
Ineinsgeschlungen selig die Vereinigung
Entzweiter Kunstprinzipien stelltest dar?
Du warst der Inhalt, das romantische Prinzip,
Ich aber das antike, war die schöne Form.
Nachdem sodann das süß prinzipielle Band
Die Frucht getragen der modernen Poesie
In ihrer wild erhabnen Übersprudelung,
Da freilich mußt' ich lassen dich in tiefem Harm.

Faust. Ach, alter Schatz, geschätzte Gliederpuppe,
Mir dünkt es, ausgegessen ist die Suppe.
Im Anfang schien mir's nett, doch die arkadsche Feier,
Gesteh' ich's nur, sie war langweilig ungeheuer.

Helena.
Ach geh, in jenen Grotten war's entzückend schön!
Das frühe Scheiden hat mich bitterlich gereut,
Die Renaissance, sie ist nicht ganz noch dargestellt,
Laß uns zu diesem Zweck noch mehr Prinzipchens tun!

Faust. So wisse doch, ich bin ja fortgeschritten,
Hab mich entwickelt, hab mich evolviert,
Hab aus des Humanismus Lauberhütten
Zur Tat, zur Aktion mich resolviert,
Der Schönheit weiches, stilles Element
Ist jetzt ein aufgehobenes Moment.

Helena.
Bei meinen Göttern! Dir scheint leider unbekannt,
Was Interpretentiefsinn neuerdings entdeckt:
Ich bin ja Heroine, jener Tatensinn,
Den du nach meinem Scheiden in der Brust verspürt,
Du dankst ihn mir. Hellenischer hoher Heldengeist:
Der Bund mit mir hat mächtig dir ihn eingeimpft.
Aus ein paar Wörtchen des Mephisto schließt man dies:
»Man merkt es wohl, du kommst von Heroinen her«,
So sprach er. Daß man richtig draus argumentiert,
Ist evident, denn du gewannest eine Schlacht.

Faust.
Ah bah! Der Nekromant von Norcia, der Sabiner,
So gab ich an, war da mein treuer Diener;
In Wahrheit ist's Mephistos Zaubermacht,
Die mir den Sieg zustande hat gebracht.
Gestand ich doch: das wär' die rechte Höhe,
Da zu befehlen, wo ich nichts verstehe.

Helena.
Ja hattest du denn nicht mit blonder Krieger Schar
Im dritten Akt erobert den Peloponnes?

Faust.
Nun ja, als Goethe jene Worte schrieb,

Da hatt' er einfach diesen Punkt vergessen,
So kam es denn, daß beides stehenblieb;
Er ist halt überm Faust zu lang gesessen.
Doch auf was Grund – die Frage sei getan –
Sprichst du den Heroinentitel an?
Wenn's wahr ist, was geflüstert ward im Land,
Du habest noch in deinem led'gen Stand
Mit Theseus in Athen dich amüsiert,
Hat er zur Heldin dadurch dich kreiert?
Zwar allerdings trotz diesem Abenteuer
Erschienen noch in Spartas Fürstensaal
In ganzen Scharen elegante Freier,
Worunter mancher stolze General;
Doch wirst du selber nicht behaupten:
Weil sie in dir die Heroine glaubten;
Es galt ja doch nur
Der hübschen Figur.
Der Menelaos wurde der Beglückte,
Doch bald darauf der jämmerlich Berückte,
Mit einem stolzen Hirschgeweih Geschmückte,
Denn mit Prinz Paris, dem geputzten Fant,
Geschniegelten, trojanischen Leutenant,
Bist du nach Asien durchgebrannt.
Der Krieg brach los, du standst in guter Ruh
Und sahest mit dem Operngucker zu.
Genug, mir galt es nur, zu demonstrieren:
Verhältnisse mit Offizieren,
Sie können selbst bei schönen Damen
Den Anspruch auf den Heldennamen
Nicht logisch motivieren.

Helena.

Treuloser, hörst du nicht der Liebe Stimme mehr,
Dein Herz ist, hoff ich, doch kein Rabenvaterherz;
Erscheine, unsrer raschen Hochzeit rasche Frucht!

## Fünfter Auftritt

*Euphorion kommt aus der Seitenhöhle gehüpft, zur Laute singend, in kurzen Pausen hochaufspringend.*

Euphorion. Bin die Begeisterung,
Bin der sublime Schwung,
Bin auch der wilde Sprung
Tief in die Niederung,
Hurre hopp hopp!

Bin Himmelsstürmerei,
Edelste Raserei
Neuester Poesei,
Ungezähmt göttlich frei!
Hurre hopp hopp!
*(Springt stärker auf.)*

Helena. Ach du lieb Knabenbild,
Springe doch nicht so wild,
Möglichenfalls
Brichst du den Hals!

Euphorion *(springt noch heftiger).*
Fern und so weiter fern,
Weit und so ferner weit
Spring ich und hüpf ich gern
Hoch über Raum und Zeit,
Hurre hopp hopp!

Fort und so ferner fort,
Fern und so forter fern
Stürm ich von Ort zu Ort,
Frage nach keinem Herrn!
Hurre hopp hopp!

Treulich und so fortan
Flieg ich zum Himmelszelt,
Freilich und fort so an

Nieder zur Erdenwelt!
Hurre hopp hopp!

Helena. O denk, o denke,
Wem du gehörest,
Wie du uns störest
Durch diese Schwänke!
Lasse vom tollen Trieb
Deinem Papa zulieb,
Welcher im Staat
Möglicher künftiger,
Wirklicher zünftiger,
Zünftiger wirklicher,
Spreeflußbezirklicher
Geheimerrat!

Euphorion *(wie vorhin).*
Bin nicht nur Sang und Klang,
Sondern auch Tatendrang,
Nicht nur Geistüberschwang,
Auch etwas Dong Juang!
Hurre hopp hopp!

Bin nämlich eigentlich,
Wenn man profunder bohrt,
Merklich hinzeigentlich
Byron der stolze Lord.
Hurre hopp hopp!

Springe auch wagentlich
Diesem Mann und Papa
Nicht viel nachfragentlich
Über den Kopf, haha!
Hopsasa, hopsasa
Hurre hopp hopp!

*(Er springt beiden mit sog. Grätschsprung über den Kopf.)*

Valentin. Jetzt ist's zuviel, verzogner Naseweis,
Lausbub, ich packe dich am Hosenpreis!

Faust.
Ja, faß ihn nur und gib zu seinem Heil
Ihm eine Tracht auf jenen Teil
Der menschlichen Persönlichkeit,
Der stets, da er so rund und breit,
Am meisten ein Objekt ist der Erziehung,
Ein Ziel der pädagogischen Bemühung!
*(Valentin tut es.)*
Helena.
Laß ab, laß ab, du nordisch eherner Barbar,
Germanischen Waldes wildes Eichelfraßprodukt!
Faust.
Ὁ μὴ δαρεὶς ἄνθρωπος οὐ παιδεύεται.
Euphorion.
Ototoi, ai, ai, ai!
Helena.
Ach, diese Hiebe auf des Kindes zart Gesäß,
Sie sind trotz tiefem Wort des Dichters Sophokles
Für fühlend weiches Griechenmutterherz zu räs!
Valentin *(fortfahrend).*
Hei! Wie das patscht
Und platzt und klatscht!
Faust.
Der Mensch ist schrecklich drastisch,
Die Griechin gar hört man in Reimen klagen.
Valentin.
Es macht sich gar so gut elastisch,
's ist eine Lust, recht draufzuschlagen.
Helena *(wankend).*
Entsetzt vom Anblick dieser grausen Schaudertat,
Geb ich verhauchend meine Seele jetzt zurück
In das geheimnisvolle Müttermagazin.
Ein altes Wort bewährt sich traurig auch an mir:
Daß Draht und Kleister dauerhaft sich nie vereint.
Zerrissen ist der Fädchen und der Drähtchen Band,
Werg, Leinwand, Flicken, Pappe fallen stäubend ab.

Bejammernd solches, sag ich schmerzlich Lebewohl
Und sinke dir noch einmal weinend an die Brust,
Doch sterbend laß ich meine Krinoline dir!
*(Sie umarmt Faust und löst sich in Teilchen auf, welche in die Krinoline hineinfallen.)*

Faust.
O dieser Wendung Tiefsinn ist enorm!
Es bleibet vom Antiken nur die Form!
Zwar ist's schon einmal dagewesen,
Auch kann man's sonst in Büchern lesen.

Valentin *(in die Krinoline hineinblickend).*
Was tausend! Trödelwerk von lauter Drähtchen,
Von Kurbeln, Stangen, Bügeln, Rädchen
Verkritzeltes Papier aus Schülermappen,
Pappreste, Leinwandfetzen, Flicken, Lappen –
Ganz blieb nur dieses luft'ge Reifgestelle,
Da sieht man's recht: Plusmacherei der Hölle!

Faust.
Am Hühnerkorbe freilich ist nicht viel!
Die Mode geht jetzt auf ein andres Ziel;
Von außen her umnähet sie den Rock
Mit Flatteraufputz, windigem Gelock,
Nach hinten drängt sie mit vermehrten Kräften,
Der Wölbung dort ein Bauschwerk aufzuheften,
Dort häuft und häuft sie und gestaltet so
Das zücht'ge Weib zum wandelnden Popo;
Sieht man sie gehn, so ist der rechte Name:
Da kommt ja ein Popo mit etwas Dame.
Die Dichtkunst, diesem reinen Drange gleich,
Baut dortherum ihr muffig Himmelreich;
Standhaft erprobet im Kloakenwerke
Des Nasennerves ungewohnte Stärke
Der neuen Zeit Savonarola,
Herr Zola,
Und ruft der Klassizistenzunft zum Trutz:
Das wahrhaft Ideale ist der Schmutz!

Da ist die steifste Klassik mir doch lieber;
Heb auf den Korb und stürze mir ihn über.

Valentin *(tut es, reißt aber das Gestell wieder weg und wirft es beiseite).*
Den Teufel auch! Was soll die Narretei!
Was soll die Maske der entseelten Puppe!
Geh du natürlich, ungezwungen, frei
Wie ich in deiner guten, deutschen Juppe.

Faust *(nach dem Gestell greifend).*
Nein, nein! Hochklassisch will ich jetzo bleiben
Der Poesie zu ihrem wahren Heil,
Pandora, Epimenides will ich schreiben,
Will schreiben meinen eignen, zweiten Teil.

Valentin. Du warst ein andrer Kerl, mein Bester,
Als mich du schriebst und meine Schwester!
Zum Henker mit dem steifen Artefakt,
Das dich in Roßhaar, Wachstuch, Werg verpackt!
*(Er zerreißt das Gestell.)*

Euphorion *(der wimmernd zugesehen).*
Schreckliche Rupferei!
All meine Hupferei
Wird Überdruß!
Müde des Tageslichts,
Streb ich ins ew'ge Nichts –
Dies ist der Schluß.

Werde vor bittrem Leid
Jetzt die Zerrissenheit,
Weltschmerzlerei,
Die pessimistische,
Die nihilistische
Ausmerzlerei.

Fort mit der Seinerei!
Sei's die Verneinerei,
Die jetzt regiert!
Fort die Fortanerei!

Hoch die Nirwanerei!
Welt sei negiert!

*(Er springt mit einer heftigen Schnellung ans Gewölbe auf und fällt zerplatzt in Form von Guttaperchalappen herunter.)*

Valentin.

Da liegt der Spatz,
Da sieh den Schatz!
Ein Haufen Gummifetzen!

Faust.

Es ist auch wahr, wer mag sich da ergetzen,
Am Puppenspiele weiter noch sich letzen!
Das ganze Zeug ist endlich mir entleidet,
Ich mache einen Strich,
Der jetzt entschlossen scheidet
Mein altes Ich von einem neuen Ich.

*(Er stößt die Lappen mit dem Fuße zu den Krinolinresten.)*

Fort mit dem Plunder, und zertreten sei
Die tatenfaule Humanisterei!

*(Beide treten auf den Resten herum.)*

Gesang unsichtbarer guter Geister.

Glücklich erstanden!
Selig derjenige,
Der die Helenige,
Mehr krinolinische
Als heroinische,
Nicht sehr natürliche,
Wächsern figürliche,
Klassisch beschwatzende,
Mannsgeist befratzende,
Dann die euphorische,
Hüpfend emporische,
Auf und ab purzliche,
Springende, sturzliche,
Naseweis knabische,

Gummiarabische,
Sturmdrangpoetische,
Wilde, phrenetische,
Lordische, britische,
Launische, wittische,
Zweifelzerbissene,
Weltschmerzzerissene,
Willen kastrierende,
Dasein negierende
Prüfung bestanden!

Faust.
Ihr Geister, Dank! Doch fast des Lobs zuviel!
Es war im Grund ein abgeschmacktes Spiel.
Ich strecke mich nach einem höhern Ziel,
Ich such ein neues Blatt in meines Lebens Kodex.

Valentin.
Das tücht'ge Pritschen auf Euphorions Potex
Gemahnte mich an meine alten Zeiten.
Als guter Landsknecht möcht' ich wieder schreiten
Zur Schlacht, zur Schlacht,
Dreinhaun mit Macht!
Schlugst du nicht auch zu eines Kaisers Heile
Schon eine Schlacht in Goethes zweitem Teile?

Faust.
Das war ja nichts; warst vorhin ja dabei,
Wie ich der Helena gestand die Flunkerei;
Mephisto mit fingierten Kriegerscharen,
Mit allegorischen Automaten
Trieb mir den Feind im vierten Akt zu Paaren:
Dies ist das Ganze meiner Taten,
Symbole sind's von Noten, Tintenflüssen,
Depeschen, diplomatischen Ergüssen,
Mit denen ich, des Friedens schlaffer Sohn,
Trieb die bewaffnete Mediation.
Ich bin's nicht mehr, nicht mehr der friedereiche
Romantiker, der tatenscheue, weiche;

Seit diese Helena nun wieder hat gastieret,
Bin ich, ich wiederhol's, vom Schöngeisttum kurieret;
Mein Will' ist jetzt ein Helm, ein Schwert, ein Schild,
Mir graust vor jener Zeiten mattem Bild,
Da ich gestrebt, mir eine Macht zu schaffen,
Um zu bezwingen eine Welt in Waffen,
Dann so gepanzert vorzog, mich zu ducken,
Daß selbst ein Zwerg mir durft' ins Antlitz spucken;
Zum Spott der Völker war's benannt
Die Politik der freien Hand.

## Sechster Auftritt

*Es kommt ein kleines Männchen.*

Männchen *(wispernd)*.
Mich schickt mein Herr, der große Imperator,
Selbstherrscher und zugleich der Völker Liberator.
Mein Auftrag heißt – ich bitte aufzupassen –:
Du sollst von mir im Bart dich zupfen lassen!
*(Er zupft ihn am Bart, Faust gibt ihm eine Ohrfeige.)*
Herr, dieser Schlag ist ein verlorner Sieg,
Erbleiche du, die Antwort ist der Krieg!

Faust.
Nur zu! Nur zu! Er lass' es immer krachen!
Noch alte Rechnung gibt es abzumachen.

Männchen.
Bereuen sollst du deinen Hohn!
Sie naht, die große Nation! *(Ab.)*
*(Man hört vom Hintergrunde dumpfes Brüllen und starkes Krachen.)*

Valentin.
's ist keine Kleinigkeit, das ist schon wahr.

Faust.
Des Feindes Macht ist nicht zu unterschätzen,

Gewalt'ge Schläge wird es diesmal setzen,
Vorhanden ist die brennende Gefahr,
Wovon die Stimme sprach: wird allzu stark der Feind,
So stampft und urgewalt'ge Hilf erscheint!
*(Beide stampfen. Aus dem Boden taucht auf ein großer Bauer mit einer Sense.)*

Bauer.
Blitz Donner auch, so mitten aus der Heuet
Wer zwingt mich her? Das Öhmd liegt just verstreuet!
Könnt ihr nicht warten, bis es unter Dach?
Den Teufel auch, was ist denn los?
*(Es brüllt und kracht abermals.)*

Valentin.
Du hörest ja das drohende Gekrach,
Der Krieg ist los, es nahet der Franzos,
Der alte Störenfried, der freche, jähe,
Auf den schlag los, da haue du und mähe!

Bauer.
So der? Das ist was andres, gut, es sei!
Mein Öhmd mag faulen; auf! ich bin dabei!
Er soll mich spüren, mich, den deutschen Michel,
In meiner Faust die starke, lange Sichel.
*(Man hört ein Getrappel.)*

Faust.
Es kommt; nun laß von diesem da dich führen,
Der ist Soldat und weiß zu kommandieren.

Valentin.
Jawohl, ich hab's gelernt im Türkenkrieg,
Mein Hauptmann fiel beim Sturm auf eine Schanze,
Das Fähnlein führt' ich vorwärts, und den Sieg
Errangen wir im blutig wilden Tanze.

Bauer.
Gut, gut, ich bin dabei, sagt nur, wohin zu hauen!
Wer uns bedroht, soll seine Wunder schauen,
Ich will ihn zausen,
Ich will ihm lausen,

Die Sense soll sausen,
Und wenn es ihm gruselt, wenn es ihm graust,
So wird er sie kennen, die deutsche Faust.

Valentin.
Ein Prachtskerl! Was er Arme hat und Schenkel!

Faust.
Und Fäuste! Des Cheruskers wahrer Enkel!
Er gleicht ja fast den alten deutschen Riesen,
Die Kraft der Goten, Sachsen, Friesen,
Der Hessen, Franken, Bayern, Alemannen
Scheint sich in ihm zu einen und zu spannen.
Er strotzet von der Erde Mark,
Wem der hilft, der ist felsenstark.

Valentin.
Ein bißchen ungeschlacht; schad't nicht!
Mir sagt sein Blick, sein klares Augenlicht:
Er ist vernünftig, seine derbe Wucht
Fügt in die Ordnung sich und Manneszucht.
*(Das Brüllen und Trappen kommt näher.)*

Faust.
Sie werden sichtbar, es sind ihrer drei,
Ein Mensch, ein starker Stier, ein wilder Leu.

## Siebenter Auftritt

*Es erscheinen: eine Menschengestalt, zu ihrer Linken ein Mann mit Stierkopf, der ein Geräte trägt, das einer Drehorgel gleicht, aber in eine Röhre mit Seiher ausläuft, zu ihrer Rechten ein Löwe.*

Die Gestalt.
Me voilà, vainqueur de Sebastopel!
Flieht über Stein und Stoppel!
Vainqueur de Solferino!
Bergt euch im camerino!

F a u s t.
Gut, gut! Und der da mit der Orgelspritze,
Was will denn der? Was ist's für ein Geschütze?

D e r M a n n m i t S t i e r k o p f.
Das ist der Witz
Von dieser Spritz,
Daß sie nicht Wasser auf Feuersglut,
Sondern mörderisch Feuer spritzen tut,
Gebt acht,
Wie's knattert und kracht!
*(Er setzt das Gerät in Bewegung.)*
Ist sie erst scharf geladen,
Ihr fallt in ganzen Schwaden!

B a u e r.
Man wird es ja sehen,
Wer besser kann mähen.

F a u s t.
Zur Rechten da, was will der Leu?
Ein Sinnbild wohl? Das Gleichnis ist nicht neu!

D i e G e s t a l t. Kein Gleichnis nur! Aus Afrika
Kommt dieser da,
Nach rühmlichen Siegen
Mein Diener in Kriegen;
Sein Blick ist Wut,
Sein Trank ist Blut,
Sein Zahn Verderben,
Seine Klaue Sterben,
Mit einem wilden Katzensatz,
Wirst sehen, ist er auf dem Platz,
Schlingt Lamm und Rind,
Würgt Mann und Weib,
Schont nicht das Kind
In Mutterleib,
Und eh du noch herbeigerannt,
Wird Wüste sein dein ganzes Land.
Allons! En avant! Marche, marche! Attaque!

Valentin *(dem Bauern ins Ohr).*

Hau zu! Hau zu! wer schnell sich wehrt
Und ins Konzept dem Gegner fährt,
Gewinnt das Spiel! Geschwind!
Hau wie der Wind!

*(Der Bauer holt aus und haut dem Löwen, wie er aufspringen will, eine Tatze ab, der Löwe brüllt vor Schmerz und fährt zurück. Alle drei werfen sich auf die Gestalt, die den Degen zieht, der Mann mit Stierkopf schießt die Kugelspritze los, der Löwe wendet sich wieder zum Angriff; heftiger Kampf, der in kreisende Bewegung übergeht, die Feinde werden in die Enge getrieben, Stiermann und Löwe stürzen, die Gestalt sinkt in die Knie.)*

Faust.

Er kniet, in unsern Hieben war ein Segen.

Gestalt.

Je suis perdu, da habt ihr meinen Degen!

Faust.

Gib her, du bist des Schwerts nicht wert,
Das ein frivoler Krieg entehrt!

Valentin *(ihn betrachtend).*

Ich sah einmal in meinem Vaterlande,
In einem Tal voll heilsam warmer Quellen,
Allwo, mit unsrem Abschaum in dem Bund,
Zu unsrer Schmach und ew'gen Affenschande
Ein Spielbankpächter saß, ein welscher Hund,
So eine Art zuchthäuslicher Gesellen –
Ich drückte mich – zusehn wollt' ich einmal –
Durch die Pariser Huren in den Saal –,
Mir ekelte, gar manche deutsche Frauen
Vermengt mit diesem Lauspack hier zu schauen,
Indes den Gatten schnöder Kitzel jückte,
Zu sehen, was am Schandtisch wohl ihm glückte –:
Da sah ich Kerle, die mit feinen Krücken
Das Blutgeld so zusammenschäufelten,

Mit matten, überwachten Blicken
Es sonderten, verteilten, häufelten:
Sieh, Faust, ganz so verschnurrt, verkohlt und stumpf,
So ausgesogen, so ein stiller Sumpf
Ist dieses Kerls verwittert Angesicht,
So ausgebrannt stiehlt sich ein müdes Licht
Aus seinen eingezwickten Lidern.

Faust.
Die croupiers meinst du*. – Führt ihn fort, den Biedern,
Ins Loch mit ihm, da mag er brummen
Und dann verstummen.
*(Valentin und der Bauer führen die Gestalt ab, nach wenigen Schritten fällt sie und zerbricht; aus den Fetzen, in die sie sich auflöst, fließt die Essenz, die Mephistopheles eingegossen.)*

Valentin. Pfui Teufel! Guck hieher, in lauter Brüh
Löst er sich auf, die stinkt, so stank's noch nie!

Faust.
Nach Pech und Schwefel, cremor tartari!
Es wirft mich fast.

Der Bauer.
Ganz wie verstunkne Eier!

Valentin.
Wie Aas, geschmort im Höllenkochherdfeuer.

Faust.
Wohl, wohl! Doch weiter treibet nicht den Hohn!
Es sind die Sünden einer Nation,
Was hier zu Quintessenz ist destilliert;
Was eines Volkes lüsternes Verlangen
An uns schon seit Jahrhunderten begangen,
Ist in dem schnöden Gallert komprimiert;
Die Puppe, die wir trocken nun gesetzt,
Wohl auch die Pfaffen haben sie gehetzt,

* Die ganze Stelle wörtlich so schon in der ersten Auflage 1862.

Doch allen wurmt's in ihrem eitlen Sinn,
Daß ich der Faust von früher nicht mehr bin!
Wie schade drum, denn brüderlich zu wandern,
Daß einer willig lerne von dem andern,
Sind wir bestimmt, reich ist ihr Geistesschatz,
Und fruchtbar ist der Geister Gegensatz!
Wie schade, daß ein Volk, dem wir so viel verdanken,
Bei allem seinem Witz auf *einem* Punkt muß kranken!
Es ist ein Punkt, worin – sieht man genauer zu –
Der Feinste, Klarste selbst bei ihnen ist ein fou:
Er heißt: wir sind auf jeden Fall
Die erste Nation im All;
Derselbe Satz klingt fort und fort
Als Schlußrefrain aus jedem Wort,
Drum wollen sie wie eifersücht'ge Knaben
Noch immer, was doch uns gehöret, haben.
Die Lehre aber, die soeben
Der derbe Michel euch gegeben,
O möchtet ihr sie zu Gemüte führen
Und nicht zum Rachekrieg die Flamme schüren!

Der Bauer.

Denk's auch! Bin schwer von Weib und Kind
geschieden,
Ich geh nach Haus, ich liebe mir den Frieden.
Stört man noch einmal meine Ruh,
So schlag ich noch viel gröber zu.
B'hüt Gott!

Valentin.

B'hüt Gott, hast brav geschafft!

Faust.

Jawohl, hab Dank, hast brav geschafft,
B'hüt Gott, urmarkige Volkeskraft!
*(Der Bauer hat beiden die Hand gedrückt und verschwindet in der Erde.)*

Faust.

Ach, wie der drückt, mir brennt die Hand und saust!

Valentin.

Ja, ja, das ist des Michels Faust!

Gesang unsichtbarer Geister.

Glücklich erstanden!
Selig der Mutige,
Welcher die blutige,
Bonapart-Hutige,
Schnell hereinplatzige,
Löwenhaft tatzige,
Krallenhaft kratzige,
Kriegerisch boxige,
Brüllende, ochsige,
Pulverich blitzende,
Kugelnbespritzende,
Gliederzerschlitzende
Prüfung zwar nicht allein,
Doch da er jetzt zu zwein,
Und mit Genehmigtsein
Sehniger, Michlicher,
Hauender, sichlicher
Hilfe der ehrlichen,
Wälderhaft bärlichen,
Oft widerhärlichen,
Endlich verbundenen,
Einig gefundenen,
Pfeilisch umwundenen
Volkskraft bestanden!

Faust.

Habt Dank, ihr Geister, für das schöne Lied!
Doch von dem heißen Kampfe bin ich müd;
Komm, Valentin, hier laß uns niedersitzen.

Valentin.

Ja, ja, der Wauwau macht' uns weidlich schwitzen.

Faust.

Ein bißchen Ruhe täte gut
Dem überhitzten, umgejagten Blut!

Die dritte Probe soll die schwerste sein.
Hätt' ich zur Stärkung nur ein Gläschen Wein!
Zur neuen Arbeit fühl ich wenig Kraft.

Valentin. Ach, wär' es nur ein Seidel Gerstensaft!
Wie sehn ich mich nach einem festen Trunke,
Doch nichts vergönnt die frostige Spelunke!

## Achter Auftritt

*Man hört eine Stimme:*

Hocus pocus!
Pocus hocus!
In nomine horum
Et harum
Sanctorum,
Sanctarum!

Valentin.
Was gibt's da? Worum oder Warum?

Faust.
Was schnarrt, was plärrt, was dudelt?

Valentin.
Was näselt, leiert, ludelt?

Stimme.
Et in nomine sancti
Loyolae, Loyolae, Loyolae!

Valentin.
Na, Johlen kann ich auch,
In unsern Bergen ist's der Brauch.
*(Er jodelt.)*
Hoidohä! Hoidohä! Hoidohä!
*(Es nähert sich eine Dunstwolke.)*

Faust.
Wie riecht's auf einmal seltsam penetrant,
Halb nach Gewürze, halb nach Fackelbrand!

*(Aus der Dunstwolke erscheint ein hagerer schwarzer Schemen mit langem Schiffhut, hinter ihm ein Knabe mit einem Gefäß, ein anderer mit einer Pechfackel, neben ihm rechts ein großer Hund mit Stachelhalsband, links ein kleiner Fuchs.)*

S c h e m e n.
Fauste!

F a u s t.
Was soll's?

S c h e m e n.
Gehorsam!

F a u s t.
Wem denn? Dir?

S c h e m e n.
Ja mir, dem einzig wahren Gott in mir!
Denn seines Sohns realer Stellvertreter
War ja in Rom der heil'ge Jünger Peter;
Desselben Stellvertreters Stellvertreter,
Das Oberhaupt der ganzen Christenheit,
Inhaber der Unfehlbarkeit,
Hat mich ernannt als jenes Unkrauts Jäter,
Das Luther, der vermaledeite Racker,
Gesäet in des reinen Glaubens Acker.
Bin auf dem großen Kirchenkriegstheater
Sein General, sein großer Ketzerbrater,
Sein Ketzerfolterknecht, sein Ketzerfresser,
Auch seiner Lehre Doktor und Professer,
Ich komme, Ketzerseele, dir zu künden:
Vor allem jetzt bereue deine Sünden,
Bekehre dich zum Glauben, der allein
Zum Himmel führt der Kirche Lämmelein!
Dann hast du mich zu deiner Knabenschule
Alleinigem Direktor einzusetzen,
Ich hasple ihre Seelen auf die Spule
Des wahren Credo, tilge weg die Fetzen
Des eitlen Wissens. Wenn du dich bekehrst

Und nur, was ich erlaube, denkst und lehrst,
Magst du als Unterlehrer figurieren,
Etwa die kleinern Kinder informieren.
Nicht schäme dich an dem geringern Kittel:
Kollaborator ist doch auch ein Titel,
Auch sagt er, wie nach unsrem Postulat
Zur Kirche sich verhalten soll der Staat. –
Den Jungen soll es nicht vor deiner Lehre gruseln,
Sie ist so streng nicht, als sie scheint,
Zeig ihnen, was sie schön vereint,
Mit würz'gem Dampfe mußt du sie beduseln,
Mit unseres Mischmaschs dichtem Qualm und Rauch,
Der brodelnd dampft in dieser Schüssel Bauch;
Komm, Kleiner, ihren goldnen Deckel lüfte,
Du, rieche nun die wunderbaren Düfte!
*(Der Knabe öffnet das Gefäß.)*
Wandmoose, Mumienreste aus Ägypten,
Geholt aus Pyramiden, Tempeln, Krypten,
Urheil'ge Isis- und Osirismythen,
Aus Syrien Adoniskultusblüten;
Ranunkelwurzel, brand'ger Spelt
Aus Ahrimans finstrer Abgrundswelt,
Blumengebild mit gelber Spitze,
Symbol von Mithras Zipfelmütze,
Tollkirsche, zeugend Schwindeldunst,
Entsproßt schamanischer Zauberkunst,
Ein gut Pfund Judaismus,
Ein Quantum Buddhaismus,
Benebst so mancher schönen Blume
Aus echt altgriechischem Heiligtume:
Vom Dienste der Venus und Here
Manch glänzende duftige Beere,
Samen von römischen Laren,
Draus wuchsen Heiligenscharen,
Auch saftige Eichenblätter
Aus Hainen germanischer Götter,

Auf Wodan weisend, auf Balder, Thor,
Nahrhafte Eicheln findst du vor. –
Dies alles auf heil'gen Flammen
Zu einem Brei gekocht zusammen,
Ergab die Aromatik
Von unserer Dogmatik,
Hat sich gemischt, durchdrungen und summiert.
Daß es die Seelen mystisch nebuliert,
Die um so leichter man dann dominiert.

Valentin.
Puh! Puh!
Mach wieder zu!

Faust.
Fort mit dem Dampf!
Er macht mir Krampf!
*(Der Knabe schließt das Gefäß.)*

Schemen.
Verschmähst du, diesen Küchenmus zu ehren,
Mit seinem Dunst die Knaben zu ernähren,
Gehorchest du und beugest du dich nicht,
Dein wartet unbarmherziges Gericht:
Sieh meinen Garkoch: wer nicht mir geschworen,
Den wird er auf dem Scheiterhaufen schmoren!
*(Er zeigt auf den Fackelträger, der die Fackel schwingt.)*

Faust. Wie? Was? Ich, der im Waffentanz
Geschlagen den dämonischen Popanz,
Ich, siegestrunken, soll den Reißaus nehmen
Vor deinem Prahlen, abgeschmackter Schemen?

Schemen.
Der Kirche vielgetreuen lieben Sohn,
Den frommen Wächter an dem heil'gen Thron
Hast du, Barbar, im Sündentrotz geschlagen!
Dein ist die Schuld, daß durch die fromme Pforte
Bewaffnet einbrach die profane Horde,
Dem Herrn der Welt, der Fürstenhäupter Haupte,

Des Constantinus heil'ge Schenkung raubte
Und ihn, da er nicht floh,
Gefangen warf auf Stroh.
Frohlocke nicht, es soll dir nicht behagen!
Von innen aus laß ich dein Reich zernagen!
Erfahre dann, wie schwach es sei,
Wie schlecht sie baut, die freie Maurerei!

Faust.
Dein's, auf die Dummheit von der List gemauert,
Glaubst du, daß es in Ewigkeiten dauert?

Schemen.
Kein Fundament ist ja so fest und breit,
Ein solcher Bau besteht in Ewigkeit.

Faust.
Auf einer Fälschung ruht dein Machtbestand!
Die Schenkung Constantini – Wind und Sand!

Schemen.
Die Fälschung wirkte vollen Rechtes Titel,
Der heil'ge Zweck, er heiligt jedes Mittel,
So daß, wenn dieser nur dadurch gedeiht,
Ein Mördchen auch die Kirche gern verzeiht.
Ja, solch ein Bau, mit Gift und Blut gekittet,
Er wird von keiner Zeiten Sturm zerrüttet.
*Dein* Bau ist Lehm, ist Glas, ist dünnes Blech.

Valentin.
Jetzt ist er gar zum Heucheln auch zu frech!
Den Hut herab von deiner Gleißnerfratze,
Herab den Deckel von der Pfaffenglatze!
*(Will ihm den Hut vom Kopf schlagen.)*

Schemen *(abwehrend).*
Ihr wißt noch nicht, weltlich naive Lümmel,
Was wir vermögen, die wir sind vom Himmel!
Sprecht, meine Diener, ihren Mut zu kühlen!
Wenn sie nicht hören, lasset schnell sie fühlen!

Der große Hund. Wu wu, wau wau, wu wu!
Entsetzet euch, hu hu!

Ich bin das wilde Bulldoggtier,
Bin stärker als der stärkste Stier,
Ich bin der alte Bannbullbeißer,
Wovor gezittert mancher Kaiser.
Wer steht, den zwag ich,
Wer läuft, den jag ich,
Ich hetze trotz'gen Potentaten
Die eignen Völker an die Waden,
Nicht oberflächlich beiß ich an,
Tief dringt mein eiterbiss'ger Zahn,
Mein Herr, im Fluchen meisterhaft,
Lieh ihm des Fluchgifts Ätzekraft,
Das wühlt und wühlt in Fleisch und Blut,
Wie Geifergischt der Hundewut.
Zwar bin ich welsche Hundezucht,
Bin jener Doggen Enkelfrucht,
Mit denen man im Frankenland,
Von schönen Eifers Glut entbrannt,
Die Hugenotten in die Messe hetzte,
Daß manche gläub'ge Seele sich ergetzte;
Doch auch Germania heutzutag
Heckt meinen edlen Hundeschlag.
Ich heiße Hatzrüd, Bull, Packan,
In neuer Zeit, die mehr human,
Gewöhnlich einfach Hetzkaplan.
Wu wu, wau wau, wu wu!
Entsetzet euch, hu hu!

Der kleine Fuchs.

Burg Malepartus ist mein Ort,
Ich bin und heiße Schwindelhort,
Bin Virtuos in Schlich und Pfiff
Und jedem Advokatenkniff.
In jeden Brei,
Wes Stoffs er sei,
Werf ich die Kirchenpille;
Verdreht, verhext

Wird jeder Text
Durch meine Kreuzpostille.
Ich spiele für den heil'gen Rock
Brett, Mühle, l'hombre und Tarock,
Im Rams, im Tapp, in Whist und Skat,
Macht mich so leicht kein Gegner matt,
Kann schachern, wie um Hemd und Hut
In klugem Tausch ein Mauscheljud,
Wer mich beschummeln wollt' und fahn,
Der müßte wahrlich früh aufstan.
Treu schwör ich meinem jetz'gen Herrn,
Doch ist das Wölfische nicht fern.
Ihr draußen, beugt euch, sinkt vor uns aufs Knie,
Denn wir sind Zentrum, ihr Peripherie,
Ich aber bin vom Zentrum
Das Rhododendrum.
So spricht der Fuchs
Und nicht zum Jux!

Schemen, Hund und Fuchs *(zusammen).*
Wir bieten auch die Hand zur Stärkung der Gemeinde –
Helfe, was helfen mag! – dem wildsten unsrer Feinde,
Und wohnte er im tiefsten Trichter
Am Schwefelthron der Höllenrichter,
Herbei muß der gehaßte Widersacher!
Wir dingen ihn, er liebt wie wir den Schacher;
Verkauft er doch im Wahlkampf seine Seele,
Damit ihm nicht der unsern Stimme fehle,
Verhandelt Überzeugung und Gewissen,
Der Spitzbub, den wir doch nicht gerne missen.
Wir kennen, was uns eint: Freiheit ist unsre Losung,
Und sie verbindet uns zu zärtlicher Liebkosung.
Regiert, so rufen wir, soll schließlich gar nicht werden,
Es sei denn, daß nur wir regiereten auf Erden,
Wir wollen alles und sie auch,
So stecken wir in *einem* Schlauch.

Wir wissen beide nichts von einem Vaterlande,
Den Teufel fragen wir nach seiner Ehr und Schande!
Krallkatzen von der besten Art,
Der roten,
Nun hebt und wetzt, mit uns geschart,
Die Pfoten!

*(Es erscheint eine Meute rotgestreifter Katzen. Der Schemen, der Hund, der Fuchs singen mit ihnen zusammen.)*

Feldruf sei:
Alles frei
Für Partei!
Wir selb zwei:
Pfaffen-Ei,
Fortschritts-Ei,
Rot und Schwarz, Schwarz und Rot,
Bringen verbündet euch den Tod,
Staat und Polizei!
Juchhei!

*(Wilde Bewegung. Der eine Knabe öffnet den Deckel der Schüssel wieder und spritzt Tropfen aus der Suppe nach Faust und Valentin, der andere schwingt die Fackel, der Hund bellt und packt an, der Fuchs bellt ebenfalls, wässert auf den Schweif und streut ihnen das Naß in die Augen, die Katzen fauchen, miauen und werfen sich auf die beiden; diese lassen nach und nach vom Widerstand ab.)*

Faust *(verwirrt, taumelnd; er erscheint plötzlich ein anderer, Helm und Degen entfällt ihm).*
Mir wird so schwach, so zappelich!

Valentin *(dem der Degen ebenfalls entfällt).*
Mir wird so blöd und schwabbelich!

Faust.
Es ist doch etwas Schönes um den Frieden.

Valentin.
Ein Lämmlein wird, der Raufbold war hienieden.

Faust.
Man kann ja weichen und im Weichen sagen:
Ich weiche nicht, ich will nur Rechnung tragen.

Valentin.
Schon Salomo, der Weise, sprach:
Freund, der Gescheiteste gibt nach.

Faust.
Doch nicht umsonst; da heißt es: klüglich fahre!
Man marktet, feilscht, man bietet War um Ware;
Tu ich dir dies, dafür tust du mir jenes,
Ums Schachern ist's im Grund doch etwas Schönes.

Valentin.
Im Kriege hatt' ich einen Kameraden,
Der hat im Landsknechtspiel mich gut beraten,
Ich kartle mit dem Fuchs, ich will ihn tüchtig tummeln,
Es wird sich finden, wer den andern kann beschummeln.

Faust.
Zu guter Disziplin verhilft mir doch der Schemen,
Mein wildes Bubenvolk wird er mir helfen zähmen.

Valentin.
In meine Kneipanstalt dort an des Himmels Schwelle
Erhandl ich, daß er mir zahlreiche Kundschaft stelle;
Bringt er die Roten mit, das ist ein starker Haufen,
Da gibt es vielen Durst, sie werden tüchtig saufen.

## Neunter Auftritt

*Ein starker Knall, das Gewölbe der Höhle öffnet sich, Licht von oben dringt herein, in der Höhe erscheinen zwei Männer, umgeben von einem Strahlenkreis.*

Erster Mann. Der alt böse Feind,
Mit Ernst er's jetzt meint,
Groß Macht und viel List

Sein grausam Rüstung ist,
Auf Erd ist nicht sein'sgleichen.

Ein ewigs Gut
Liegt in eurer Hut,
Das ist nicht Wind,
Damit spielen ist Sünd,
Dürft nicht wanken und weichen.

Da nehmt ein Schwert,
Ist Mannshand wert,
Heißt Luthers Herz und Mut,
Kräftiglich hauen tut,
Ein gute Wehr und Waffen!

Führt es so wie ich
Standhaft ritterlich,
Der Satan steht ihm nicht,
Das macht, er ist gericht't,
Belial und seine Pfaffen.
*(Er reicht ein Schwert herunter, Valentin ergreift es.)*

Valentin.
Das sprach ein Mann von Schrot und Korn,
Recht hat er mit seinem heil'gen Zorn.
Der Donner schlag', was war ich für ein Schaf!
Bin wieder Valentin, Soldat und brav!

Zweiter Mann.
Wofür die Ahnen blutig einst gestritten:
Freiheit der Welt von pfäffischer Gewalt,
Wofür mein Volk am Marterkreuz gelitten,
Zerstampft, beraubt und krank an innrem Spalt:
Jetzt, da ihr in erstaunten Weltteils Mitten
Dasteht verjüngt, in stolzer Mannsgestalt,
Schenkt ihr den Preis in einem Wahn von Milde
Dem Nimmersatt und seinem Götzenbilde.

Als Losung nicht für weiche, matte Seelen
Hab ich der Duldung schönen Ruf gemeint,

Nicht eurer Schonung wollt' ich ihn empfehlen,
Den »Patriarchen«, jeder Duldung Feind!
Laßt euch von mir zu bessern Taten stählen!
Schämt euch! Ich stand allein, ihr seid vereint.
Da nehmt dies Schwert von mir, sein Nam ist
Wahrheit!
Grad aus, wie ich, haut durch und schaffet Klarheit!
*(Er reicht ein Schwert herab. Faust ergreift es.)*

Faust. Der Kopf wird hell, der Schwindel weicht,
Der Alp läßt frei die Glieder,
Fort, Dunstgebilde, Larven, fleucht!
Mich selber find' ich wieder.
Bin Faust und fühl es tief und recht:
Wie ich beharrte, wär' ich Knecht.
Ein geistig strebend Volk ist mein,
Todfeind des Wahnes dumpfem Schein,
Dein treuer Hüter will ich sein!
*(Beide heben die Schwerter, die sämtlichen Popanze, die während der Reden der zwei Geist-Männer stutzend stillgestanden, verschwinden, das Gewölbe hat sich wieder geschlossen.)*

Gesang unsichtbarer guter Geister.
Glücklich erstanden!
Selig der Treffliche,
Welcher die pfäffliche,
Überschlagbeffliche,
Hetzkaplankläffliche,
Schwarze, soutanische,
Ultramontanische,
Undeutsch romanische,
Spanisch loyolische,
Sengend petrolische,
Buddha-mongolische,
Kritische, griffige,
Schwindelhortpfiffige,
Fuchsschweifbeschiffige,

Reineke Vossige,
Keineswegs possige,
Wirklich Canossige
Prüfung –

Chorus mysticus *(einfallend, in tiefem Basse).*

Halt!
Was man zuletzt gesehn,
Als wär' es schon geschehn,
Ist noch nicht factum!
Verbum verwandelt sich,
Merket, es handelt sich
Eigentlich nur um
Futurum
Exactum.

Unsichtbare gute Geister *(fortfahrend).*

Prüfung zwar nicht so ganz
Allerdings nicht mit Glanz,
Immerhin unterdes
Doch noch mit Hilfe des
Beistands der Geister
Älterer Meister,
Und wenn man ungeniert
Sonderlich konjugiert,
Diesesmal setzet statt:
Prüfung bestanden hat –
Bestanden haben wird,
Wirklich nur kurz beirrt
Noch hat bestanden!

Faust. Wie rührt mich im Bewußtsein meiner Schuld
Durch dies Konzert der hehren Geister Huld!
Ich, der so streng im richt'gen Konjugieren
Das Schülervolk gewohnt zu exerzieren,
Wie tröstet mich's, daß mir zum Benefiz
Diesmal darf gelten ein grammat'scher Schnitz!

Valentin.

Nur in der deutschen Schul bin ich gewesen,

Und *das* nicht lang, ich bracht' es kaum zum Lesen.
Ich sage einfach: Gnade ist geschehen
Für Recht. Was? Weichen vor dem Schwindelquark?
Rührt er sich wieder, dann soll's anders gehen,
Man soll mich finden und mein altes Mark! –
Was aber regt sich noch im Hintergrund?
Was geistert hinten in dem Höhlenschlund?
Sind's gar die Mütter, die man nicht mehr sah?
Wo staken sie? Potz Blitz, sie sind schon da!
*(Die Mütter, die aus einem Winkel der Höhle hervorgeschlüpft, erscheinen mit verschiedenem Küchengerät und Geschirr, auch Feuerbränden bewaffnet.)*

Die Mütter. Volkes Stimm Gottes Stimm!
Unser Kaplan
Füllte mit Gall und Grimm
Frommes Organ,
Christlichste Zeitungen,
Wahrheitsverbreitungen.
Stechet mit spitzem Stift,
Speiet und spritzet Gift!
Hussa packan!
Halali!

Laßt ihm den Schlüssel nicht,
Haltet ihn fest,
Strafet den Bösewicht
In unsrem Nest!
Quälet und peiniget,
Kreuziget, steiniget
Ketzerisch Sünderpack
In unserem Höhlensack!
Hussa packan!
Halali!

*(Sie machen einen Angriff mit ihren Instrumenten, werfen Brände und einen Hagel von Geschirren, aus denen verschiedene Brühe, Essig, Kaffeesatz und dergl. sich ergießt.)*

Faust.

Auch das noch! Mit den schnöden Vetteln
Soll man noch seine Zeit verzetteln?
Schaff du sie fort, ich rühre keine Hand.

Valentin.

Man schlenkert sie halt einfach an die Wand!
Sich da befassen tut nicht gut;
Sie schaden dem nur, der sie fürchten tut.
*(Er wirft sie verächtlich an die Wand, wo sie, in Papierfetzen verwandelt, hängenbleiben.)*

Gesang unsichtbarer Geister.

Völlig erstanden!
Selig der würdige
Nordengebürtige,
Der auch die letzliche,
Lästige, bürdige,
Zwar nicht entsetzliche,
Doch nicht ergetzliche,
Maulig bemutternde,
Nervenerschutternde,
Schwach Herz verbutternde
Prüfung bestanden!
Dir auch, du anderer
Unterweltswanderer,
Nicht leicht entfärblicher,
Derblicher
Sterblicher,
Der du befreitest schon
Früher den Sorgensohn
Voll Resolution
Aus jener brätlichen,
Duftend salätlichen,
Sinne beschleichenden,
Nase bestreichenden
Prüfung und treuelich,
Nimmermehr scheuelich

Ihm in dem spassischen,
Helenaklassischen
Und in dem sohnischen
Euphorionischen,
Hüpferlich narrischen,
Grillig bizarrischen
Strauß dich gesselletest,
Dann zum gefährlichen,
Sehr militärlichen
Kampfe dich stelletest
Und mit ihm schwitzetest,
Feind niederblitzetest,
Dann in der kritischen,
Kulturpolitischen,
Stickluftmephitischen
Prüfung zwar wackeltest,
Wankelhaft fackeltest,
Doch dich ermannetest,
Anfangs zu klügliche,
Schwache, verzügliche
Geisteskraft spannetest
Und den halb faktischen,
Futur-exaktischen
Sieg mit errangest,
Götzen bezwangest,
Endlich den Mütterspuk,
Schwarzen Gespenstertuck
Warfst an die Wand zuruck,
Sagen wir Amen
Nach dem Examen!

Valentin.
Nun ja, doch jetzt genug der Dudelei!
Ich mag sie nicht und brauch sie nicht,
Die höchst langweilige Lobeshudelei,
Tu halt nach Kräften meine Pflicht.
Zu meiner Bärbel möcht ich jetzt nach Haus,

Mach, Faust, zieh deinen Schlüssel wieder raus!
Doch halt! dann kommt der Schornsteinfeger wieder,
Dem steh ich nicht für seine ganzen Glieder;
Der Schandgeselle, der im Ruße haust,
Seh ich ihn nur, so juckt mir schon die Faust;
Doch diesmal leider werden wir ihn brauchen,
Wer sonst kann durch den Schlot hinauf uns
schlauchen?

Faust.

Ich glaube doch, zur Auffahrt an das Licht
Bedürfen wir des schwarzen Helfers nicht;
Die Rückkehr in das ganze Eine,
Wo sich das Wahre mit dem schönen Scheine
Vereint, wo sich vollzieht das höchste Gut,
Bedingt nicht wieder die Negation;
Drum zweifle nicht, mein Sohn,
Diesmal ermahne *ich* dich, fasse Mut!
Ich höre etwas wie ein wirbelnd Sausen,
Ein ziehend Wehn von oben her und außen,
Der Himmel hat, so wage ich zu hoffen,
Etwas wie eine Luftdruckpost zur Hand – –
Entschlossen pfeif ich –
*(er pfeift auf dem Schlüssel, die Türflügel springen auf)* sieh, der Weg ist offen!
Ich spür's, der Zug ergreift schon mein Gewand,
Hinauf, hinan!
Frei ist die Bahn!
Hinauf aus schwarzer Tiefe.
Ins Lichte, Positive!
*(Während dieser Worte sind beide schon vom Boden gehoben, schweben dem Tore zu, durch dasselbe hinaus, dann, wie von einer Windhose gefaßt, wirbelnd nach oben und verschwinden.)*

*(Ende des zweiten Aufzugs.)*

# Dritter Aufzug

## Erster Auftritt

*Mephistopheles vor einer großen, dunkeln Wolke, hinter welcher Glanz hervorstrahlt.*

Mephistopheles.
Beim siedenden, höllischen Pech und Schwefel!
Das ist nicht recht, ist Verrat und Frevel!
Ein andrer, ein Schwächling mag dich loben,
Wortbrechende Eigenmacht da oben!
Sooft er mir in die Falle tappt,
Wird er mir wieder weggeschnappt;
Fass' ich ihn wieder, wird aus meinen Ketten –
Ihn sicherlich ein neuer Staatsstreich retten!

Stimme des Herrn *(aus der Wolke).*
Es irrt der Mensch, solang er strebt.

Mephistopheles.
Nicht übel! Und wenn er zappelnd klebt
Und also in Wahrheit nicht mehr strebt,
Ist er nicht mein?

Stimme des Herrn.
Nein!
Er wird sich erheben
Und wieder streben.

Mephistopheles.
Schon gut, nur dauert es nicht lange.

Stimme des Herrn.
Auch dann ist uns um ihn nicht bange,
Aufs neue schwingt er sich empor.

Mephistopheles.
So, so! Nun aber kommt mir's vor,
Wir geraten ins ewige Lied hinein,
In die Schraube ohn Ende;

Mir wirbelt's im Oberkämmerlein,
Als ob das Gehirn mir brennte;
Wer sagt mir in dieser Finsternuß,
Wie das Drama dann finde seinen Schluß? –
Und noch etwas: liegt er im Sumpf und Schilfe,
Dann schickst du Geister zu seiner Hilfe.
So freilich zerreißt er leicht seine Kette:
Das ist Unrecht, das ist gegen die Wette.
Du sprachst von einem dunkeln, sichern Drange,
Der ihn noch in die Klarheit werde führen,
Du sprachst kein Wort von Helfen, Sekundieren,
Dir schien um Faust auch ohne das nicht bange;
Du *gabst* mir *vor*, er war mir überlassen,
Mit meinen Künsten durfte ich ihn fassen;
Auf seinen Urquell bautest du allein,
Und jetzt mit Geistern greifst du treulos ein.

Stimme des Herrn. Ihre Kraft, sie gilt wie seine,
Denn die Menschheit, sie ist nur *eine*. –
Im Wechsel von Fallen und Streben
Bewegt sich ewig das Leben
Und des Lebens innerster Kern und Saft,
Das ist im Wechsel die strebende Kraft.
Unendlich dehnt sich im Lauf die Zeit,
Sie ist nur ewige Endlichkeit,
Wahrhaft ewig, unendlich in sich
Ist der Geist nur, das wahre, reine Ich.

Mephistopheles *(lacht stark).*

Stimme des Herrn.
Du lachst?

Mephistopheles. Ich lache, ja!
Denn in die Metaphysika,
So merk ich nun, geht's da hinein.
Hab solche Sachen, dünn und fein –
Jetzt will mir die Erinnerung wieder kommen –
In einem deutschen Hörsaal einst vernommen.
Nun aber – wird alles so enthüllt,

Wo bleibt dann Gestalt und Schein und Bild,
Was wird aus dir?
Was wird aus mir?
Wo bleibt der Tragödie ganzer Staat
Ohne den mythischen Apparat?
Und also der Schluß? Nun sage!
Ich wiederhole die Frage!
Mit Fausto was soll am Ende geschehn?
Bin doch begierig, will doch sehn!

Stimme des Herrn.
Nun ja, zum Himmel führ ich ihn ein,
Und das zweitemal soll es gültig sein.

Mephistopheles.
Ja, wenn er doch immer wieder irrt
Und der Sinn nur abstrakt in den Lüften schwirrt,
Daß das Streben im ewigen Einerlei
Von Fallen und Streben das Wahre sei,
Dann wird ja als sinnlich einzelnes Fakt
Die Rettung zu einem gewaltsamen Akt,
Ist Staatsstreich, ist Handeln wider den Pakt.
Ist des Bilds Bedeutung herausgehoben,
So ist es verflüchtigt, ist zerstoben,
Drängt es sich dick auch dann noch ein,
So ist es schiefer, konfuser Schein.

Stimme des Herrn *(schweigt lange).*

Mephistopheles. Nun, nun? Kein Wort?
Wie lange währt das Schweigen fort?
*(Für sich.)*
Ich hör etwas – vertrau ich meinem Ohr,
So kommt mir's wie ein heimlich Lachen vor.
Da hätt' er also doch das Lachen
Sich nicht ganz abgewöhnt;
Das wäre nett, bei so bestellten Sachen
Ständ' es nicht krumm, wir wären halb versöhnt.

Erzengel Michael *(tritt aus der Wolke hervor).*
Nicht weiter verhandelt der Herr mit dir,

Sein letztes Wort übergibt er mir.
Es lautet: Punktum. Es bleibt dabei,
Faust wird gerettet, er wird frei!
Dir aber gönnt die Resolution
Noch etliche Satisfaktion.
Dafür, daß Faust, betäubt vom Myrrhendampfe,
Nicht wacker aushielt in dem Pfaffenkampfe,
Muß er von schimmlich modernden Figuren
Ertragen abgeschmackte Prozeduren,
Legendenhaft,
Studentenhaft
Zur Himmelfahrt sich weihen lassen.
Dann darfst du noch einmal ihn fassen:
Zu Fausti Sanctificatur
Bedarfs noch einer Doppelkur,
Einer trocknen und einer nassen;
Du darfst sie leiten, darfst für seine Nerven
Nach Lust die Läutrung schärfen.
Die Formen, das Verfahren
Wird man dir offenbaren.
Doch nicht mißbrauche das bedingte Recht,
Sonst geht dir's schlecht!
Laß insbesondre bei der zweiten Kur
Das Feuer weg, sonst zittre nur!
Und endlich soll der aufgeschloßne Himmel
Im Unterschied vom früheren Gewimmel
So übersinnlich mager sein,
So transparent, so äußerst fein,
So fadenscheinig und so dünn,
Daß nicht zu glänzend der Gewinn;
Conclusum. Imprimatur!
Janicula claudatur!
*(Michael und der Glanz verschwinden.)*

Mephistopheles. O klägliche Abfinderei!
Schäbige Halbheit, unrecht gütliche,
So recht perfid gemütliche

Philistertyrannei!
Was kann ich sagen?
Ich muß es tragen!
Es ist mein Schicksal, ach, ich sehe,
Es kann einmal nicht anders sein
In der ewigen gemischten Ehe,
Der Ehe zwischen Ja und Nein!
Doch was ich kann, das will ich nützen,
Der Kerl soll stöhnen und schwitzen,
Will ihn schrauben und schütteln,
Stoßen und rütteln,
Zwicken und zerren,
Er soll mir plärren!
Und mag mir's auch verboten sein,
Das Feuer schmuggl ich dennoch ein!
Ich, der geborne Vulkanist,
Soll auf des Feuers Kraft verzichten?
Mitnichten, strenger Herr, mitnichten!
Der Willkürmacht begegne ich mit List!
Ich will ihn braten, rösten, brühen,
Das Fegefeuer soll nicht heißer glühen!
Dann sag ich mit lustigem Teufelston:
Siehst du, das ist der Humor davon!

## Zweiter Auftritt

*Geräumige Stube in Valentins Wirtshaus. Ein Teil des Raums durch einen seitlich gezogenen Vorhang geschieden und verhüllt, für den Zuschauer offen; ein Schragen ist darin sichtbar.*

Bärbelchen *(einen langen Tisch herrichtend).*
Mein guter Vältl ist wieder da,
Den ich in Ängsten lange nicht mehr sah.
Was Grausliches auf seinem Gang geschehn,

Das deutet er mit dunkeln Winken an,
Spricht von Gespenstern, die sie schaudernd sahn,
Mein armer Kopf kann es nicht recht verstehn.
Bin nur zufrieden, wieder ihn zu haben. –
Mit einem Festtrunk soll ich Gäste laben,
Und an den Trunk soll anderes sich knüpfen,
Wovon die Decke jetzt noch nicht zu lüpfen.
Was steht uns wohl geheimnisvoll bevor?
Ein Wort von letzten, starken Läuterungen,
Von Himmelan, von Schweben und Empor
Ist halbverständlich mir ans Ohr gedrungen.
Was hat dabei mein Valentin zu tun?
Gibt's Arbeit noch? Darf er als Zeuge ruhn?
Was wird aus uns, aus unsrem Wirtshaus werden,
Wenn's Flattern angeht hochweg von der Erden?
Des Himmels Vorraum ist mir gut genug,
Nicht folgen kann ich allzu hohem Flug.

## Dritter Auftritt

*Faust tritt mit Lieschen ein.*

L i e s c h e n. Sei mir gegrüßt, du schlichte Frau!
Der Horizont ist wieder blau,
Er strahlet Wonne auf uns nieder!
Wir haben unsre Freunde wieder!
Und bist du auch an Bildung mir nicht gleich,
Doch nah wie ich dem offnen Himmelreich.

B ä r b e l c h e n.
Ach Gott! Ich spüre gar kein Bildungsstreben,
Als brave Wirtin möcht ich weiter leben!

F a u s t *(zu Lieschen).*
Bestanden ist der dreifach harte Strauß,
Doch weh, noch ist die Probezeit nicht aus!
Nicht freut mich die Tafel, im wirtlichen Saal

Gerüstet zum Einweihungsfestbacchanal,
Verhülltes Schweres ist noch angedroht –
Oh, mir ist bang, und Zuspruch tut mir not!

L i e s c h e n.
Sei stark! So hart wie die bestandne Pein
Kann diese letzte Läuterung nicht sein!

F a u s t.
Wer weiß! Sieh diesen Vorhang ausgebreitet!
Wie geisterhaft die langen Falten zucken!
Was hinter ihm sich mystisch vorbereitet,
Gibt mir gewiß noch Grausiges zu schlucken.
*(Man sieht in der offenen Türe vier Gestalten in Kutten, mit Studentenmützen und Heiligenscheinen. Eine derselben schwebt beständig auf und ab.)*
Aha! das sind sie, die beim leidensvollen
Einkleidungsfest mir assistieren sollen!
»Ein heil'ger Doktor, in Scholastik groß,
Soll Täufer sein bei deinem Fuchsenstoß,
Drei Patres seien Paten dir und Zeugen!«
So ist mir angesagt; ich muß mich beugen,
Muß sie ertragen nach dem finstern Spruch
Mit ihrem ranz'gen Heiligengeruch!
Ach! ich gesteh es, mir geschieht nur recht!
Warum auch hielt ich damals mich so schlecht
Vor dem Gespenste mit der schwarzen Kutte!
Dafür entlehnt aus faulem Kirchenschutte
Mein Dichter aus des alten Goethe Spalten
Boshaft die sporig modrigen Gestalten!

L i e s c h e n.
Laß von Verdruß dich nicht zu stark beschweren:
Es gilt, sie allegorisch zu erklären!

F a u s t.
Ein schwacher Trost für meinen Katzenjammer:
Sie riechen eklich nach der Rumpelkammer.

L i e s c h e n. Zählst du dich zu den Schuldigen,
Zähl' auch zu den Geduldigen!

Zwar nach der Lehre neuerer Theologen,
Die einem denkenden Glauben huldigen,
Bin ich im Töchterinstitut erzogen,
Entwachsen dem byzantinischen Stil,
Wie auch dem folgenden Formenspiel,
Als da ist: dem romanischen Halbrundbogen
Und dem steilen, spitzigen, gotischen;
Aus Andachtbüchlein, niedlichen, modischen,
In schwarzem Saffian mit goldnem Schnitte
Ward schön gesungen in der Töchter Mitte.
Doch ließ' ich, um beseligt hinzuwallen,
Mir gern auch jeden ältern Stil gefallen;
Sei objektiv! Bedeutung ist in allen!

Faust. Ach, sieh doch nur den einen von den Vieren
Beharrlich auf und nieder oszillieren!
Weist dies auf meines ungeratnen Jungen
Euphorion verrückte Purzelungen?

Lieschen. Mahnt dieses Bild magnetischen Prozesses
Dich an die Frucht begangenen Exzesses:
Als Buße für erkannte Schuld
Ertrag' auch dieses mit Geduld!

## Vierter Auftritt

*Die vier Patres treten ein. Pater Ecstaticus, auf- und abschwebend, Pater Seraphicus, Pater Profundus, an ihrer Spitze Doktor Marianus.*

Dr. Marianus *(mit segnender Gebärde).*
Sei benedeit, o Faust, auf diesen Wegen!
Zum letzten Schritt empfange unsern Segen!

Faust.
Mit Ehrfurcht grüß ich euch, altheilige Gestalten,
Entschlossen, fromm und zahm die Weihung
auszuhalten!

*(Für sich.)*
Dem Teufel fast möcht' ich mich lieber stellen
Als diesen übeldunstigen Gesellen!
*(In dem durch Vorhang abgeteilten Nebenraum erscheint Mephistopheles mit Valentin, der eine Gerte trägt.)*

Mephistopheles *(für sich).*
Brauchst ihn nicht zu zitieren,
Wirst ihn schon spüren!

Dr. Marianus *(zu Faust).*
Fürs erste bist du nun gebeten,
Hier in den innern Raum hineinzutreten.
*(Während Faust unbemerkt noch zögert, zu Lieschen.)*
Du, dieses Manns moralische Adjunkte,
Es gibt mitunter so gewisse Punkte,
Es kommt etwas, es geht jetzt etwas vor,
Das nicht wohl paßt für Weibes Aug und Ohr.
Dein Doktor Faustus wird ein wenig stöhnen,
Geh lieber fort, sei fern von diesen Tönen!
Die Festpokale wirst du gern noch scheuern,
Tu es und laß auf kurze Zeit den Teuern!

Lieschen.
Ach Gott, ach Gott, wird ihm doch nichts geschehen?

Dr. Marianus.
Ah bah! Du wirst gesund ihn wiedersehen!
*(Lieschen geht ängstlich ab. Zu Bärbelchen.)*
Du sorge, daß aus eurer Brauerei
Das volle Faß nun bald zur Stelle sei,
Dein Mann hat jetzt was anderes zu tun.

Bärbelchen.
Was denn? Was gibt es denn?

Dr. Marianus.
Nun, nun,
Er wird ein wenig streichen.

Bärbelchen.
Wen denn?

Dr. Marianus.
Den Faust, er hat bei ihm noch etwas gut.
Zwar du gehörst nicht zu den Allzuweichen,
Doch weilst du besser in des Kellers Hut.
Bärbelchen.
Den Faust? Das wäre leichtlich zu ertragen,
Hört' ich den Herrn ein wenig winseln, klagen;
Auch sah ich oft mit guter Ruh
Dem Raufen und Balgen im Wirtshaus zu.
Dr. Marianus. Da sahst du nur bekleidete Gestalten;
Verschöben sich des Vorhangs breite Falten,
Der Anblick würde Frauen wohl beschämen:
Zur Adamstracht muß Faustus sich bequemen.
Geh lieber fort, es ist doch besser,
Und kümmre dich um deine Fässer.
*(Bärbelchen geht ab.)*
Faust *(vortretend).*
So, so? Und mich, mich fragt man nicht,
Ob ich es dulde, solches Schmachgericht?
Dr. Marianus.
So nah, mein Freund, dem Tor des Paradieses,
Sei doch vernünftig und erwäge dieses!
Es sammeln sich durch unsre Sünden
In unsres irdischen Leibes Schlünden,
In unsern Därmen, Muskeln, Sehnen,
Arterien und Venen
Gewisse spröde Stockungen,
Gewisse Saftverhockungen,
Gichtische Pfropfungen,
Kalkige Stopfungen;
Durch diese, wenn sie zähe sich verklemmt,
Wird auch der Seele Rührigkeit gehemmt,
Vorab bei Denkern, welche viel gesessen
Und teils zu wenig, teils zu viel gegessen.
Da gibt's nichts Beßres als ein tüchtig Kneten,
Vereint natürlich mit andächt'gem Beten. –

Mephistopheles *(für sich).*
Das lassen wir auf sich beruhn,
Ich denk, es wird's auch so noch tun.
Dr. Marianus.
Von Männerfaust läßt man die Muskel streichen,
Durchtalgend, mangend, bügelnd sie erweichen,
Man schafft durch diese gründliche Massage,
Dem trägen Blut erleichterte Passage,
Und mit der Flucht des Hämorrhoidalen
Erwacht die Seele neu zum Idealen.
Zu dieser Kur will's eine derbe Hand,
Drum ist dazu der Valentin ernannt.
Er hat in deinen Prüfungstagen
Dir deine Schuld nicht nachgetragen,
Hat dich geleitet, dich gestützt,
Als treuer Knappe dich beschützt,
Dies Satisfaktiönelein
Soll ihm darum gegönnet sein.
Ertrag es, wenn es brennt und saust,
Du weißt: es reimt sich Faust auf Faust!
Nun denn, so unterwerfe dich, mein Bester!
Faust.
Die alte Schuld an Bruder und an Schwester
Bricht meinen Stolz. So führet mich hinein!
Auch diese Buße will geduldet sein.

## Fünfter Auftritt

*Dr. Marianus und die drei Patres treten mit Faust durch den Vorhang in den zweiten Raum.*

Faust *(den Mephistopheles erblickend).*
Nun, da sieht's gut aus, der ist da!
Mephistopheles.
Mit höherem Permisse, ja!

Faust *(zu Valentin).*
Ach Gott, es sei! ich füge mich,
Nur macht es nicht zu fürchterlich!
*(Er wird entkleidet und legt sich auf den Schragen.)*

Valentin *(zu Mephistopheles).*
Dies *eine* Mal gehorch ich dir;
Ich bin bereit, nun kommandier!

Mephistopheles.
Sänftlich streiche,
Fleisch erweiche!
*(Es geschieht.)*

Faust.
Wird's nur nicht stärker, ist es zum Ertragen,
Ich dulde still auf meinem Schragen.

Mephistopheles. Derber reibe,
Pressend drücke,
Klemmend kneipe,
Zwage, zwicke!

Faust.
Au weh!
Ich vergeh!

Mephistopheles.
Magst immer ächzen und schnaufen!
Es bringt die Säfte ins Laufen,
Daß du nicht mehr so lang verhockst
Und bis zum fünften Akte stockst!
*(Zu Valentin.)*
Kratze, fitzle,
Kraue, kitzle!
Kribble, krabble,
Daß er zapple!

Faust *(krampfhaft lachend).*
Haha! haha!
Greulicher Krampf, gichterisch Lachen,
Lieber vor Schmerz heulend zerkrachen!
Hi, hi!

Mephistopheles.
Nachkitzel zur Walpurgisnacht
Und ihren Ludereien!
Der klassischen sei hier nicht gedacht,
Die war schon zum Kasteien,
Man ging vor lauter Deutungsschund
In dem Gestrüppe ja zugrund.
Doch an den Zwerg Homunculus,
Des Dichterhirns forunculus,
Sein Schweben und sein Schwabbeln
Gemahne dich dies Krabbeln!
*(Zu Valentin.)*
Jetzt nimm die Gerte, hau!
*(Valentin haut.)*

Faust.
Au! Au! Au!

Mephistopheles. Für Zauberei beim Uferbau
Mit Menschenopferblut
Hast du den Lohn noch gut;
Philemons und der Baucis Weh,
Die Räuberei zur offnen See,
Auf deiner Rechnung stehen sie,
Ernstlich bereutest du sie nie. –
*(Zu Valentin.)*
Hau stärker zu!
*(Es geschieht.)*

Faust.
Huhu! Huhu!

Mephistopheles *(zu Valentin).*
Zurück jetzt denke an den Degenstoß
Und denk an deiner armen Schwester Los!
Hat man ein Weib so scheußlich ruiniert,
Wird man von Elfensang nicht absolviert!
Jetzt haue zu mit voller Kraft!
Es spritze nur der heiße rote Saft!
*(Valentin haut noch stärker.)*

Faust.

Du haust mich wund!
Ich geh zugrund!
Schwer ist die Schuld!
Übt Gnad und Huld!

Mephistopheles.

Hau zu! Hau zu!
Gib keine Ruh!

Valentin.

Nein! nein! und aber nein!
Nicht länger soll gehauen sein!
Vom Himmel hör ich Gretchens Stimme:
»Jetzt mach ein Ende deinem Grimme!
Hier oben ist die Schuld verziehn,
Verzeih auch du, mein Valentin!«

Mephistopheles.

Was, zahmer Lümmel, du?
Hau zu, hau zu!

Valentin.

Halt's Maul, du hast jetzt ausbefohlen,
Ich werde vielmehr diese scharfe Kur
In ihrer Tempi Reihenfolge nur
Rückwärts absteigend wiederholen,
Bis ich sie schließe mit gelinden Strichen,
Und meine Rechnung gilt mir ausgeglichen.

Mephistopheles.

Wie weich und feig!
Bist du von Teig?
Bist du Soldat
Und scheust die Tat?

Valentin.

Du Schandwurm, der die halbe Welt vergiftet,
Du bist's, der jene Taten angestiftet!
*(Haut ihm mit der Gerte übers Gesicht.)*

Mephistopheles *(das Blut vom Gesicht wischend, für sich).*

Verflucht, daß ich den Kerl nicht zwingen kann!
Was steckt doch in dem ungeleckten Mann?
Ihm gegenüber wird mein Zauber lahm,
Am End noch gar macht *mich* der Lümmel zahm!
Doch nein und nochmals nein!
Der letzte Wurf ist mein!
Hinüber jetzt zu meiner alten Base,
Dem Hexenbalge mit der spitzen Nase!
Da soll ein Naß bereitet sein,
Das durchbeißt bis ins Mark hinein!
*(Ab.)*

## Sechster Auftritt

Valentin *(nachrufend).*
Kratz ab, kratz ab, du Schandgesicht,
Mach, was du willst, man fürcht't dich nicht!
*(Zu Faust.)*
Nun, gehn wir denn noch einmal dran!

Faust.
Ach, sei es gnädig abgetan!
*(Wiederholung der Prozedur in sinkender Skala, Fausts Ausrufe milder, am Ende wohlig.)*

Valentin.
Noch einen Klaps! Steh auf, durchknetet und durchweicht!

Faust *(aufstehend).*
Ach, wie ist mir so wohl, so luftig und so leicht!

Dr. Marianus *(zu den Patres).*
Mit Öl vom Atos, extrafein,
Reibt jetzt die wunde Haut ihm ein,
Dann kleidet mit geweihter Hand
Ihn sanft in priesterlich Gewand!
*(Es geschieht, eine Soutane wird ihm umgezogen, dann ergreift ihn Dr. Marianus an der Hand.)*

Komm, o Gekneteter,
Fäustlich Gejäteter,
Nicht mehr Verdichteter,
Handfest Gesichteter,
Kalkstoffentgichteter,
Reiner und freier
Komme zur Feier,
Komme zum Actus ernst und groß,
Komme zum himmlischen Fuchsenstoß!

*(Er schlägt den Seitenvorhang auf und führt ihn in den Hauptraum hinaus, die anderen folgen.)*

## Siebenter Auftritt

*Bärbelchen und Lieschen sind im Hauptraume wieder erschienen und vollenden die Zurüstung der Tafel, schenken dann die Becher ein und bedienen ferner beim Trunk.*

Dr. Marianus.
Setzt alle frisch
Euch an den Tisch!
*(Zu Valentin.)*
Du, Valentin, magst untenan dich setzen,
Wir wissen alle dein Verdienst zu schätzen,
Doch kannst du tiefern Geist nicht ahnen,
Kannst beim Gespräch dich nicht beteiligen,
Denn du gehörst zu den Profanen,
Wir aber zu den Heiligen.

Valentin. Mir wurst! Spielt immer eure Geige!
Ich gucke zu und trink und schweige.
*(Dr. Marianus führt Faust an den Platz zu seiner Rechten, setzt sich obenan.)*

Pater Ecstaticus.
Der Schwebeschwung sistiere sich,

Auf meinen Hintern setz ich mich
Und hole die Ekstase
Jetzt lieber aus dem Glase!
  Faleri, Juchhei!

Pater Profundus.
Dem Oberflächlichen
Blieb stets ich fern,
Drang dem Hauptsächlichen
Bis in den Kern,
Ich haßte stets das Leere, Seichte, Schiefe,
Heut aber schöpf ich gründlich aus der Tiefe.
  Falera, Juchhei!

Pater Seraphicus.
Nicht ird'scher Zaum und Zügel
Hemmt meines Geistes Lauf,
Hoch über alle Hügel
Schwebt er entlastet auf,
Heut gibt der Trunk uns Flügel,
*(Zu Faust.)*
Fiducit, Bruder, sauf!
  Faleri, Juchhei!

Dr. Marianus *(ergreift den vor ihm liegenden Schläger und schlägt damit auf den Tisch).*
Noch ist's nicht Zeit, ihm vorzutrinken,
Folgt in der Ordnung meinen Winken!
Zuerst, beim alten guten Brauch zu bleiben,
Laßt uns dem Fuchsen einen Salamander reiben!

Faust.
Ist's jener, der einst glühen sollte?

Dr. Marianus.
Als sich der Pudel nicht entpuppen wollte?
Du grüner himmlischer Student,
Der den Komment so wenig kennt! –
Zu Ehren ihm nach überstandnen Proben
Nunmehr die Becher feierlich erhoben!
Exercitium Salamandris fiat! Eins! Zwei! Drei!

Faust.
Gerühret dank ich, heil'ge Kompanei!
Und ahne bei dem Trunk, mir zum Gewinn
Der Schlückezahl geriebnen tiefen Sinn!
*(Trunk nach dem Kommando, Niederstoßen der Becher.)*

Dr. Marianus.
Nun singt zum Gruße für das neue Glied
Aus vollen Kehlen ihm das Bundeslied!

Die drei Patres mit Dr. Marianus *(singen).*
Mystischer Trinkerchor,
Hehres Studentenkorps,
Fromme Magisterschar
Vom Himmelsseminar,
Ernsteste Streblinge,
Strahlende Schweblinge,
Nimmer Buchstäblinge,
Setzen wir minniglich,
Brüderlich inniglich,
Figürlich sinniglich,
Hebend das Glas empor,
Dir einen ganzen vor,
Irdischen Drucks
Nunmehr entbürdeter,
Eintritts gewürdeter
Lieblicher Fuchs!

Faust. Seit lange soff ich keinen Ganzen mehr,
Das Ganze ward mir immer etwas schwer.

Dr. Marianus.
Drum blieb der Faust so lange ein Fragment,
Jetzt heißt es absolvieren, Herr Student!
Bemoster Chor,
Auf, macht's ihm vor
In den bekannten sieben Zügen,
Von eins bis vier, von vier bis sieben!
Genau! Sonst werd ich's rügen!

*(Die drei Patres trinken, während Dr. Marianus vorzählt, in den genannten Tempi.)*

Patres.
Ist auch nicht die Nagelprobe dringeblieben!
Jetzt, Fauste, sei's getan!
Frisch, setz an!

Faust. Nun denn, es steigt,
Zählt nach und zeugt!

Lieschen.
Wüßt' ich nicht, daß es Sinnbild sei,
Wie schmerzte mich die Völlerei!

Dr. Marianus.
Wohl Sinnbild, denn das Leben ist ein Schlucken,
Muß jeder würgen, ohne auszuspucken,
Und unsre Kirche lehrt das rechte Ducken.
*(Zu Faust, der ausgetrunken hat.)*
Auch nicht bemogelt, Fuchs? Laßt sehn!
Er duckt sich: gut, vollkommen ist's geschehn.
Nun stimmet an das schöne Fuchsenlied,
So oft schon, wenn von Haus ein Füchschen schied,
Aus kräftigen Jugendlungen
Zum Empfang in der Kneipe gesungen,
Zwar jetzt mit etwas renoviertem Text,
Doch ohne daß ein Sinnverlust erwächst!
Der große Humpen geht dabei im Kreise,
Trink wacker, Faust, und greifst du singend ein,
Dein Sprüchlein bring nach der bekannten Weise
Ergetzlich vor als blödes Füchselein.
Wohlan denn, schon gestimmt sind ja die Kehlen!
Pater Profunde, laß den Baß nicht fehlen,
Er trage fest mit seiner Grundgewalt
Die Melodie, daß es harmonisch schallt!

Chorus. Wer kommt vors Himmelstor,
Wer kommt vors lederne Himmelstor?
Ça, ça lederne Tor,
Wer kommt vors Himmelstor?

Es kommt ein Füchselein,
Es kommt ein ledernes Füchselein,
Ça, ça Füchselein,
Es kommt ein Füchselein.

F a u s t. Ihr Diener, meine Herrn,
Ihr Diener, meine hochehrwürdigen Herrn,
Ça, ça hochehrwürdigen Herrn,
Ihr Diener, meine Herrn!

C h o r. Was macht das Mütterkorps,
Was macht das lederne Mütterkorps,
Ça, ça lederne Korps,
Was macht das Mütterkorps?

F a u s t. In Fetzen liegen sie,
In ledernen Fetzen liegen sie,
Ça, ça liegen sie,
In Fetzen liegen sie.

C h o r. Was macht die Helena,
Was macht die lederne Helena?
Ça, ça Helena,
Was macht die Helena?

F a u s t. Ist aus dem Rock geschlüpft,
Ist aus dem ledernen Rock geschlüpft,
Ça, ça Rock geschlüpft,
Ist aus dem Rock geschlüpft.

C h o r. Was macht Euphorion,
Was macht der lederne Kautschuksohn,
Ça, ça Kautschuksohn,
Was macht der Kautschuksohn?

F a u s t. Er ist geklopft, gepatscht,
Der Lederne ist geklopft, gepatscht,
Ça, ça durchgepatscht,
Er ist geklopft, gepatscht.

C h o r. Was macht der große Mann,
Was macht der lederne große Mann,
Ça, ça Cäsarmann,
Was macht der große Mann?

Faust. Man schlug ihm ab den Hut,
Man schlug ihm ab den ledernen Hut,
Ça, ça Kaiserhut,
Man schlug ihm ab den Hut.

Chor. Was macht der Schwindelhort,
Was macht der lederne Schwindelhort,
Ça, ça Schwindelhort,
Was macht der Schwindelhort?

Faust *(stockt)*.

Chor. Was macht der Hetzkaplan,
Was macht der lederne Hetzkaplan,
Ça, ça Hetzkaplan,
Was macht der Hetzkaplan?

Faust *(stockt)*.

Chor. Was macht der Loyola,
Was macht der lederne Loyola,
Ça, ça Loyola,
Was macht der Loyola?

Faust *(stockt)*.

Dr. Marianus. Was schweigt das Füchselein,
Was schweigt das lederne Füchselein,
Ça, ça Füchselein,
Was schweigt das Füchselein?

Faust *(für sich)*.
Hör ich die Namen nur der Mißgebilde sprechen,
Wird mir zumut, als müßte ich mich brechen,
Die Zunge stockt, die Stirne schwitzt vor Scham,
Daß es bis dahin, dahin mit mir kam,
Daß ich ein Nichts, wozu die Hölle lacht,
Zeitweilig gelten ließ als eine Macht.
O was für Lagen
Muß man ertragen!
Die Glatzen würden ohnedem
Mich ganz gemütlich und bequem
Am Holzstoßfeuer schmoren,
Hätt' nicht der Dichter so verkehrt, vertrackt,

Um zu gastieren bei dem blöden Akt,
Sie herbeschworen.
Nur eine Halbzeit läßt sich finden,
Mich leidlich da herauszuwinden:
Hilf mir, Futurum exactum:
Ein Faktum und noch kein Faktum!
*(Laut.)*
Sie werden ausgemerzt worden sein. –

Chor. Falsch prophezeit, nein, nein, o nein!
O diese Zeit tritt niemals ein,
Permaneant in secula,
Sunt enim nostra genera!

Dr. Marianus. Fällst in die Ketzerei zurück?
Bedenke besser dein Geschick!
Wart, wart,
Es geht dir hart!
Wir weigern dir die Taufe, Fuchs!

Faust.
Ach was, ich weiß ja, ihr seid kommandiert!
Ihr freut euch selber des soliden Schlucks,
Der euch bei diesem Aktus wird serviert.

Dr. Marianus *(zu den Patres).*
Nun ja, es sei!
Nehmt's leicht und frei!
Vollendet willig den erhabnen Jux!
Die Kirche wird am Ende siegen,
Ein halber Ketzer wird so viel nicht wiegen,
Vielleicht durchmürbt ihn im Verlaufe
Doch noch die Kraft der Fuchsentaufe.
Sie folge nun in üblich hehrer Weise,
Stellt euch um uns in feierlichem Kreise!
Sie muß nun doppelt gründlich sein,
Statt des Pokals füllt mir den Humpen ein!
*(Lieschen macht eine ablehnende Bewegung, Bärbelchen füllt und reicht. Man stellt sich im Kreis um Dr. Marianus und Faust.)*

Dr. Marianus *(den Humpen hebend).*
Du vom Himmel zwar Bezweckter,
Doch noch immer nicht Korrekter,
Immer noch nicht recht Perfekter,
Vernimm an dieser hehren Pforte
Des Dichters klassisch große Worte!
Die Engel, die zum Himmelsaal
Dich trugen, haben sie gesungen,
Vernimm sie heute noch einmal,
Du Wäsche, die nicht völlig ist gewrungen:
»Uns bleibt ein Erdenrest
Zu tragen peinlich,
Und wär' er von Asbest,
Er ist nicht reinlich –«

## Achter Auftritt

*Während Dr. Marianus spricht, öffnet sich die Vorderseite des Podiums, man hört dumpfes Geräusch, jener hält inne, in der Öffnung erscheinen Mephistopheles und Seismos.*

Mephistopheles.
Dies Fuchsentaufefest
Ist noch zu kleinlich,
Zuck,
Ruck,
Druck!
Seismos. Mit gedranger Kraft geschoben,
Mit den Schultern brav gehoben,
So gelangen wir nach oben,
Wo uns alles weichen muß!
Dr. Marianus *(während unter ihm der Boden sich hebt, der Humpen ihm entfällt).*
Weh! welch plötzlich Hindernuß!

Fort, der Boden wird zur Schlucht!
Fort in allgemeiner Flucht!
*(Alles flieht, nur Faust fällt hinab, der ganze Boden verschwindet unter Krachen, die Szene ist jetzt* eine *große Höhle, worin man verborgenes Gewässer rieseln hört. Faust liegt zuerst betäubt, erhebt sich langsam.)*

Faust. Geht es von der Taufe
Gar noch in die Traufe?

Mephistopheles *(zu Seismos).*
Hast brav geschafft,
Titanenkraft!
Bist mit Lob entlassen,
Schaff in andern Gassen!
*(Seismos verschwindet.)*
Aus der Tiefe kommt das Feuer,
Aus der Tiefe kommt die Quelle;
Mein Geschmack am Abenteuer
Scherzt auch gerne mit der Welle,
Spritzet Islands Wasserspeier
Aus des Schlundes Felsenschwelle,
Schüttelt Meere bis zum Grunde,
Daß sie bellen wie grimme Hunde,
Schleudert Ströme hoch von oben
In den Abgrund, daß sie toben,
Am Gestein empor sich bäumen,
Daß sie wütend im Zerschäumen
Wimmern, ächzen, schreien, brüllen,
Bebend Herz mit Schauer füllen.
Diesmal aber läßt der Meister,
Fausti Waschung zu erzielen,
Seine kühlen Wassergeister
In gemeßner Ordnung spielen.
*(Er besteigt eine erhöhte Stelle an der Rückwand der Höhle.)*

Faust. Hu! Wie mich schon zum voraus friert:
Mir schwant, was kommt, wo dieser dirigiert.

Mephistopheles. Lüftezug am hohlen Ort,
Nimm ihm erst die Kleider fort.
*(Eine Art Wirbelwind weht Faust die Kleider vom Leibe. An den Wänden öffnen sich Nischen mit hervorragenden teils dünneren, teils stärkeren Röhren, an denen sich Handgriffe befinden. In der ersten Nische erscheint:)*

Thales *(am Griffe drückend).*
Grundstoff sämtlicher Dinge,
Urelement, o Wasser,
Kräftig begießend springe,
Mächtiger Allumfasser!

Faust *(stark begossen).*
Ich spür's am massigen Gefäll,
Du doktrinärer Altgesell,
Die Philosophen sind prinzipiell!
Prrr!
*(In der zweiten Nische erscheint eine:)*

Nereide *(am Griff drückend).*
Milder, freundlicher begegne,
Perlend tröpfle, riesle, regne,
Grüße kühlend, schmeichelnd segne
Des geprüften Mannes Bahn,
Welle aus dem Ozean!

Faust. Ah, ah! So laß ich mir's gefallen!
Dies feine Stäuben, milde Wallen,
Wie tut es wohl dem schwer geschlagnen Leib!
O Güte, Lindigkeit, dein Nam ist Weib!
*(In der dritten Nische erscheinen:)*

Zwei Tritonen *(am Griff drückend).*
Müßt ihn nicht schonen!
Wir, die Tritonen,
Wissen es besser,
Welche Gewässer
Fegen und bohnen!
Wild überstürze dich,

Wachsender Wellenkamm!
Peitsche gewaltiglich,
Rollenden Schaumes Schwamm!
Werde der See vertraut
Trockene Lederhaut
Älteres Herrn!
Salziges Seebad,
Wenn es auch weh tat,
Preiset man gern.

Faust *(taumelt).*
Der Teufel auch, so speit doch nicht so wild!
Man meint ja fast, man sei im Seebad Sylt,
Wo der geborstnen Welle Schaum und Blase
Noch anrollt mit so stürmischer Emphase,
Daß sie den Bader schleudert auf die Nase!

Pindaros *(am Griff drückend).*
Ob es von innen, ob von außen näßte,
Gesteh, das Wasser ist das Allerbeste!

Faust.
Ach, wieviel sanfter, reiner, lichter
Wirkt dieser Strahl, man spürt daran den Dichter!

Werner *(am Griff drückend, stärkerer Ausguß).*
Wasserkräfte! spricht der Werner,
Wirket stark und gründlich ferner!
Wasser schuf Granitbergs Hörner.
Wirket mächtiger und tiefer!
Wasser schuf selbst Glimmerschiefer.
Wirkt mit uriger Gewalt!
Wasser schuf selbst den Basalt.

Faust. Wie? Was? Von unten auch Beschwerden?
Soll ich denn gar ein Berg noch werden?
Es drängt so sonderbar nach oben,
Fließt ab das Wasser oder werde ich gehoben?

Lyell *(am Griff drückend, worauf breite, langsame, stetige Begießung folgt).*
Fahrt doch nicht so gewaltsam zu!

Komm, armer Kerl, ich geb dir etwas Ruh;
Ich liebe nicht, was wütet und was speit,
Das wahre Agens ist die lange Zeit.

Faust. Schon gut, das ließe sich ertragen,
Doch wird mir bang vor ungezählten Tagen;
Währt's denn wie bei der vielgestalten Erde
In Ewigkeit, bis ich formieret werde?

Priesnitz *(mit mehreren Gnomen in blauen Schürzen erscheint von der Seite und schiebt eine große Kufe herein).*
Zu künstlich, zu gelehrt wird diese Kur,
Die einzig wahre Losung ist Natur!
Durch überliefert altehrwürdige Kunde
Kommt Offenbarung aus des Volkes Munde.
Badknechte her und packet diesen Mann
Und zeigt an ihm, was die Naturkunst kann!
Geschwitzt hat er genug seit Jahren,
Den Wickel können wir ersparen,
Werft ihn von dieser Stufe
Zuvörderst in die Kufe!
*(Es geschieht unter Wehrufen Fausts.)*
Dann stellt ihn ohne Aufenthalt
Unter die Dusche aus unsrem Wald;
Der Bach ist schon hiehergeführt,
Er springt, wenn ihr die Kordel rührt.
*(Zu Faust.)*
Glaub mir, die Dusche von Gräfenberg,
Sie stählt zum Riesen einen Zwerg.
*(Die Gnomen ziehen, nachdem sie Faust aus der Kufe gehoben und aufgestellt haben, an einer herabhängenden Schnur, ein mächtiger Wasserstrom fällt von oben auf ihn.)*

Faust. O weh! o weh! Was wollt ihr noch versuchen!
Das schlägt mich ja zusammen fast zum Kuchen
Wie Buschs gewalzte Knaben von Korinth!
Verfahre doch nicht gar so wild und blind!

Du machst mich ja nur schwächer noch,
Du Bauernkerl, so unterscheide doch!

Priesnitz. Starke, Schwache, Kleine, Große!
Wir fragen den Teufel nach Diagnose!

Mephistopheles.
Jetzt häufet alle euren Wasserschuß
Zu einem einz'gen ungeheuren Guß!
*(Es geschieht. Faust wird durch die von allen Seiten auf ihn eindringenden Wassergüsse in unbeschreiblicher Weise umhergewirbelt und stöhnt.)*
O fürchterliche Wasserbrunst!

Mephistopheles *(berührt die Felswand hinter ihm, sie öffnet sich, und eine Tonne mit einem Hahn schiebt sich hervor).*
Magst's wohl so nennen,
Das Wort wird wahr durch meine Kunst,
Wirst's gleich erkennen!
Denn jetzt zum faden, nassen Element
Füg ich noch eins, das tüchtig beißt und brennt;
Man merkt's wohl nicht im obern Reich,
Der Schnapsstrahl sieht den andern gleich.
*(Am Hahn drehend.)*
Spritze,
Blitze,
Bring Höllenhitze,
Speie, sprühe,
Haut verbrühe,
Hirn verglühe,
Mache Grusel,
Schaffe Dusel,
Magischer Fusel
Aus beizender Wurzel, aus pfeffrigem Kraut,
Aus der Galle bissiger Dächse,
Aus geringelter Schlangen Flechse
In rauchiger Küche gebrannt, gebraut
Von der runzlichen Vettel, der Hexe!

*(Ein voller Strahl heller Flüssigkeit spritzt aus dem Hahn und trifft Faust.)*

Faust *(stöhnend).*
Das ist des bösen Feinds Geschoß!

Mephistopheles.
Du kennst den Schützen, suche keinen andern!
Leicht spürt man aus dem wässerigen Troß
Den Geist heraus, den schärferen, gebranntern!

## Neunter Auftritt

*Homunculus, leuchtendes Menschlein in einer Flasche, kommt herbeigeschwebt.*

Homunculus.
Daß ich Neuigkeiten nasche,
Komm ich her in meiner Flasche,
Nach pharsalischen Beschwerden
Möcht ich endlich werden, werden,
Schwebe, forsche nach der Spur
Geistdurchdrungener Natur.
Höre gießen,
Rauschend fließen,
Höre zischen,
Schäumen, gischen,
Wasserstoff aus Urnen, Bütten
Hör ich sprühen, spritzen, schütten,
Wittre, rieche doch zumal
An dem nachdrucksvollern Strahl
Schärfres Etwas; ist es Geist,
Bin ich nicht umsonst gereist,
Denn ich seh die Prozedur,
Die zur innigen Mixtur
Einet die Natur
Mit der Geistkultur.

Wunderbar! kein Name nennt's!
Auf! Jetzt reicht's zur Existenz!
*(Er schwebt unvorsichtig näher, die Flasche zerbricht am Gestein, die Flüssigkeit, die Mephistopheles ausgießt, entzündet sich, Faust, von einem Feuerstrom getroffen, schreit verzweifelt auf, es folgt ein starker Knall, der Inhalt der Tonne hat sich entzündet. Alle andern sind verschwunden. Stille. Mephistopheles und Faust liegen am Boden.)*

Mephistopheles *(mit schwacher Stimme an sich herumtastend).*
Verflucht! bin doch die Flamme sonst gewohnt,
Wie kommt's, daß sie mich diesmal nicht geschont?
Feuerfester Sohn der Hölle,
Und verbrüht am ganzen Felle!

Gesang unsichtbarer guter Geister.
Handeltest wie im Taps,
Gabst dir durch Hexenschnaps
Selber den Strafeklaps!
Böses ist Feuerbrand
Im Lebenswohlverband;
Selbstverräterisch,
Selbsttötungstäterisch,
Selberverbräterisch
Muß es sich richten,
Auf Raub verzichten,
Muß sich vernichten!

Mephistopheles *(langsam aufstehend).*
Verbrannt ist Steiß und Angesicht,
Doch umzubringen bin ich nicht.
Jetzt geh ich fort zu edlen Männern,
Zu junkerlichen Fuselbrennern,
Und fördre mir zum Rachefest
Als ihr Genoß die Branntweinpest;
Die Steuer darf man nicht erhöhn,
Der Reingewinn ist gar zu schön. –

Dann auf gedankenschnellem Renner
Jag ich nach Süden übern Brenner
Zu andern Brennern: jenen, die den Urdampf
Anschüren zum gesegneten Kulturkampf.
*(Hinkt ab. Es riecht häßlich.)*

## Zehnter Auftritt

*Der Raum verwandelt sich wieder in Valentins Wirtsstube. Es erscheinen Dr. Marianus, die drei Patres, die Frauen und Valentin, die letzteren anfangs im Hintergrund. Faust erhebt sich langsam vom Boden, während ihm ein Kostüm anwächst: weißer Frack, weiße Weste und Beinkleider; an den Schultern werden durch die geöffneten Nähte Rudimente von Flügeln sichtbar.*

Dr. Marianus *(zu Faust).*
Flutenumflossener,
Wasserbeschossener,
Wirksam Begossener,
Nun Desinfekterer,
Sauber Geleckterer,
Sichtlich Perfekterer,
Mutig erhebe dich,
Irdischer Streberich,
Bald wirst du Schweberich!

Faust.
Wo bin ich? Seid Ihr's? Ist es wahr?

Dr. Marianus.
Du bist bei der getreuen Schar.

Faust.
Wo war ich denn? Mir deucht, ich war im Nassen;
Wo wart ihr? warum habt ihr mich verlassen?

Dr. Marianus.
Vernimm, o Faust: mir und den Patribus

War kundgetan, was noch geschehen muß,
Und weil wir selber schon geläutert sind,
Verließen wir das gröbre Erdenkind,
Als durch des Seismos unterird'schen Druck
Der Boden einfiel mit gewalt'gem Ruck,
Als du hinabsankst in die Quellgelasse
Der Wassergeister, in das äußerst Nasse,
Auf daß durch ihres Gusses volle Spende
Der Fuchsentaufe Wirkung sich vollende.
Noch nicht genügend war die trockne Knetung,
Das Wasser auch verlangte noch Vertretung;
Kleinlich mechanisch war die erste Kur,
War noch nicht makrokosmischer Natur,
Der Mikrokosmus Mensch muß dem Planeten gleichen,
Durchwalkt vom Wasser erst Gestalt erreichen,
Daß er dereinst in ew'gen Schwunges Wonne,
In majestät'scher Weise
Mit Brudersphären um die Geistersonne
Beseligt kreise.
Komm, radikal Gewaschner und Gewischter,
Umarme mich, du wunderbar Erfrischter,
Komm an mein Herz, Gesundeter,
Planetenhaft Gerundeter!
Komm an mein Herz, Granit,
Sprenklicher Syenit,
Küsse den Gottesschalk,
Muschel- und Jurakalk!
Eozän, miozän, pliozän!
Alles hast du gesehn,
Alles ist dir geschehn!
Komm, kiesliche Molasse,
Komm, daß ich dich umfasse!
Sprenge mit Hitzgewalt,
Porphyr, Trachyt, Basalt,
Schichte, die alt und kalt!
Komm, o Diluvium,

Komm, o Alluvium,
Tränenimpluvium
Netze den humus,
Fratres nunc sumus!
*(Gerührte Umarmung.)*

Dr. Marianus.
Tritt vor, Lisette, wieder ihm vereint,
Du hast genug gelitten und geweint.

Faust.
Ah, bist du da! Willkommen, o willkommen!

Lieschen.
Geborgen waren wir bei diesen Frommen,
Doch peinvoll ahnend, was dir widerfahre,
Durchlitt ich Tage, Wochen, Monde, Jahre!

Faust.
Sag, heil'ger Mann, was wird es nun mit diesen?

Dr. Marianus. Besondre Gnade dürfen sie genießen:
Man wird sie, um die Treue zu belohnen,
Mit einem Läuterungsprozeß verschonen;
Der Himmel auch ist nicht so sehr Pedant,
Ist gegen Damen, wo er kann, galant.
Umarmet euch, beglücktes Paar,
Bald wird euch Höchstes offenbar!

Lieschen.
Laß dich umarmen nah dem Himmelsglanz,
Gebildet sind wir gegenseitig ganz!

Faust. Eleusische Mysterien
Schaun wir in ew'gen Ferien!

Dr. Marianus *(die Umarmung betrachtend).*
O schöne Gruppe, fast wie im Theater!

Valentin *(der inzwischen vorgetreten).*
Doch jetzo laß mich wissen, frommer Vater,
Was soll nach den Gefährden und Beschwerden
Denn nun aus mir und meiner Bärbel werden?
*(Währenddessen haben sich P. Seraphicus, Ecstaticus und Profundus Bärbelchen genähert.)*

Pater Seraphicus *(zu dieser).*
Habt Ihr's gehört? Der Himmel ist galant,
Der Pater auch darf nicht zurückebleiben,
Erlaubt mir, laßt von der geweihten Hand
Euch zärtlich in die volle Wange kneipen!

Bärbelchen. O gengen's, Sie sein halt immer
Ein Schlimmer!
*(Stößt ihn weg.)*

Pater Ecstaticus *(im Auf- und Abschweben einen Kuß raubend).*
Wie kußlich immer noch der Mund!

Bärbelchen *(abwischend, mit der Faust drohend).*
Wart, kriegst eins auf die Glatz,
Du dürrer, alter Spatz!

Pater Profundus *(legt ihr den Arm um die Hüfte).*
Die Hüfte, wie so voll und rund!

Bärbelchen *(gibt ihm eine Ohrfeige).*
Wär' ich in meinen späten Tagen
So dumm, Scherwenzlern nachzufragen,
Auf solche Schwarten
Würd' ich nicht warten!
Ratsch!
Patsch!

Valentin *(der aufmerksam geworden).*
Was für Geklatsch?

Bärbelchen.
Kann man noch einem Menschen trauen?
Die drei Herrn Patres sind an mich gegangen.

Valentin.
Halt mir sie fest, sie tüchtig herzuhauen!
Die Heuchler! Welches freche Unterfangen!

Bärbelchen.
Ist schon besorgt, sind abgeblitzt,
Mach keinen Lärm, die Watschel sitzt.

Dr. Marianus.
Nun, nun, auch dem geschornen Haupt

Ist doch ein kleiner Spaß erlaubt;
Sei nur zufrieden, breiter Erdensohn:
Für deine Knetmanipulation
Wird dir ein kaum verdienter Lohn,
Denn ungefegt kommst du davon.

Valentin.
»Kommst du davon«: wohin, wohin soll's gehn?

Dr. Marianus.
Nun, wohin anders als zu Himmelshöhn?

Valentin *(für sich).*
Verzeih mir's Gott, ich freu mich kaum hinein;
Zu dünne, fürcht ich, wird die Luft dort sein.
*(Laut.)*
Nur eines, heil'ger Doktor, möcht ich wissen:
Gibt's etwan ob der Erde Kümmernissen,
Auf der Verklärung überird'schen Hügeln
Mitunter doch noch jemand abzuprügeln?

Dr. Marianus. Das minder,
Du sprichst wie Kinder!
In jenen Räumen, stoff- und schattenfrei,
Gibt's keine Zwietracht, keine Keilerei.
Dort ist kein Wirtshaus, wo man rauft und ringt,
Dort sind nur Tempel, wo man singt und singt.
Auf Erden wohl, damit das sieche, stumpfe
Geschlecht der Menschen träge nicht versumpfe,
Gibt's Holzereien, große Prügeltrachten,
Gibt's wilden Aufruhr, blut'ge Schlachten;
Würgengel schweben nieder ins Getümmel,
Die Sel'gen schauen ruhig zu vom Himmel.
Kann sein vielleicht, durch kräftige Verwendung
Bewirk ich solchenfalls dir eine Sendung.

Valentin.
Vielleicht nur? Hm!

Dr. Marianus.
Still, stille, jetzt geht's an,
Die Wände schwinden, schweige, was profan!

Als frommer Gruß von Doktor und von Pater
Sei jetzo stimmenkräftig intoniert
Die Andachtstrophe aus dem Landesvater,
Für diesen Zweck ein wenig redigiert!

Patres und Dr. Marianus.

Alles schweige,
Jeder neige
Geisterchören nur sein Ohr!
Jeder schaue
In das Blaue
Absolute nur empor!

## Elfter Auftritt

*Verwandlung. Decke und Wände verschwinden, die seitliche Grenze der Bühne bilden leichte Wolken. Die drei Patres mit Dr. Marianus gruppieren sich auf die eine, Faust, Lieschen, Valentin, Bärbelchen auf die andere Seite, alle mit gespannten Blicken nach der Mitte des Hintergrundes schauend. Nach einer feierlichen Pause erhebt sich an dieser Stelle ein großer Wolkenhügel in rosenfarber bengalischer Beleuchtung, die ihre Helle auf die vorher halbdunkel gewordene Bühne verbreitet, und erscheint auf dessen Höhe, in intensivem, reinem Lichte strahlend, ein kolossaler Stiefelknecht. Allgemeiner Ausdruck ernsten Staunens. Hierauf erscheint und stellt sich zur Rechten des Stiefelknechts ein Stiefel. Sodann erscheint und stellt sich zur Linken des Stiefelknechts ein zweiter Stiefel. Darauf schwebt herbei eine Gruppe von fünf Hühneraugen. Dieselbe bewegt sich durch die Luft in rhythmischen Evolutionen, ähnlich denen des antiken Chors, und steht dann zur Rechten des einen Stiefels still. Ihr folgt eine zweite Gruppe von fünf Hühneraugen, bewegt sich in derselben Weise und steht zur Rechten des zweiten Stiefels stille. Die zwei Gruppen werden durch Chor A und Chor B bezeichnet. Gesang dieser zwei Chöre begleitet von rhythmisch-orchestischem Stellenwechsel der Individuen in beiden Gruppen.*

Chor A.
Drückende Hornungen,
Chor B.
Brennende Laugungen,
Chor A.
Leichliche Dornungen,
Chor B.
Hühnliche Augungen,
Beide Chöre.
Säfteverhockungen,
Hemmende Blockungen,
Zwickende Stockungen!
Der Sinn, der tief im Innern, bleibt zurück,
Lest ihn aus unsrem seelenvollen Blick!
Lieschen.
Bis jetzo ahnt' ich nicht von fern,
Was doch in solchem Hühneraugenstern
Ein Ausdruck liegen kann von Schmerz und Sehnen,
Fast scheint es mir, sie füllen sich mit Tränen.
Valentin.
Was doch die Liesl jetzt so seltsam spricht,
So superklug sprach sie am Brunnen nicht;
Seitdem sie Faust, den zweiten Teil, gelesen,
Ist sie verändert all in ihrem Wesen,
Ihr Kopf verschoben,
Ihr Hirn verschroben.
Was! Hühneraugen sind halt Hühneraugen!
Faust.
Das sind Bemerkungen, die gar nichts taugen;
Je mehr ein Bild kurios und krumm,
Desto markierter wirkt sein tertium,

Streift man ihm ab die sonderbare Hülle,
Entdeckt man staunend der Bedeutung Fülle.
Was soll das Bild? Es dient nur der Idee!

Valentin.
Ich dank für die Idee,
Die stecket in der Zeh.

Dr. Marianus.
Belächelt liebend diesen Mann, den guten,
Den braven Kameraden,
Der nun mit euch aus Gnaden
Ins lichterfüllte Meer des Absoluten,
Auf Hoffnung doch, es werde schon noch kommen,
Wird aufgenommen.
Doch schweigt, emporgewandt das Angesicht,
Ein Stiefel spricht,
Er singet vielmehr hoch und tief
In einer Art Rezitativ.

Stiefel A *(rechts).*
Füße beklemmen wir,

Stiefel B *(links).*
Übersturz dämmen wir,

Stiefel A.
Fortschritt oft hemmen wir,

Stiefel B.
Wanderlauf stemmen wir,

Beide Stiefel. Und doch bedarf man unser sehr,
Denn barfuß geht man mit Beschwer;
Nichts taugt die nackige Natur,
Das wahre Ziel ist die Kultur.

Lieschen.
Hörst du, mein Faust! Das zielt auf Bildung,
Auf Fortschritt in Verbeßrung und Entwildung,
Das wolltest du nicht immer recht beachten,
Wenn ich bemerkte, danach sei zu trachten.

Faust.
Mir scheint, da liegt noch nicht der ganze Pfiff.

Lieschen.
O Heinrich, sprich doch zärter!
Faust.
Jetzt sprech ich, wie ich mag, ich bin ja ein Verklärter!
Bildung: zu leer noch ist mir der Begriff,
Zu unbestimmt und zu abstrakt,
Zu theoretisch, allgemein und nackt,
Da liegt noch nicht der Has im Pfeffer,
Es will noch einen andern Treffer.
Valentin.
Mir scheint, man wolle hier uns informieren,
Daß man die Stiefel gründlich solle schmieren;
Am besten aber ist ein Paar von Juchten,
Vorab zum Marsche durch Morast und Schluchten.
Dr. Marianus.
Du sprichst nur immer noch naiver!
Du klebst am Nächsten, denke künftig tiefer!
Doch schaut und faßt euch in der Seele Grund,
Das Hauptsymbol, es rühret sich jetzund,
Ursinnes Urwort uns zu geben kund!
Pater Ecstaticus.
Schon reget sich sein zangenhafter Mund.
Pater Seraphicus.
Aufglühet mystisch seiner Augen Rund.
Pater Profundus.
Schon gurgelt's im geheimnisvollen Schlund.
Dr. Marianus.
Er zaudert noch, er läßt uns eine Frist,
Bis seine Rede meditieret ist,
Inbrünstiglich von himmelnahen Stufen
Mit echtem Goethe-Vers ihn anzurufen.
Pater Ecstaticus. Ewiger Wonnebrand,
Brennendes Liebeband,
Stiefel am Wolkenrand,
Drücke mich, zwänge mich,
Schnürend beenge mich,

Zwickend bedränge mich,
Leichdorn durchsenge mich,
Leder, das tüchtige,
Presse das Nichtige,
Daß sich's verflüchtige!
Ist es erst ganz durchbohrt,
Durchgeglüht, durchgechlort,
Früher nicht, erst alsdann
Löse den Lederbann,
Hebe des Felles Druck,
Wunderbar Schreinerstuck!

Pater Seraphicus.

Schau ich, wonneglutdurchbebet,
Zu des Holzes hohem Sitz,
Ahn ich, was im Innern lebet
Für ein ungeheurer Witz!
Blick herab auf meiner Füße
Welt- und erdgemäß Organ,
Daß du sehest, wie sie büße,
Sieh der Zehen Gegend an!
Über Steine, über Wurzeln
Muß geprüfter Kömmling purzeln,
Wund vom Haufwerk rauher Felsen,
Naß vom Strom, der abestürzt,
Wund von Schrund, weil keine Stelzen
Ihm den steilen Weg verkürzt!

Selige Knaben *(in Kreisbewegung herschwebend).*

Morgenwölkchen kommt geschwebet,
Aus dem Schulstaub hergestrebet,
Neubegierige Schar der Kleinen;
Sehen Wunderbild erscheinen,
Doch mit kurzen Knabenbeinen,
Mit dem niedern Starenflug
Reicht der Blick nicht hoch genug.
Nimm uns auf in deine Mutze,
Nackentasche der Kapuze,

Daß von deiner Augenhöhe
Unser kindlich Auge sehe!

Faust. Ach, sind im Seligen-Revier
Denn diese Schlingel wieder hier?
Fängt gar der Lehrkurs wieder an?
Ich meinte, dies sei abgetan!
Steck sie hinein in deinen alten Flaus,
Da hinterm Hals, wo blau und weiß gefleckt
Dein Schnupftuch bei der Tabaksdose steckt,
Und laß die Rangen ja nicht wieder raus!

Pater Seraphicus *(schiebt die Knaben an genannte Stelle in seine Kapuze).*
Guckt hervor und sehet recht
Idealen Stiefelknecht!

Selige Knaben.
Schweißhaft riecht's an diesem Ort,
Bitte, laß uns wieder fort!

Pater Seraphicus.
Sie tun nicht gut, sie krabbeln,
Sie wühlen, bohrzen, zappeln.

Faust. So schüttle schnell das naseweise Pack
Mit kräftigem Ruck aus dem Kapuzensack,
Daß sie hinunter von den Himmelsstiegen
In Purzelbäumen wieder abwärts fliegen
Bis in die Schule, der sie durchgebrannt,
Daß ihnen dort die Hose wird gespannt!
Dort lehrt wohl schon, und ohne Steckenbann,
Als strenger Herr ein neuer Schultyrann.
*(Es geschieht.)*

Dr. Marianus.
Nach dieser Episode aus dem Mundus
(Der Vorderhimmel ist noch halbe Welt)
Folgt nun der dritte Pater, der Profundus,
Mit Hochgesang hinan zum Himmelszelt.

Pater Profundus.
Aus des Abgrunds dunklen Tiefen

Komm ich aufwärts angestiefelt.
Fußes Schmerzen nimmer schliefen,
Weil der Strumpf zu grob verwiefelt,
Weil ein plumper Erdenflegel
In den Absatz Bretternägel
Eintrieb, weil er, was zerstücket,
Grob mit Pechschnur hat geflicket
Mit den Pfriemen, mit den Ahlen!
O beschwicht'ge diese Qualen,
Schaff Erlösung, schaff ein End,
Urbedeutsam Instrument!

Dr. Marianus.
Er kommt, er kommt, der hohe Festmoment!
Durch beide Stiefel geht ein seltsam Schüttern,
Ein Rücken, Schieben, geisterhaftes Zittern,
Nicht mehr gemessen, wilder jetzt und wilder
Bewegen sich die Leichdorngruppenbilder.
*(Feierlicher Donner.)*

Stiefelknecht *(im tiefsten Baß).*
Ung
Lung
Ickelung
Wickelung
Twickelung
Entwickelung
Twickelung
Wickelung
Ickelung
Lung
Ung.
*(Lang und würdevoll nachdröhnendes Echo:)*
Ung!
*(Die Stiefel fliegen wie weggeschleudert seitwärts, die Hühneraugen wirbeln kaum unterscheidbar.)*

Valentin.
»Eng« wird's der Stiefel wegen heißen wohl.

F a u s t.

Nun aber schweige doch vor höchstem Weltsymbol!

B ä r b e l c h e n *(zu Valentin).*

Mach vorwärts, mach! trag jetzt dein Sprüchel vor,
Sonst wird's zu spät, wir müssen mit empor;
Du hast's ja lang schon einstudiert,
So fang doch an, sei ungeniert!
*(Schiebt ihn vorwärts.)*

V a l e n t i n *(zögernd, schüchtern).*

Durchlauchtigster, Allergnädigster Herr Stiefelknecht! Indem ich nämlich der weiland Landsknecht-Korporal Valentin, jetzo bürgerlicher, halbgeläuterter Brauerei- und Wirtschaftseigentümer am Vorhimmel bin und indem bei mir die müden und durstigen Himmelspilger einzukehren pflegen und Labung finden, indem mein Bier nicht schlecht ist und indem ich ferner den hier anwesenden Doktor Faust, obwohlen derselbe mich vorzeiten umgebracht, in allerlei Proben und Nöten begleitet und geschützet, ihn auch auf Ordre kürzlich einigermaßen geknetet habe, indem ich aber – sintemal – indem es mir aber hier ganz oben – *(Leis zu Bärbelchen.)* Weib, hilf, ich bleibe stecken!

B ä r b e l c h e n. Es soll jetzt das kommen, das da, daß es hier zu langweilig –

V a l e n t i n. Weiß, weiß, aber »langweilig« wird man nicht sagen dürfen –

B ä r b e l c h e n. Sag: zu fad. –

V a l e n t i n. Ist ebenfalls zu grob.

B ä r b e l c h e n. Sag: dünn, oder malzarm, oder –

V a l e n t i n. Hab's. *(Laut.)* Und indem es mir hier ganz oben sozusagen zu wenig gehopft, auch zu wenig gemalzt aussieht, oder indem hier sozusagen zu wenig vorkommt und aber in meiner Wirtsstube mehr vorkommt, so – so geht mein untertänigstes Gesuch dahin, daß mich Eure Durchlaucht in Gnaden entlassen und –

B ä r b e l c h e n *(leis).* Vergiß mich nicht!

Valentin. Und mir nebst meinem ehrsamen Eheweib Barbara erlauben mögen, in meine obbenannten Verhältnisse zurückzukehren. – *(Er trocknet sich den Schweiß ab.)*

Stiefelknecht *(bewegt seine Kiefer klappernd gegeneinander, hierauf spricht er).*

I
A
Ia
A
I.

Valentin.

Die Töne sind so sonderbar gebrochen,
Halb ist's gelacht und halb gesprochen.
Soll's Ía heißen oder Iá?

Dr. Marianus.

Nichts Unerklärbares ist da;
Es heißt wohl beides: einesteils,
Du seist ein Esel, auf ein Meer des Heils
So unbedacht, so töricht zu verzichten,
Doch andernteils gewährt man dir die Bitte,
Weil doch allhier nichts mit dir auszurichten.
Geh du nur heim, trotz deinem dummen Schritte
Kann man so böse dir nicht sein;
Man kehrt doch gerne bei dir ein.
Auch künftig sollen müde Himmelspilger
An deines Kellers Gaben
Als rüstige Getränkvertilger
Sich laben,
Auch spricht wohl aus des Himmels offnem Tor
Ein Seliger mitunter bei dir vor
Und sucht an deinem Tische froh
Abwechslung vom Unisono.

Valentin.

O tausend Dank! O Jubilum!

Bärbelchen. Gelt, unsre Bitte war nicht dumm?

Komm schnell mit fort
Vom kahlen Ort!

Valentin.
Herr Stiefelknecht, ich neige mich
Im tiefsten Dank demütiglich,
B'hüt Gott, ihr frommen, heil'gen Herrn,
Verweilt da oben immer gern,
Und sprecht ihr einmal bei mir zu,
Laßt mir mein Bärbelchen in Ruh!
B'hüt Gott, Herr Doktor und Frau Liese,
Spaziert nur auf des Himmels Wiese!

Faust.
Leb wohl, leb wohl, geh froh dahin!
*(Zu Lieschen.)*
Mir ist es, als beneid ich –

Lieschen.
Faust, Faust! Nicht so, ich bitte dich!
Horch auf, es donnert feierlich.
*(Donner. Valentin geht mit Bärbelchen ab, bleibt aber noch in Sicht. Es erscheint über dem Stiefelknecht eine große Null.)*

Null *(im allertiefsten Baß).*
Euch Bilder jetzt verschling ich wie ein Nero:
Das Absolute ist das reine Zero.
*(Die Null verschlingt Stiefelknecht, Stiefel, Hühneraugen und schwebt nun allein in der Höhe.)*

Valentin *(zurückblickend).*
Prost Mahlzeit! Nun, ein rechter guter Magen
Kann schon etwas vertragen.

Dr. Marianus *(nachrufend).*
Geh hin in Frieden, schaue nicht mehr um!
Niemals begreifst du höchstes Symbolum!
Doch wir, vertraut dem überird'schen Glanze,
Wir suchen jetzt das inhaltvolle Ganze
In seiner Sinnbezüglichkeit
Mit heiliger Vergnüglichkeit

Zu fassen in bedeutungsvolles Wort.
Einleitend fang ich an, ihr fahret fort!
Dieses Historium

Dr. Ecstaticus.
Ist kein Brimborium,

Dr. Seraphicus.
Ist Allegorium,

Dr. Profundus.
Ursinns Sensorium,

Faust.
Urpräzeptorium,

Lieschen.
Bildungsdoktorium,

Valentin *(von ferne, ehe er den Blicken verschwindet, ruft lachend zurück).*
Schuhrevisorium!

*(Es erscheinen kaum sichtbar drei Chöre von seligen Geistern und singen.)*

Jünglingsgeister.
Nektarciborium!

Vollendetere Frauengeister.
Mehr als Cichorium!

Greisengeister *(hüstelnd).*
Logischen Urbegriffs Inhalatorium!

Dr. Marianus.
Empor nun, ganzes Auditorium!
Aufschwingt euch zum Emporium,
Allwo unbeschnipfelt
Die Idee sich gipfelt,
Wo das I sich tüpfelt,
Wo der Weltbaum wipfelt,
Wo die Weltwurst zipfelt!

*(Während sämtliche leibhafte Personen sich anfassen und nach der Höhe des Wolkenbergs zu schweben beginnen, ertönt ein)*

Chorus mysticus. Das Abgeschmackteste,

Hier ward es geschmeckt,
Das Allervertrackteste,
Hier war es bezweckt;
Das Unverzeihliche,
Hier sei es verziehn;
Das ewig Langweilige
Zieht uns dahin!

*(Der Vorhang fällt.)*

Finis.

# Nachspiel

## Erster Auftritt

*Valentins Wirtsstube. Valentin, Bärbel.*

Valentin.
Was jetzt wohl unser Doktor macht?
Wird schöne lange Weil ausstehn!
Bärbel.
Weißt, Vältl, hab schon manches Mal gedacht,
Es müsse hinter dem, den damals wir gesehn,
Ein zweiter Himmel noch, ein nicht so leerer, sein
Mit viel Musik und schönen Engelein.
Valentin.
Vielleicht hast recht, doch nicht wahr, der Verzicht,
Den wir geleistet, reut dich darum nicht?
Bärbel.
O nein! Ich wüßte keinen bessern Stand,
Als Wirtsfrau sein dahier am Himmelsrand!
Ich wünschte nur, es gäb' noch mehr zu tun,
Mag niemals gerne mehr als nötig ruhn.
Je mehr der Gäste sind, so wohler wird es mir,
Laut muß es hergehn, so gefällt's auch dir.
Zu still nur war's die letzten Tage her,
Bergauf geht jetzt der Reisezug nicht sehr.
Valentin.
's gibt eben Zeiten, wo hinauf zum Himmel
Nicht eben stark der Reisenden Gewimmel,
Jetzt vollends, wo sie in gedrängten Haufen
Nach Gelde nur, zu Bank und Börse laufen.
Doch, hör ich, ist, den Frömmeren zu dienen,
Ein Reisebuch im deutschen Land erschienen,
Ein Himmelsbädeker. Die Wirkung wird sich zeigen.
Der Himmelsgang wird wohl zum Modereigen;

Fehlt nur noch eine Himmelszahnradbahn,
Wie finge dann die Völkerwandrung an!
Schließt man dort oben strenge nicht die Pforte,
Sie drücken sich hinein ins Heiligtum,
Besehen sich die ungewohnten Orte
Und kehren dann gelangweilt wieder um.
Bald werden sie den Himmel selbst verderben,
Denn wo es hintritt, das Kulturgeschmeiß,
Da wird der Boden hohl und mürb und heiß,
Da muß der Grashalm dorrend sich verfärben;
Das letzte Tal, tief im Gebirg versteckt,
Ist bald von dem Touristenpack entdeckt,
Bald lernt an den verbrühten, heikeln Tröpfen
Der letzte Hirte, der vor einem Jahr
Genügsam treu der Vätersitte war,
Die schnöde Kunst, zu saugen und zu schröpfen.
Zwar bin ich Wirt, auf Einkehr muß ich halten,
Doch ehrbar will ich meines Amtes walten,
Mein Tisch und Keller sollen einfach bleiben,
Die Preise werd ich nimmer übertreiben,
Und kommt ein Gast, dem hoch die Nase steht:
Sollst sehen, Bärbel, wie es ihm ergeht.

Bärbel *(am Fenster).*

Komm her, da guck hinaus und sieh:
Da kommt ja eine ganze Kompanie
Mit roten Büchlein in der Hand
Heraufgekeucht in Sand und Sonnenbrand.

Valentin *(hinausschauend).*

Die sehen nach gelehrten Schluckern aus,
Sie werden nicht von den Verwöhnten sein,
Nicht abgereizt durch überwürzten Schmaus,
Denn ihre Löhnung ist, man weiß es, klein.
Geh nach der Küche! Halt, besorge schneller
Ein Fäßchen gutes altes aus dem Keller.
*(Bärbel ab.)*

## Zweiter Auftritt

*Es tritt ein die Gesellschaft der an Goethes Faust sich zu tot erklärt habenden Erklärer, bestehend aus Präsident Denkerke, drei Stoffhubern mit Namen Scharrer, Karrer, Brösamle, drei Sinnhubern mit Namen Deuterke, Grübelwitz, Hascherl.*

Denkerke.
Guten Abend, guter Mann!
Valentin.
Guten Abend, Herr, bin aber dann und wann
Kein guter Mann.
Denkerke.
Ach, könnten wir, um unsern Durst zu laben,
Wohl eine gute Bowle haben?
*(Bärbel tritt wieder ein; Bursche bringen ein Bierfäßchen und gehen ab.)*
Valentin.
Nichts Polnisches gibt's hier,
Hier schenkt man Bier;
Ein guter Roter aus Tiroler-Reben
Wird ausnahmsweise auch gegeben.
Grübelwitz.
Wohl etwas säuerlich? Inzwischen
Kann man ihn ja mit Zucker mischen.
Valentin.
Ich habe zweierlei, sind beide gut,
Der Spezial, das feinre Traubenblut.
Schmeckt er euch nicht, so laßt's halt bleiben!
Zum Weine laß ich keinen Zucker reiben.
Bärbel *(zu Valentin).*
Weißt, neulich kam ja auch so eine Puppe,
Die wollte Zucker auf Salat und Suppe.
Brösamle.
Ist guter, feiner Kümmel wohl vorhanden?

Valentin.
Schnaps mag man nicht in unsern Landen.
Hascherl.
Laßt nach dem Essen erst uns fragen,
Ich hab gar einen langen Magen.
Bärbel. 's gibt gute Suppen, Gerstl oder Nudl,
Schweinshaxen, Tellerfleisch mit Kraut,
Backhähndl, Erdbirn in der Haut,
Als Mehlspeis Kaiserschmarrn, Tiroler-Strudl.
*(Die Gesellschaft sieht einander an.)*
Deuterke.
Was diese Wirtsfrau seltsam spricht!
Sie ist wohl aus dem deutschen Reiche nicht?
Denkerke.
Es ist der Trunk, wonach wir mehr verlangen,
Der Hunger ist uns schnell vergangen.
Valentin.
Jetzt kurz und gut: Bier, wenn die Herren wollen!
Beliebt's euch nicht, so könnt's euch wieder trollen!
Alle.
So sei es Bier!
Valentin. Gut, so stich an, mein Schatz!
Am runden Tisch da nehmet Platz!
*(Es wird angestochen, eingeschenkt, getrunken.)*
Denkerke.
Ei, nicht so übel ist der Gerstensaft!
Laßt munter uns die durst'ge Kehle letzen!
Erneut sich erst die fast erschöpfte Kraft,
Soll uns zum Trunke auch Gesang ergetzen.
Scharrer.
Warum nicht lieber mit erfrischten Sinnen
Dann ungesäumt das Hauptgeschäft beginnen?
Wir haben doch schon auf dem Marsch beschlossen,
Als wir das neue Schauspiel angesehn,
An die Erklärung unverdrossen
Schon auf der nächsten, längern Rast zu gehn,

Damit am Ziel, im Himmelslosamente,
Die Arbeit um so leichter sich vollende.

Denkerke.
Wohl, wohl, doch besser muß das Werk gelingen,
Wird erst Gesang die rechte Stimmung bringen.

Karrer.
Den Hymnus der Exakten schlag ich vor,
Er ist so schön, trägt hoch das Herz empor.

Deuterke.
Nein, nein! Er ist nicht weit genug an Geist,
Nicht aller Brüder Meinung drückt er aus,
Wir andern suchen die Idee zumeist
In einer Dichtung Körper, Rock und Flaus,
Notizen sind uns Schale nur und Treber,
Wir wollen mehr, wir sind Gedankengräber.

Karrer.
Salbadern ja, ästhetisch Schwadronieren
Ist euer Fach, abstraktes Räsonieren!

Deuterke. Herr Bruder, das verbitt ich mir;
Ihr seid die Kärrner, Architekten wir!

Karrer.
Was ihr? Der Dichter ist der Architekt!

Deuterke.
Wer geistvoll deutet, was im Bauriß steckt,
Der hilft durch seine Winke, seine Lichter
Zum Dasein erst dem Bau und so dem Dichter.

Karrer. Was Geist! Was Geist! In unsrer Zunft
Ist für ihn keine Unterkunft,
Wir führen einen feinern Hypsometer.
Ist zu besetzen ein Katheder,
Erkundigt man sich nach den Kandidaten,
So ist das schlechteste von allen Prädikaten:
»Der Mann hat Geist«, hinweg mit ihm, hinaus!
Er taugt uns nicht in unser Lagerhaus!

Denkerke.
Still! Keinen Zank! seid ruhig! Haltet Frieden!

In zwei Parteien sind wir zwar geschieden,
Doch beide haben in des Abgangs Stunden
Zu meiner Wahl in Eintracht sich verbunden,
Zur Wahl als Führer, Sprecher, Präsident.
Ihr seid in mir nicht zwei mehr, nicht getrennt,
Zur Einheit aufgehobenes Moment.
So folgt mir auch und löset in Gesang
Die Dissonanz, den unschön harten Klang.
Ihr kennt ein Lied und wißt, wie schön es klingt,
Das der Ideenjagd hohen Wert besingt;
Wohlan, damit kein Zwist uns wieder scheide,
Wir gleichen aus, wir singen alle beide!
Das eine, das ja tief und echt
Dem Werte des Exakten wird gerecht,
Es mag vorangehn. Vorgang in der Zeit
Ist noch kein Vorrang. Singt, ihr seid bereit.

Gesang der Stoffhuber.

War's um sechs Uhr oder sieben,
Wann er diesen Vers geschrieben?
War's vielleicht präzis halb achte,
Als er zu Papiere brachte
  Diesen Einfall, diesen Witz?

War es vor, war's nach dem Essen,
Als bei Lotten er gesessen?
Was des weitern dann geschehen,
Durfte, fragen wir, es sehen
  Der Geliebten kleiner Fritz?

Wie war's mit Corona Schröter?
Rosenrötlich oder röter?
Was ist Sage, was Geschichte?
Auch auf diesen Streitpunkt richte
  Sich die Nase scharf und spitz!

Mariane – wer es wüßte,
Ob er nur die Stirne küßte,

Ob er, um nicht bloß zu nippen,
Kühnlich Lippen drückt' auf Lippen,
Amors älterer Noviz?

Ach, die Knöpf an seinem Rocke,
Ach, die Haare jeder Locke,
Wer sie pünktlich könnte zählen,
Würde nicht den Weg verfehlen
Zu der Wahrheit tiefstem Sitz.

Nur ein Schwätzer kann verübeln
Dieses Stöbern, Krabbeln, Grübeln,
Diese kritisch feine Beize,
Frucht der süßen Prickelreize,
Diesen edeln Wunderfiz.

Doch uns lockt nicht nur das Nächste,
Ha! wir wagen zu dem Texte
Konjektürchen anzubringen,
Große Tat! Wird sie gelingen –:
Unser schönstes Benefiz!

Echter Forschung Morgenröte,
Über Lessing, Schiller, Goethe,
Über groß und kleine Dichter
Glüh' empor, verkünde Lichter,
Neu und blendend wie ein Blitz!

Laß ersterben das Abstrakte,
Laß erblühen das Exakte!
Leuchte, zeuge, ziehe, züchte
Wahrer Literargeschichte
Musterhafteste Miliz!

Laß ersterben die Ästhetik,
Laß erblühn die Arithmetik!
Schüler, auf! zum Heiligtume
Der addierten Bröselkrume
Walle feierlichen Schritts!

Geist, Entwicklungsgang und Fatum:
Ihr Geheimnis ist das Datum,
Die Geschichte ist Kalender,
Leb' er hoch, der Einsichtspender
Und sein Segen, die Notiz!

Denkerke.
Macht eine Pause, netzet erst die Kehle,
Damit die Kraft dem zweiten Sang nicht fehle!
Er preist das höhere Studium,
Der erste war doch nur Präludium.

Scharrer. Da danken wir und sagen frei:
Präsidium spricht als Partei!

Denkerke.
In allen Ehren sollt ihr ja doch gelten,
Gelehrte Vorarbeit, wer wird sie schelten?

Brösamle.
Was Vorarbeit? Wer darf uns so taxieren?
Die ganze Arbeit ist es, die wir führen.

Denkerke.
Ihr streitet doch bei jedem Schritt!
Gefällt's euch nicht, singt eben ihr nicht mit!

Karrer.
Jawohl, die andern haben auch nicht mitgesungen,
Als vorhin unser beßres Lied erklungen.

Deuterke.
So laßt es nur, wir können euch entbehren,
Wir werden um drei Stimmen uns nicht scheren!
Sind ohnedies so dünn wie eine Zaser,
Man hört's, euch fehlt die Kehlkopfmuskelfaser.
Ihr, Brüder, desto heller singt,
Daß laut die Halle wiederklingt!

Gesang der Sinnhuber.
Lebe hoch die tiefre Deutung,
Bloß Exaktes ist vom Übel!
Hoch die philosoph'sche Häutung,
Schälung dichterischer Zwiebel!

Hier ist nie ein Ding es selber;
Männer, Weiber, acta, facta,
Löwen, Hunde, Ochsen, Kälber
Sind Begriffe, sind abstracta.

Nur der Geist, er macht lebendig,
Buchstab ist nur Feld im Winter,
Saatkorn schlummert innewendig;
Fraget stets: was ist dahinter?

Wer sich nur am Bild ergetzet,
Sinnlich ist er, soll sich schämen,
Wer den Wert ins Zentrum setzet,
Fragt: was läßt sich draus entnehmen?

Erster Sinn will wenig sagen;
Vorwärts mit bedachten Schritten!
Nach dem zweiten mußt du nagen,
Weiter, weiter nach dem dritten!

Der Poet ist ein Verstecker,
Flieht, was nur sich selbst bedeutet,
Und erwartet den Entdecker,
Welcher den Begriff erbeutet.

Nur erklären, nur erklären,
Aber ja kein Urteil wagen,
Nur verehren, nur verehren,
Ob poetisch? ja nicht fragen!

Doch auf des Parnasses Gipfeln
Mit den dankbaren Poeten
Wandeln unter Lorbeerwipfeln
Arm in Arm die Interpreten.

Denkerke.

Exest, colloquium!
Stoßt an, stoßt an mit hellem Klang!
Ich hoffe doch, da nunmehr im Gesang

Sich jede der Parteien ausgesprochen,
Dies wirke auf den Riß, der ausgebrochen,
Als heilendes Collodium.

Deuterke, Grübelwitz, Hascherl.
O pharmazeutisch schönes Bild!

Scharrer, Karrer, Brösamle.
Auch wir gestehn, es stimmt uns mild!

Denkerke.
Jetzt an die Arbeit, zu dem ernsten Werke!
Erfrischter Sinn mehrt auch des Denktriebs Stärke.

Deuterke.
Erlaubt, Herr Präses, erst als Friedenskuß
Bevorwort ich noch einen Lumpidus:
Dem Einzelnen sei noch das Wort geschenkt,
In eignem Vers zu sagen, was er denkt!
Es fühlt dazu ein jeder wohl den Drang,
Zu wenig ist gemeinsamer Gesang,
Den Witz, das Können der Person
Zeigt nur Improvisation.

Denkerke.
Nun ja, so trage jeder mit Humor,
Doch auch mit Ernst ein Schnaderhüpfel vor!
Im Wettstreit mögen die Parteien wechseln,
Umlaufend ihre Gnomensprüche drechseln.
Stoffsammlerlinge, Sinnbilddeuterlinge,
Je einer, dann der andre sag' und singe!
Stoffhuber und Sinnhuber laßt mich sagen –
Den schlichten Namen mögt ihr immer tragen.
Mag sich denn jeder schnell besinnen!
Bestimmet nur, wer soll beginnen?

Deuterke. Die Frage soll uns nicht entzweien,
Der Präses, der die Einheit der Parteien,
Er sei der erste auf dem Plan,
Er fange an!

Denkerke *(nach kurzem Besinnen)*.
Die Poesie ist sehr viel wert,

Die die Erklärung sehr erschwert!
Jufifallera! Jufifallera!
Jufifalleralala!

Chorus *(alle jubelnd, mit den Gläsern anstoßend).*
O geistreich! Welcher Wahrheitsschatz
O welcher klangvoll schöne Satz!
Jufifallera – –!

Denkerke.
Stoffhuber jetzt, Notizenmehrer!
Mir nach! Und folge dann ein Sinnerklärer!

Brösamle.
Ameisen sind wir, Bröselein
Sammeln wir mit Eifer ein,
Körnlein, Larven, Moderrest
Aufgepackt und schnell zu Nest!
Jufifallera – –!

Chorus.
Jufifallera – –!

Deuterke.
Was verständlich ohne Not,
Gleicht gemeinem Hausmannsbrot,
Seines Ofens feinste Brezel
Reicht der Dichter uns im Rätsel.
Jufifallera – –!

Chorus.
Jufifallera – –!

Scharrer.
Hennen sind wir, fleiß'ge Hennen,
Kratzefuß soll man uns nennen,
Scharren gackernd auf dem Mist,
Bis ein Schatz gefunden ist,
Ein Notizlein oder mehr:
Brief von Goethe, inhaltsleer!
Jufifallera – –!

Chorus.
Jufifallera – –!

Hascherl.
Am reinsten strahlt der Dichtung Zauberlicht,
Wenn man vergebens sich den Kopf zerbricht.
Jufifallera – –!

Chorus.
Jufifallera – –!

Karrer.
Heiß' er Goethe, Schiller, Ramler,
Ohne uns, die Lumpensammler,
Ist der Dichter nur ein Stammler!
Jufifallera – –!

Chorus.
Jufifallera – –!

Grübelwitz.
Dichtungseuter, wird es welker,
Um so eifriger die Melker,
Rinnt die Milch auch dünner, dünner,
Wir die Sennen, wir die Sinner
Sind Ideen-Käs-Gewinner.
Jufifallera – –!

Valentin.
Beliebt den Herren, Käs zu essen?
Ein guter Pharao-Kuhkäs ist vorhanden,
Mein Weiberl hat's zu sagen nur vergessen.

Grübelwitz *(zu Valentin).*
Dank, Dank, ihr habt uns falsch verstanden,
Nur geistig war das Wort vom Käs gemeint.
*(Zu Denkerke, lachend.)*
Auch einer, der nur wahrnimmt, was da scheint,
Stoffhuber, keines tiefern Sinns Entdecker.

Valentin *(mürrisch wegtretend, für sich).*
Da sieht man's wieder, diese Schlecker!

Denkerke.
Zuvörderst nun, vereinigte Parteien –

Brösamle.
Ich bitte, haltet noch ein wenig ein,

Da kommt mir noch ein Verselein:
Ei, die Forschung ist nicht blöde,
Ist bedeutend vorgeruckt,
Zählt sie doch, wieviel von Goethe
Jetzo Briefe sind gedruckt,
Jufifallera – –!

Deuterke *(unterbrechend).*

Ist es erlaubt, noch etwas nachzubringen,
So weiß auch ich ein Verschen noch zu singen:
Klebe, kitte, schweiße, löte
Sand an Sand und Tand an Tand,
Und so bringst du noch von Goethe
Die Biographie zustand!
Jufifallera – –!

Denkerke *(unterbrechend).*

Genug, genug! Jetzt nicht mehr unterbrechen!
Kein bittres Wörtlein weiter sprechen!
Der Lumpidus ist aus,
Vergessen sei der Strauß! –
Wohlan denn, nun vereinigte Parteien,
Zum sichern Pfand,
Daß ihr euch künftig nimmer wollt entzweien,
Zum schönen Band
Reicht euch die Hand!
O wie ist Liebe lenis, dulcis, mollis,
Gleich Gruppen auf des Musenhaines collis!
Wohlan, ihr Lieben, Guten, trinket Schmollis!
*(Allgemeine Umarmung und Schmollis-Trinken.)*
Jetzt in der warmen Stimmung, der befreiten,
Laßt uns zu dem beschloßnen Werke schreiten!

Alle.

Ja, ja, gleich leitet die Debatte ein,
Parlamentarisch soll verfahren sein!

Denkerke.

Gern, gern, doch taugt des Reimes heitres Rosa
Nicht wohl zum strengen Werk, es fordert Prosa.

Die Form zu wechseln, wie auch Shakespeare tut,
Gibt eben er, der große, mir den Mut!

Goethe sei mit uns! – Verehrte in ihm, im Meister! Mitgestorbene, Mitaufgelöste in ihm! Welches Wunderbare an uns herangetreten, als wir selig gestorben in unsrem Beruf, himmelsreisebereit in jener germanischen Stadt, der Pflegerin alles Idealen, uns zusammenfanden – ihr wißt es. Wir finden des Schauspielhauses Pforten umdrängt, umstürmt, wir lesen auf errafftem Theaterzettel den Namen einer neuen dramatischen Schöpfung, der unser tiefstes Interesse erregt, mit unsern verdünnten, schon halb verklärten Körpern finden wir unschwer Platz im überfüllten Hause, und von Staunen starr, phrenetisch entzückt schauen, schauen, hören wir. Das schriftfertige Mitglied unsrer Gemeinde, Herr Brösamle, stenographiert. Am andern Tag wird unsere Himmelsreise fortgesetzt, wir machen Rast in schattigem Buchwaldgrund, ich fixiere mir mit Geistesflug eine Reihe von Fragen, von riesigen Forsch- und Denkaufgaben, die aus dem ungeheuren, Unendliches im Schoß bergenden Ganzen jedem feineren Geist entgegenquellen, und wir beschließen, nicht unkundig der Gebirgsreise-Unterkunft, der cantionera am Himmelsrande, die uns augenblicklich beherbergt, hier etwas längere Rast zu machen und diese Fragenkolonne zu einer ersten näheren Prüfung uns vorzulegen. Wer mag der unermeßlich Hohe, abgründlich Tiefe, der einzig auserkorene Erbe des Goethegeistes sein, der unter den sinnspritzend, symbolstrotzend klangreichen vier Namen als Verfasser sich verbirgt?

S c h a r r e r. Ich habe hierüber bereits nachgedacht: vier Namen, der eine deutsche, der zweite italienisch, der dritte serbisch oder illyrisch, der vierte polnisch –

D e n k e r k e. Ich bitte, bitte, wir können darauf noch nicht eintreten, ich muß ja doch vorher erst –

K a r r e r. Ein polnischer Faust – zwar Twardowsky genannt –

D e n k e r k e. Aber noch einmal, halten Sie doch Ihren edlen Eifer noch zurück –

M e h r e r e S t i m m e n. So lassen Sie doch den Herrn Präses fortfahren! Keine Unterbrechungen!

D e n k e r k e. – Wer dieser echte Erbe des Goethegeistes in seinem höchsten Reifestand? Dies allerdings eine Frage, die ich – da doch Herr Scharrer schwerlich schon die ganze Beantwortung gefunden haben wird – unsern gesamten Herrn Stoffhubern dringend ans Herz lege. Nun aber, welche Welt von lösungsbedürftigen Rätseln liegt vor uns! Noch ist der erste und zweite Teil der ewigen, allumfassenden Goethe-Schöpfung lange nicht völlig erschöpfend kommentiert, und nun wächst dieser neue Wald von Fragezeichen uns zu, schüttet sich dies neue Rätselfüllhorn vor uns aus! – Nicht wenig zwar ist geschehen in Entzifferung der zwei Teile des unsterblichen Nichtpseudonymen. Unsere Sinnhuber, um diese zunächst zu nennen, haben Großes geleistet. Einiges nur aus den schon gehäuften Schätzen kann ich nicht umhin zu erwähnen. Ideenperlen sind gefischt wie folgende. Einer unsrer Köpfe, Schüler des großen Philosophen Crispus, hat die Welt belehrt, daß, wenn Faust unruhig im Sessel sich herumwirft, dies bedeutet: er oszilliert wie die ihren Pol suchende Nadel; der Pudel ist die personifizierte Sinnlichkeit, der niedre, das Geistige störende Trieb; das Pentagramma die irdische Hülle des Menschen, die Ratte, die es zernagt, das den leiblichen Menschen zerstörende Prinzip; die Hexenküche ist das Bild des Unsinns in der deutschen Literatur zur Zeit, da sie geschrieben wurde, Helena im Spiegel das Ideal des natürlich Schönen, wie es Faust nachher in Gretchen verwirklicht sieht; mit Grund darf man vermuten, die Saufbrüder in Auerbachs Keller seien ein Bild der zweiten schlesischen Dichterschule und ihrer wilden Sinnlichkeit; die Geschichte mit Gretchen – es scheint zwar, als ob sie keine Allegorie sei, allein es scheint auch nur so:

die Kunst des Dichters hat hier fast sich selbst übertroffen, indem sie uns eine Allegorie so hinstellt, daß wir sie kaum für eine solche, weit eher für eine wirkliche Geschichte halten möchten: was sie eigentlich enthält, das sind die Bestrebungen Goethes als Dichter in seiner ersten Periode; speziell das Geschmeidekästchen bedeutet seine ersten Dichterleistungen, insbesondre Werthers Leiden. Gretchen ist überhaupt das einfach Schöne, einfach Wahre und Gute, nach welchem der jugendliche Dichter rang; ihr Fall besagt, daß solches durch das Unvollkommene, Unreine befleckt wird, welches so weit geht, daß Valentin, der Repräsentant der sittlichen Kraft und Würde, getötet wird. Dieser ausgezeichnete Sinnhuber ist es auch, der entdeckt hat, was in dem Verse »Der Frühling webt schon in den Birken, und auch die Fichte fühlt ihn schon« für eine Anspielung steckt! Das bezieht sich auf die satirische Schrift des Philosophen Fichte gegen Nicolai: Friedr. Nicolais Leben und sonderbare Meinungen etc. Nicht minder leuchtende Aufhellung verdankt diesem Geiste der zweite Teil des Dramas; führe ich nur an, daß er im Kaiser des ersten Akts den europäischen Menschheitsgeist, in Philemon und Baucis nebst ihrem Gütchen das Gebiet der reinen Religion mit ihrer freien Aussicht ins Unendliche erkannt hat, so läßt sich genügend erschließen, was derselbe zur Hebung der sinnig halb verborgnen Schätze noch alles geleistet.
Die Verdienste der Schule des Philosophen Hamulus um unsre Dichtung – ihr kennt sie; könnt ihr vergessen haben, was sein Schüler Boccula geleistet hat, dieser elektrische Kopf, dem bei allem alles einfällt, der rechte Mann, der Welt aufzuweisen, daß Goethes Faust überhaupt alles enthält – das letzte Ergebnis des sich in der Zeit entwickelnden Weltgeistes, der ungeheuren Arbeit der Weltgeschichte, das Resultat der Wissenschaft überhaupt? Soll ich noch Geistesblicke von ihm anführen wie den, daß, wenn Mephistopheles auf dem Blocksberg zu

Faust sagt: »du mußt des Felsens alte Rippen packen«, unter dem Fels der dogmatisch derbe und sichere Wortverstand gemeint ist, daß der Schlüsselbund, womit Faust Gretchens Kerker öffnet, die falsche Selbsthilfe moralischer und intellektueller Kraft, das Nachtlämpchen, das er mitbringt, die seichte Verstandesaufklärung, den matten, düsteren Schein vereinzelter Vernunft bedeutet, womit sie im Lichte zu wandeln meint? O dieser, hätte er den zweiten Teil, geschweige diesen wundervollen dritten erlebt, welche Ideenschatzkammer hätte er aufgetan gesehen und wie hätte er die Schätze gehoben?
Um noch andere Kleinode spekulativer Entdeckung nur flüchtig vor unsern Augen noch einmal aufschimmern zu lassen, erinnre ich, wie der scharf- und tiefsinnige Albus nachgewiesen hat, daß Fausts Schritt zum Selbstmord, unnatürlich, wenn buchstäblich verstanden, nur den sittlichen Selbstmord, die geistige Selbstvernichtung bedeuten könne, welche im Abfall zum Bösen, in der Empörung gegen Gott liege; daß das Gift in der Phiole demnach die sublimierte Natur des Bösen versinnbildliche, ferner –

Grübelwitz. Ich bitte, Herr Präsident –

Denkerke. Ich bitte, mich fortfahren zu lassen –

Grübelwitz. Kurze Zwischenreden müssen erlaubt sein, weil sonst wertvolle –

Denkerke. Nein! nein; sonst gelangen wir ja nimmer an die viel wertvolleren –

Grübelwitz. Ich will, darf, muß sagen – der Ofen in Fausts Zimmer – wohl nicht geheizt, weil lauer Ostertag – bedeutet – (*meine* Entdeckung) –: den Mangel an innerer Wärme, denn –

Denkerke. Gut, meinetwegen! Aber um Gottes willen –

Brösamle. Ja, um Gottes willen – fortfahren lassen! Hat doch von den Verdiensten der Stoffhuber unser Herr Präsident noch kein Wort gesagt –

## Dritter Auftritt

*Man hört heftige und starke Schritte, die Türe wird aufgerissen, herein stürmt Mr. Wedge. Hinter ihm tritt unbemerkt eine zweite Person ein, genannt Steinzänger.*

Mr. Wedge. Let me – lassen Sie mich –

Denkerke. Wer sind Sie? Sind Sie tot oder nicht? Mir scheint, Sie leben noch, nur Tote, dem Endlichen Abgestorbene haben Zutritt in dieser Gesellschaft –

Mr. Wedge. What? What? But – aber meine großen discoveries – nur um sogleich dies eine – wenn wir im zweiten Teil überall unter Wasser oder See die Religion verstehen – what a sublimity – welche Erhabenheit leiht dies dem fünften Akt! With what a mysterious light beleuchtet dies die ganze Tragödie! Überhaupt –

Denkerke. Aber, mein Herr –

Karrer. Er ist ein Sinnhuber, wir haben deren ohnedies genug, bitten Sie ihn doch, sich zu entfernen!

Hascherl. Ja, ja wir sind uns ohne ihn genug –

Mr. Wedge. Goddam, I'll speak, speak! Die Welt soll wissen –: Goethes Faust enthält die deutsche Kulturgeschichte – development of German culture – dunkles Mittelalter im ersten Teil, im zweiten Fortschritt zum Humanismus im Kampf mit Aberglauben, Despotismus – nur verhüllt, weil der große Dichter befürchten mußte, daß wider ihn aufstehen – would have roused – die Regierungen, der Klerus, die Presse, ja das Volk selbst – *(Wachsende Unruhe – Mr. Wedge schnurrt das Folgende heftig herunter.)*

Da ist die ganze materielle Welt nur Sinnbild der intellektuellen; Dunkel gleich: Unwissenheit; Licht, Sonne: gleich Quelle alles intellektuellen Lebens, dagegen Mond: Kirchenherrschaft, Mittelalter; Luft gleich: Ideal; Dünste gleich: edlen Gefühlen; Wolken gleich: deren Häufung, Verbindung und Mannigfaltigkeit; Feuer gleich: Aufklärung; Erde gleich: practical Element; Wasser oder See: ich wiederhole, gleich Religion; Feld: gleich strenger Verstand; Kohle: gleich verbrannte Kulturideen früherer Zeitalter; Holzkohle spezieller gleich: künstliche Verbrennung der Naturkultur; Metalle gleich: Tugenden; unter den Planeten ist Merkur gleich dem Prinzip der Diplomatie, Venus gleich dem Ideal der Courtoisie, Grazie, Zeremonie –

Viele Stimmen. Genug, genug, zuviel, zuviel!

Deuterke, Grübelwitz, Hascherl. Ja, selbst für uns, die wir etwas vertragen können! –

Mr. Wedge. Alas! I have ja noch lange nicht die ganze inorganic nature – nicht die vegetables – nicht die animals – z. B. the domestic sow – die Haussau: Bild von Aberglauben, verächtlichen, schmutzigen Gedanken, horses – Rosse: die unverständigen Menschenklassen, Landleute, Arbeiter, auch Bürger, die sich von verständigen Menschen satteln und reiten lassen; – dann aber men – *Menschen*: Faust the ideal spirit, der ideale Geist Deutschlands, Kaiser: der practical spirit of the German people, – *Geisterwesen*: die Mütter – ihre Bedeutung klar: die geheim gehaltene, noch unentsiegelte Bibel, – der Schlüssel: die humanistische Aufklärung, – Fausts stürmischer Ausbruch im Anblick der heraufbeschwornen Helena: der Kampf um die Volksrechte im Bauernkrieg, – das ewig Weibliche: das Schöne und Gute in aller Philosophie – – –

Steinzänger *(hervortretend)*. Immer noch nur oberflächlich!

Mr. Wedge. Why? What? Who are you?

Steinzänger. Oberflächlich! sage ich. Wer ich bin, gehört nicht zur Sache. Sie denken bei der Fausterklärung zu wenig an Kant. Faust kann nichts anderes sein als – das ist logische Notwendigkeit – als: der irregehende, nämlich spekulative oder das Übersinnliche begreifen wollende Verstand, der den rechten Weg erst betritt, wenn er sich zur Tat wendet. Haben Sie denn z. B. übersehen, was von den zwölf Kategorien vorkommt? Valentin ist ja natürlich der gesunde, im Felde der Erfahrung gültige Verstand. Ihm dienen zur Verarbeitung aller Sinneseindrücke die Verstandesbegriffe, d. h. die Kategorien, deren zwölf sind. Nun bewundert! Sagt Valentin nicht in v. 3385 und 3386: »Und wenn dich erst ein Dutzend hat, so hat dich auch die ganze Stadt«?

Valentin. Was sagt der Mensch von mir, kann nit verstahn!

Mr. Wedge. Goddam!

Denkerke. Wie kommen Sie herein? Wer sind Sie?

Deuterke. Es ist zuviel, zuviel, diese Eindringlinge erdrücken uns! Wer ist der Unbescheidene?

Steinzänger. Und wäre eine Welt wider mich, ich rede, weil ich reden muß! Ich greife – da euch die Geduld fehlt, zusammenhängend zu hören – ins volle und sage nur: der Elefant ist der positive Beweis, der alles niederstampft, das Nilpferd jedoch der falsche Beweis. Gretchen ist die Naivetät, deren Mutter das Unbewußte, die drei Tropfen, die diese töten, sind das Ichbewußtsein – Ich bin ich –

Denkerke. Wenn hier alles nichts hilft –

Deuterke. Ja, ja, Gewalt!

Karrer. Hinaus!

Hascherl. Zu wenig Strafe!

Grübelwitz. Knebeln! Sollen hören müssen und nicht sprechen dürfen!

Steinzänger *(schreiend, schnell)*. Szene in Auerbachs Keller: die Jugend, Hexen und Hexenküche: das Alter, Walpurgisnacht: der Wahn, der Kaiser: der Schein, Helena: die Illusion –

Karrer. Herr Wirt, haben Sie nicht ein paar Knebel und ein paar Trum Strick?

Valentin *(zu Bärbel)*.

O das ist nett, das gibt zu lachen,

Geh, Bärbel, hole die verlangten Sachen!
Waschklämmerlein sind ja im Haus,
Mußt eines schlitzen,
Die Enden ein wenig schnitzen,
Zwei Knebel werden so daraus.
*(Bärbel ab.)*

Steinzänger *(wie vorhin)*. Die Mütter sind der Urgrund alles Geschaffenen, nämlich das Nichts; klassische Walpurgisnacht – nur so viel in Eile: die Ameisen sind die Kompilatoren, die Gnomen: die Irrtümer, die Greifen: die Diktionäre, – Euphorion ist der Wunsch, Philemon, Baucis und der Wanderer sind die Legende, die Sage, die Tradition, – die seligen Knaben sind die transzendentalen Ideen, Seraphicus ist die transzendentale Ästhetik, seine zwei Augen: Raum und Zeit, die Engel sind die transzendentale Logik, – alles im Sinne Kants, das ewig Weibliche ist die Vernunft –

Bärbel *(bringt Knebel und Stricke, übergibt sie Valentin)*. Meinst, daß die Herrn das Ding verstehen?

Valentin. Gib her, wir wollen sehen. *(Überreicht dem Präsidenten Denkerke die Sachen.)*

Denkerke. Nun, meine Herrn, drauf los!
*(Angriff, heftige Gegenwehr der Angegriffenen, Rufe von Mr. Wedge: Britons never shall be slaves! von Steinzänger: Ich lasse mich nicht unlogisch behandeln!)*

Bärbel. Ei lustig! Sie verzwingen's nit,
Geh, Vältl, hilf ein wenig mit!

Valentin *(greift ein, die beiden werden gebunden und geknebelt)*.

Denkerke.
Ihr Würgen und ihr Stöhnen wird uns stören,
Wir könnten weder sprechen noch uns hören;
Drum fort mit ihnen, sperrt sie ein,
Dann überlaßt sie ihrer Pein,
Denn jede Schuld rächt sich auf Erden!
Fort, fort, wie wild sie immer sich gebärden!

Valentin *(zu Bärbel).*

Geh, zeig den Weg zum Rumpelkämmerlein!

*(Die beiden werden unter schwerem Widerstand fortgeschafft.)*

Denkerke. Meine Herrn, endlich, nachdem die Ruhe hergestellt ist, fahre ich fort. Diese ungestümen Eindringlinge, sie haben unsern verdienstvollen Herrn Sinnhubern ungebührlich in ihre Geistarbeit gepfuscht. So geistreich wie diese sind wir auch, wir brauchen keine Hilfe. Wir wissen ja auch nicht einmal, ob sie nicht noch am Leben sind, also doppelt unberufen sich hier eingedrängt haben. Wären Lebende hier zugelassen, würden wir so manchen Würdigeren wählen und einladen; als wir abgingen, lebte z. B. noch jener feine Kopf, der aufgestellt hat, der zweite Teil Faust gleiche an Tiefe, an eigenem, aus immer neuer Erwartung und Täuschung entspringendem Reize Hegels Phänomenologie: – Sie lieben auch die Übertreibung, jene zwei glücklich Beseitigten. Man kann zwar in Sinndeutung nicht leicht zuviel tun; jene Fremdlinge aber tun zuviel. Es muß etwas schon sehr zuviel sein, wenn es uns zuviel ist. Allzu ist allzu. Wir wissen bei alledem, wie viele Rätsel des Weltgedichts noch nicht gelöst sind; dies jedoch ist *unsere* Arbeit, Unberufene sollen uns nichts vorwegnehmen! – Doch es ist hohe Zeit, auch der Verdienste unserer Herrn Stoffhuber zu gedenken, freilich, um auch da nur zu betonen, wieviel noch zu tun bleibt. Für das bereits Geleistete genügen vollständig Beispiele wie die, daß aufgehellt ist das wunderbarliche Wort *Kribskrabs* (der Imagination), daß gelöst ist das Rätsel des Namens *Urian* (Urian sitzt obenauf), daß aufgegabelt ist der Aufsatz von Fernow, woraus sich die dunkeln Worte erläutern: »Und von dem ganzen Hexenheer sind zweie nur gepudert«; doch »zweie« – was dies heißen soll, liegt noch im dunkeln; so auch, wie eben zugestanden, noch manches andere; noch weiß die Welt nicht genau, wer der Servibilis ist, was besagen soll die Hexenstimme: »Wir waschen, und blank sind wir ganz und gar« etc., noch ist nicht erkannt, wer eigentlich unter dem alten General, dem Minister, dem Parvenü am Feuer zu verstehen ist, – ich nenne nicht weiter einzelnes, sage nur: die Studien über die Zeit der Entstehung jedes Teils der Tragödie in höchsten Ehren, aber noch ist nicht erforscht Jahr, Monat, Tag, Stunde, Viertelstunde der Entstehung jeder einzelnen Zeile; wir wissen, daß bei Gretchen an die gewisse Wirtstochter von Bockenheim, dann auch an Friedrike von Sesenheim, wir wissen dagegen noch nicht, an welche wirkliche Personen bei den Bürgern vor dem Tor, bei Frau Schwertlein, bei Valentin, dann – ich nenne vom zweiten Teil in der Eile nur diese – bei Helena, bei dem Homunculus zu denken ist, denn allegorischer Sinn schließt spezielle Anlehnung nicht aus. Wie könnte ich darum vergessen, was Ungeheures im übrigen unsere Herrn Stoffhuber für den zweiten Teil geleistet haben –

Brösamle. Ja, das dürfen wir sagen, die Finger bluten uns noch vom Nachschlagen, Umblättern in ganzen Bergen von Literatur! Nur nebenher sei erwähnt, daß wir eben jetzt mit Feuereifer nach dem Namen Schwertlein in den Frankfurter Kirchenbüchern stöbern. Aber erst Stücke wie die klassische Walpurgisnacht, was hat sie uns –

Denkerke *(unterbrechend)*. Das führt mich wieder auf unsere verehrten Sinnhuber! An die zwanzig Deutungen liegen vom Homunculus vor – welche ist die wahre? oder – sind alle wahr?

Genug! genug! Unendlich, ja unendlich ist noch die Aufgabe! Und jetzt, jetzt angesichts dieser Unendlichkeit eine neue! Dieser zentrale Feuerherd von Mystik, dieser dritte Teil!

Scharrer. Nun, gottlob! kommt's endlich!

Deuterke. Bitte, ja, ja, bitte!

Denkerke. Ich habe also, wie die verehrten Herrn schon wissen, mir ein erstes, nur ganz vorläufiges Verzeichnis von Aufgaben, die uns erwachsen, eilig entworfen, nach Nummern aufgereiht und lese es Ihnen vor – gewiß nicht zu augenblicklicher Lösung – wie unsinnig wäre solch Verlangen! – nein, nur zum Zweck ungefähren Einblicks in die ungeheure Überfülle, das Milliardengewimmel der aufquellenden, aufzuckenden Fragen, welche uns, gehäuft mit den noch ungelösten alten, eine Ewigkeit zu beschäftigen geeignet sind. Ich lese Ihnen diese Liste vor, nur zum eben genannten Zweck, bitte daher, und zwar hier besonders inständig, mich nicht unterbrechen zu wollen. Jenseits ist ja genug Zeit, da kann jeder von den verehrten Herrn bequemlich seine Ideen, seine Entdeckungen vortragen.

1. Zum ersten Aufzug

a) Was bedeutet Lieschen als Genossin Fausts wie als weiblicher Chorus des Dramas?

b) Was ist Faust in diesem neuen Stadium?

c) Seine Kost betreffend, was bedeuten die Heuschrecken und –

Brösamle. Heuschrecke von *hewi*, Heu, und *schrikan*, springen –

Denkerke. – Aber ich bitte –

Grübelwitz. – Ganz recht, also Sinn: das gewisse noch Springende, Sprunghafte, Abrupte in Fausts –

Denkerke. Aber mein Gott, ich habe doch gebeten – ich will ja mit Ihrer Genehmigung erst –

Deuterke. Es ist auch wahr, bitte die Herrn, lassen wir doch den Herrn Präsidenten fortfahren –

Denkerke. Und der wilde Honig –

Hascherl. Doch wohl das gewisse noch Ungesichtete, Ungeklärte im Blumensaftsüßen von Fausts Humanismus –

Denkerke. Aber um Gottes willen – wie soll ich so denn weiterkommen! Lassen Sie mich doch gelangen

d) zu den verschiedenen neuen Versuchungen im ersten Stadium des betreffenden Stadiums! Die lockenden Speisen, die das Geisterkonzert des Mephistopheles vorspiegelt, die Getränke können doch nicht sich selbst bedeuten! Müssen Sinnbilder für verschiedene Formen feiner geistigsinnlicher Lockungen sein – so die Gans, der Hering –

Karrer. – Nur eine kurze Zwischenbemerkung: es hieß – das ist mir genau im Gedächtnis – nicht Hering, sondern Harung – altertümlich – erinnert schön an das gleich altertümliche *abe* bei Goethe in »abestürzt« –

Denkerke. Nun ja, aber weiter! weiter! Der Salat – ich mache auf das naheliegend Symbolische in Öl und Essig aufmerksam –, dann die Schinken, Zungen, Würste –

Deuterke. Oh, nur ein Wort zu: Würste! – Nebenher: Zungen – klar: die Sprachen – Aber Würste – sollte nicht – nach bekanntem Studentenausdruck – Andeutung des Wursthaften bloß philologischer –

Denkerke. Aber so lassen Sie mich doch zum Wichtigeren gelangen – Babette als Köchin –

Karrer. – Ist Barbara –

Grübelwitz. Nun eben, eben – das Barbarische in bloßen, wenn auch noch so feinen Sinnengenüssen –

Brösamle. – Nichts! kommt von *barba* –

Scharrer. – Ob nicht vielmehr von *Babe* (baby) oder von *Babbeln*?

Denkerke *(für sich)*. Hilf du mir, Gewalt meiner Stimme! *(Schreiend.)* Die Weine! Vielmehr warum nur *eine* Sorte: Tiroler –

Brösamle. Unser Wirt, wie die Herrn vorhin bemerkt haben werden, unterscheidet zwei Sorten Tiroler: der feinere: Spezial – Sollte dies – nämlich sonst: Superintendent – nicht etwa auf den gutbestellten Keller eines –

Denkerke. Aber das Bier, das Bier – also die Bedeutung von Malz und Hopfen und deren Gärung –

Hascherl. Unschwer deutbar – Zusammengärung des Bittern und Ölignahrhaftfetten – Negation und Position –

Denkerke *(lauter schreiend, schnell ablesend)*. Ferner, ferner

e) das nahe Unterliegen Fausts, das Eingreifen Valentins – was bedeutet überhaupt in dieser neuen Handlung Valentin? – Das Sturzbad, die Malzschaufel, durch sie der Sieg über Mephistopheles –, das Hinauswerfen desselben, und zwar besonders der schnellende Ruck, womit es geschieht. – Weiter dann

f) die Prüfungen Fausts in der Schule durch die seligen Knaben – wer sind diese?

Grübelwitz *(stark schreiend)*. In dieser Beziehung ist unsrem geknebelten Steinzänger doch Unrecht geschehen; ich nehme seine geniale Deutung auf: die seligen Knaben sind die transzendentalen Ideen –

Scharrer. – Faust wünscht ja am Schluß, daß ihnen die Hosen gespannt werden; wie kann man transzendentalen Ideen die Hosen spannen? Sollte nicht eine Beziehung auf Charlottens von Stein kleinen Fritz – –

Denkerke *(brüllend)*. Der Bakel, den Faust nicht führen darf, das Ringeln –

Hascherl. Bitte, bitte! Schlangenstab des Äskulap, Caduceus des Merkur –

Deuterke. Nichts da, die Schlangenwindungen der Dialektik –

Denkerke. Die Knallerbsen, die Maienkäfer –

Brösamle *(mit spitzer Stimme durchdringend)*. Zu untersuchen vor allem, ob zu der Zeit, da Goethe die Walpurgisnacht schrieb, und zur Zeit, da mutmaßlich diese Szene des dritten Teils entstand, viele Maienkäfer –

Deuterke. Pah! Maienkäfer sind Gelehrtengrillen!

Denkerke *(matt)*. Wollen die Herrn wohl die Gnade üben, mich zum zweiten, noch viel wichtigern Aufzug –

Mehrere Stimmen. Ja! Ja! Reden! weiter, weiter!

Denkerke. Ich überspringe wichtige Fragen, wie die, was nach schwierigem Siege die verbesserte Kost bedeute, eile also zum zweiten Akt, zu dessen erstem Auftritt, bemerke zu den Müttern nur flüchtig, daß meines Wissens noch von keinem Erklärer die Nornen der skandinavischen Mythologie beigezogen sind, und gebe zwei der wichtigsten Punkte mit besonderem Nachdruck künftigem – bitte, nur *künftigem* – Nachdenken hin: den Schlüssel, welchen der unbekannte, mystisch pseudonyme Dichter aus Goethe herübernimmt, und Mephistopheles als Kaminfeger –

Scharrer. Bitte, nur eine Bemerkung zur Fragestellung –

Brösamle. Oh, nur ein paar Worte! Der Schlüssel wurde von unsern Herrn Sinnhubern längst, und wohl richtig, als die Philologie gedeutet, die das tiefere Eindringen in das Altertum zwar nur anbahnt, doch, im Fortschritt sich vertiefend – daher leuchtend – wirklich vermittelt; es ist ihre Feinheit, ihr Spürsinn, ihr *Pfiff* – daher *pfeift* Faust auf dem Schlüssel, so legt sich anmutig das Wortspiel nahe: Philologie – Pfiffologie –

Hascherl. Au! Kalauer! Der Schlüssel ist nach andern, und gewiß einfach richtig, das Symbol des Priestertums, der Weisheit, welche die Pforten der Erkenntnis und das Wesen der Dinge eröffnet.

Grübelwitz. Nichts da! Oberflächlich und dazu unklar! Vielmehr –

Denkerke. Aber Stille! Stille!

Grübelwitz. Der Schlüssel muß mit dem Kaminfeger zusammengenommen werden. Setzen wir dafür das gleichbedeutende Essenkehrer – esse – Sein – und kehren oder fegen – die äußerste, tiefste Abstraktion, die alles (sinnliche) Sein wegfegt, ausscheidet –

Brösamle. Prr!

Denkerke. Soll ich noch präsidieren oder nicht?

Grübelwitz. Ach, nur noch die paar Worte – solche Ideen kann man ja nicht zurückhalten –: zur reinen Abstraktion gelangt man durch Schlußreihen – Schluß – Schlüssel –

Brösamle. Pah! Bei der Philologie bleibt's! Noch ein Beweis! der Schlüssel ist *rostig* – *Rost,* Christian, Friedrich, berühmter Grammatiker und Lexikograph, Professor am Gymnasium zu Gotha, dann Oberschulrat und Direktor –

Grübelwitz. Absurd! Rost kann nur das Unechte, Veraltete beschränkter Philologie bedeuten –

Brösamle. Wollen Sie mich beleidigen?

Mehrere Stimmen. Zur Ordnung! Zur Ordnung!

Andere Stimmen. Fortfahren! Fortfahren!

Denkerke *(der sich vergeblich noch hörbar zu machen sucht, zu Bärbel).* Frau Wirtin! Haben Sie keine Glocke? Ich brauche eine Glocke!

Bärbel. Wir haben eine, wohlverwahrt im Schrein,
Ich hole sie. Nun, das wird lustig sein!

Brösamle. Ich frage noch einmal, ob Sie mich beleidigen wollen? Ich wüßte noch eine andere Erklärung zu: rostig – rusticus – rustik –

Grübelwitz. Sie belieben gröber zu werden als ich! Ich begnüge mich, Ihnen zum Bewußtsein zu bringen: Sie haben noch eine andere abgeschmackte Bemerkung vorgebracht, nämlich zu den Maienkäfern, als ob es sich da um eigentliche Maienkäfer handle. Diese sind übrigens auch nicht, wie Herr Deuterke meinte, die Gelehrtengrillen, sondern die krabblich gereizten Nerven eines gequälten Schulmanns –

Denkerke *(schreiend).* Friede! Friede! Wo bleibt die Versöhnung, der Schmollis?

Brösamle. Hat Ihnen mein Freund Scharrer richtig oder unrichtig zu bedenken gegeben, ob man transzendentalen Ideen die Hosen spannen könne? Ja, Hosenspanne –

Grübelwitz. Ei, die geistige Spannung –

Bärbel *(mit einer Schelle, zu Valentin).*

Da, Vältl, sieh, die gute alte Schelle
*(die Schelle bewegend)*
Mit ihrem Klang so rund und helle!
Einst hat sie meines Vaters schönste Kuh
Auf unsrer Alm im Hochgebirg getragen,
Wie gerne hört' ich dem Geläute zu!
Als Angedenken aus den alten Tagen
Hob ich sie auf; das gute, zahme Tier,
Die Lisl selbst war stolz auf ihre Zier.
*(Übergibt Denkerke die Schelle.)*
Da nehmt und schellt, sie hilft euch schon!
Weithin vernimmt man ihren Ton.
*(Im Augenblick, wo Denkerke die Schelle ergreift, stürzen durch die Seitentüre, durch welche Bärbel gekommen, Mr. Wedge und Steinzänger wieder herein.)*

Mr. Wedge. – Delivered! Delivered!

Steinzänger. Ich bin frei! Mir soll niemand wehren!

Scharrer, Karrer, Brösamle. Unsere Feinde, die Sinnhuber, wieder um zwei vermehrt!

Deuterke, Grübelwitz, Hascherl. Unsere Partei durch diese unbequemen Freunde wieder blamiert!

Denkerke *(schellt).*

Valentin.

Blitz, Bärbel, hast denn du sie frei gemacht?

Bärbel.

Behüte, nein!
Fiel mir nicht ein!

Valentin.

So haben sie sich selber losgebracht!

Steinzänger. Uns ist kein Knoten zu verwickelt! Auf, meine Herrn! An die Arbeit! Fortfahren! Weiter auslegen! Auf Kant zurück – –

Mr. Wedge. Forward! Furthermore – symbolic terms, figurative language –

Mehrere Stimmen. Hinaus! Hinaus!
Denkerke *(schellt stärker, unter wachsendem Lärm).*
Stimmen. Was tut denn da für eine Schelle?
Andere. Ei seht! eine Kuhschelle!
Stimmen. Das lassen wir uns nicht gefallen!
Andere. Absetzen!
Andere. Die Schelle entreißen!
*(Stürmen auf Denkerke los.)*
Denkerke *(die Kuhschelle zur Verteidigung hebend).* Rebellion!
Andere *(die ersteren zurückhaltend).* Anarchie!
*(Es entsteht ein Gezerre, das in eine allgemeine Schlägerei übergeht.)*
Bärbel *(zu Valentin).*
Meinst nicht, man soll sie auseinanderbringen?
Sonst kommt es leicht zu schlimmen Dingen.
Valentin *(der lachend mit eingestemmten Armen zusieht).* Ach was, die Kerle tun einander nix,
Schwach ist die Faust und jeder Schlag ein Gix.
Es geht so zu, wie wenn sich Schneider raufen,
's gibt höchstens blaue Mäler und Rotlaufen.
Bärbel.
Vielleicht kommt's aber doch zu Messern?
Valentin.
Ach bah! Bei diesen Zuckerfressern?
*(Der Kampf wird heftiger, es wird mit Seidelkrügen geworfen.)*
Doch halt, jetzt wird mir's auch zu kraus!
Gebt Ruhe, oder ich biet aus!
Wohl ein paar Püffe geb ich frei,
Doch dies ist eine Sauerei!
*(Ein Krug streift Bärbels Gesicht.)*
Bärbel. Au! Das hat weh getan!
Valentin.
Nu, jetzt ist's Zeit! Komm, Weib, wir gehen dran!
Bärbel *(die Ärmel aufstreifend).*

Ich hoff, so gut wie drunten geht's da oben,
Oft half ich mit, ich kann's noch, sollst mich loben!

Valentin *(indem er mit Bärbel an die Arbeit geht).*
Hinaus! Hinaus und hopp, hopp, hopp!
Hinaus, ihr Fexen, im Galopp!
Hinaus, ihr Dackel,
Hinaus, ihr Lackel!
Hinaus, dünnbeinige Grillengeiger!
Hinaus, verhockte Mückenseiger,
Hinaus, Perücken und Hatzeln!
Hinaus, Rohrspatzen und Atzeln!
*(Getümmel, Geschrei. Valentin und Bärbel werden nach und nach Meister und werfen einen nach dem andern mit so kräftigen Rucken aus der Türe, daß man sie noch die Treppen hinabkollern hört. Inzwischen ist am offenen Fenster ein alter Herr erschienen, er sieht zu, lacht kräftig und verschwindet.)*

Valentin *(zu Bärbel).*
Blitz! Das war nett! Frei ist die Bahn!
Hast's brav gemacht; komm, stoß mit an!
*(Sie sitzen und trinken.)*
Es lebe, wer noch wacker ficht!
Rührlöffelchen sind deine Arme nicht!

## Vierter Auftritt

*Die Vorigen. Der alte Herr tritt ein.*

Alter Herr *(für sich).*
Hineingeheimnißt hab ich dies und das,
Damit sie tüchtig auszuraten kriegen;
Schon recht, doch lust'ger ist der Spaß,
Wenn sie die Stieg hinunterfliegen.

Bärbel *(zu Valentin).*
Schau auf, da kommt ein Gast,

Ein alter Herr mit heitrem Angesicht.
Wie blickt er hell! mir dünkt, sein Augenlicht
Verbreit't im Zimmer einen Glanz und Glast!

Alter Herr. Guten Abend!

Valentin. Was beliebt?

Alter Herr.
Ich sehe, daß es Bier da gibt,
Doch möcht ich lieber Wein,
Es braucht kein Extratrank zu sein.

Valentin. Tiroler hab ich in zwei Proben,
Den Spezial, den feinern, kann ich loben.

Alter Herr.
Den trink ich gern, einst auf der Brennerfahrt
Hab ich den roten Tischtrunk nicht gespart.

Valentin *(zu Bärbel).*
Geh, hol ihm einen Schoppen, Schatz!
*(Bärbel ab. Zu dem alten Herrn.)*
Macht's Euch bequem und nehmet Platz!
Darf man wohl fragen, woher Eure Reise?
Ihr kommt wohl her auf ebenem Geleise,
Ihr scheint nicht müd, Ihr seht so frisch darein,
Als wüßtet Ihr von keiner Pilgerpein.

Alter Herr.
Der Erdensand liegt hinter mir zerstoben.

Valentin. Ja wie? Ja was? Kommt Ihr denn gar von oben?
So dünkt mir fast; Ihr seid so unbeschwert,
Und Eure Stirne leuchtet wie verklärt!
O sprecht! Ich meinte, wer im Himmel ist, muß bleiben!
Darf man denn da hinaus und auch noch kneipen?

Alter Herr *(für sich).*
Ein Staatskerl, darf ich selbst mir sagen,
Den ich gemacht in meinen besten Tagen.

Bärbel *(bringt Wein, einschenkend).*
Da, wohl bekomm's!

Alter Herr *(trinkt).*
Ein guter Rebensaft!
*(Zu Valentin.)*
Euch geb ich gerne Rechenschaft.
Im Himmel sind verschiedne Regionen,
Und nach Geschmack kann da ein jeder wohnen.
Rechtgläubig Fromme wählen Klosterzellen
Und treten nie mehr über ihre Schwellen,
Die Heitern, die am hellen Tag der Welt
Auf freie Tat des Lebens Wert gestellt,
Die nicht im Angstschweiß sich das Heil erwarben
Und ruhig ohne Pfaffenhilfe starben,
Zu reinem Wirken finden sie die Bahn,
Lichtreiche Sphären, weithin aufgetan,
Und wenn sie von den wolkenlosen Höhen
Aufs Erdenschauspiel niedersehen,
Wenn Lust sich regt, der Menschen Tun und Trachten
Sich in der Nähe wieder zu betrachten:
Es steht uns frei, in dieses enge Leben
Zum Gastbesuche leis herabzuschweben.
Ich denn, da ich von oben sah,
Was hier Erheiterndes geschah,
Wie ob dem Faust man gar mit Fäusten kämpfte,
Wie dann dein Arm den Aufruhr dämpfte,
Wie du so prompt das Hausrecht exequiertest,
Zur Tür hinaus mit deinem rüst'gen Weib
Die lächerlichen Deuter expediertest,
Kam ich herab zu frohem Zeitvertreib,
Denn mich erfreut das Bild der Kraft.
Stoß an, mein Sohn! Hast brav geschafft!
Auch Ihr, Frau Wirtin, laßt das Glas nicht leer!
Stoßt mit uns an! Kommt her, kommt her!
*(Es geschieht.)*

Valentin.
Potz Blitz! So, so? So sieht's im Himmel aus,
Wo jetzt mein Doktor Faust zu Haus?

Ich mochte nicht mit, wollte nicht hinein,
Mir deuchte, gar langweilig müss' es sein.
Mir war, gesteh ich offen,
Die geistliche Gesellschaft auch zuwider,
Da ist wohl, dacht' ich, wenig Lust zu hoffen,
Da singt man ewig nur dieselben Lieder;
Zuletzt kam gar der Stiefelknecht daher
Nebst andrem Zeug, und ich verstand nichts mehr.

Alter Herr *(für sich).*
Ich laß ihn drauf, er habe sie erlebt,
Die Fratzen, die im Spottspiel ihn umschwebt;
Ach, der devote gotische Apparat,
Der mir am Schluß verkehrte Dienste tat,
War jenem Wichte, der so frech vermessen
Gespottet, leider ein willkommnes Fressen.
*(Laut.)*
Du sahst zu wenig. Wie ein mürber Zunder
Zerfiel im Nu der ganze fade Plunder.
Mir war vergönnt, den Doktor umzuschaffen,
Aus dem unsichern, fraglichen Gesellen,
Von Schnörkelwerk umflunkert und von Pfaffen,
Den wahren Faust, den Urfaust herzustellen,
Frisch zu behauchen die Gedankenblässe,
Neu zu entfachen jene Feueresse,
Wie sie im Faust der ersten Szenen glüht,
Den Kern von Erz zu lüften, der da sprüht,
Den Drang, den Sturm, die hohe Leidenschaft,
Den heißen Schmerz in der Titanenkraft.
Nun aber –
*(Er stockt.)*

Valentin. Dann?

Alter Herr.
Ins Leben eingeführt,
Nun mußte schuldig der Verwogne werden.

Valentin.
Ich hab's gespürt.

Alter Herr.
Dann weiter in den Klippen und Gefährden –
Valentin. Nun, weiter?
Alter Herr *(für sich)*.
Wie er lästig fragt!
Ja, weiter! Das ist leicht gesagt!
Drei Akte lang, vier Akte fast –
Verwünschte Rast!
Ich überspringe die gedehnte Lücke –
Er merkt wohl nicht die breite Kluft –
Und führ ihn kurzweg ohne Brücke
Zum letzten Akte durch die Luft –
*(Laut.)*
Er lernte in des Lebens herben Kämpfen,
Auf Dornenweg des Irrtums und der Schuld
Die Hochglut des Titanenfeuers dämpfen,
Er lernte Weisheit, stete Kraft, Geduld.
Valentin.
Ich hab – erlaubt, ich sag es unumwunden –
Viel Kraft in ihm gerade nicht gefunden –
Alter Herr *(für sich)*.
Der Unbequeme! *(Laut.)* Nun, ich sag es ja,
Du sahst zu wenig, warest just nicht da,
Wie auf des Lebens wirrem Felsenfeld
Mein feuriger und schwer geprüfter Held
Zwar öfters irr den rechten Weg nicht fand,
Und doch als Mann aufs neue stets bestand –
Genug, der Kämpfe Frucht ist nun gezeitigt,
Mein Faust gehärtet und doch auch geschmeidigt.
Dem Stahle gleicht er, der sich biegt, nicht bricht,
Er ruht, beharrt und ruht, beharrt auch nicht,
Sein Ruhen ist kein Starren und kein Kleben,
Sein Ruf ist: Vorwärts! Streben, immer streben,
Doch inhaltsvoll, nicht wild und hohl,
Fortlernend, bauend an der Menschheit Wohl!
Noch einmal nun in reinern Regionen

Darf er als Vater eines Volkes wohnen.
Sein Aug ist überall, er handelt, er regiert,
Doch hart nicht ist der Zügel, den er führt,
Frei sollen tücht'ge Kräfte sich entfalten,
Zu edlem Menschendasein sich gestalten,
Fest steht das Recht, und ehrlich ist das Walten,
Der Handel, das Gewerbe schießt in Saft,
Es blüht die Kunst, es blüht die Wissenschaft,
Sein Lieblingskind, die Schule, wohl zu pflegen
Ist seine Lust, und nimmer fehlt der Segen.

Valentin.
Ja wie? Ei was! Schulmeister ist er wieder?
Und gar aufs neue bei den sel'gen Knaben?

Alter Herr.
Bedenk: ein Fürst! Ihm dienen, hoch und nieder,
Wie Bienen in den fein gebauten Waben
Im Bau des Staats tausend lebend'ge Glieder.

Valentin.
Ja gibt's denn auch im Himmel noch zu lehren,
Zu lenken, zu erziehen und zu strafen?
Vollkommen muß in jenen höchsten Sphären
Doch alles sein, bei sel'gen Himmelsschafen
Braucht's Hirten nicht, nicht Hund noch Schippe mehr!

Alter Herr.
Mein Guter, darin irrst du schwer.
Vollkommen kann kein Einzelwesen sein,
Gott selbst nur spricht: Vollkommenheit ist mein!
Wer lebt, und ob er auch im Himmel lebt,
Kann leben nur, indem er kämpft und strebt,
Im Weiterschreiten sucht er Qual und Glück,
Er unbefriedigt jeden Augenblick;
Es fallen nur die engsten aller Schranken,
In deren Druck die Erdenmenschen kranken;
Mit Irrtum, Schwachheit müht man sich auch dort,
Unreife gibt's, Erziehung dauert fort.

Eins aber ist dem Himmelstaat erspart –
Und meinem Faust ist dieses Werk gelungen –:
Der Keil, der Dorn der allerschlimmsten Art,
Der Pfahl, der in des Staates Fleisch gedrungen,
Die Fessel, dran die Schule war gekettet,
Die innre stete Rebellion:
Die Kirche ist vernichtet, und gerettet
Die Religion.

## Fünfter Auftritt

*Die Vorigen. Unbekannter tritt ein und setzt sich in eine Ecke.*

Valentin *(aufstehend).*
Guten Abend, was beliebt?
Unbekannter.
Mir alles eins, nur was es eben gibt.
Valentin.
Tirolerwein steht just noch da.
Unbekannter.
Gut, ja.
Valentin *(aufwartend).*
Bekomm's Euch wohl! Ihr seid vom Marsch ermattet?
*(Für sich.)*
Des Mannes Aug und Stirne ist beschattet,
Er muß was Schweres auf dem Herzen haben.
*(Wieder zu dem alten Herrn tretend.)*
Verzeiht, bedienen mußt' ich diesen Herrn.
Ich bitt, ich hör Euch gar so gern,
Fahrt fort, mit Euren Reden mich zu laben.
Zwar mich erschreckte Euer letztes Wort;
Wie lebt denn eine Christenseele dort?
Das muß ja schrecklich traurig sein,
Darf man denn nicht mehr in die Kirch hinein?

Alter Herr.
Warum denn nicht? Nur keine Litaneien,
Kein Zauberwort sagt da ein Priester her,
Gefallen ist der Unterschied vom Laien,
Mensch ist nur Mensch, und Pfaffen gibt's nicht mehr,
Mahnung und Trost in milderhabner Weise
Tönt von den Lippen weltgeprüfter Greise.

Unbekannter *(ist aufmerksam geworden; für sich).*
Er ist's. Es sei!
Er spricht ja hell und frei.
*(Er tritt vor den alten Herrn und verbeugt sich ehrerbietig.)*
Ich stelle mich.

Alter Herr.
Was soll's? Wer hieß es Euch?
Was wollt, wer seid Ihr? Sagt's nur gleich!

Unbekannter. Urheber des Gedichtes: Faust,
Der Tragödie dritter Teil
Im Geist des zweiten Teiles treu gedichtet.

Alter Herr.
Du bist es, du, der mich so frech gezaust?
Entferne dich zu deinem eignen Heil!
Verkrieche dich! Du hast dich selbst gerichtet!

Unbekannter.
Hinnehmen muß ich's. Gehen darf ich nicht.
Ich bin beordert, stehe vor Gericht.

Alter Herr.
Geh, sag ich.

Unbekannter. Zu bleiben wag ich.
Ich soll, ich muß es wagen,
Ein hoher Wille hat mir's aufgetragen.

Alter Herr.
So sprich! Nur schnell heraus damit!

Unbekannter.
Der Herr der Welt befahl mir diesen Schritt.
Vor deinem Angesicht soll ich mich stellen,

Soll jede Rüge meiner Sündenschuld
Aus deinem Mund hinnehmen in Geduld,
Dann sollst du mir das Richterurteil fällen,
Vielmehr es ist gefällt, du aber kannst es wenden,
Kannst mildern, schärfen, volle Gnade spenden.
Beschieden ist mir ausgesuchte Pein,
Dem Fegefeuer soll sie ähnlich sein;
Ob ewig oder nur auf Zeit,
Ob kurz, ob lange, dein ist der Entscheid,
Und woll' ich ganz in Demut nur mich fassen –
Ward mir bedeutet – dann vielleicht,
Wenn flehend ich dein Herz erweicht,
Werd' auf dein Fürwort alles mir erlassen.
Dies letztere sei pflichtlich nur berichtet,
Darauf hab ich zum voraus schon verzichtet.

Alter Herr.
Kannst du denn überhaupt noch zweifeln?
Fühlst du nicht selbst, dein Ort sei bei den Teufeln?
Verworfner, der die schnöde, scharfe Lauge
Auf meines Alters Lieblingswerk ergossen,
Tritt näher, schaue mir ins Auge!
Ist ganz dein Sinn verhärtet und verschlossen?
Kennst du ein Etwas? Weißt du, was ich meine?

Unbekannter.
Verehrung meinst du.

Alter Herr.
Nun, und du fühlst keine?

Unbekannter. Frei verehrt einen großen Mann
Der Mann, der selbst etwas schaffen kann.

Alter Herr *(für sich).*
Das läßt sich hören. *(Laut.)* Nichts als Hohneswaffen
Hast du geführt. Verneinen ist kein Schaffen.

Unbekannter.
Ach liebe Zeit! Ich hab nicht anders können!

Alter Herr.
Notwendigkeit willst du die Frechheit nennen?

Unbekannter.
Verzeiht, verzeiht, ich sag es ungeniert:
Ich find in Eures Dramas zweitem Teile
Fast keinen Satz, fast keine Zeile,
Die nicht kurios, nicht manieriert,
So daß es mir im Kopfe rädelt, surrt,
Summt, kitzelt, krabbelt, schwirrt und schnurrt;
Ich kann nicht anders, muß, sooft ich's lese,
Als wenn ein Kobold im Genick mir säße,
Muß in dem Tone weiter besteln, reimen,
Muß drehen, schnitzeln, schnipfeln, päppeln, leimen.

Alter Herr *(für sich)*.
Wie unbequem auch dieser Flegel spricht,
Gesteh' ich mir, ganz unrecht hat er nicht.
Ward mir's doch am erreichten Ziele
Im Himmelslicht auf einmal selber klar,
Daß ich zuletzt ein alter Schnörkler war,
Als ob ein Zöpfchen mir vom Nacken fiele.
Und dennoch ist der Naseweis zu schelten.
*(Laut.)*
Und ließ' ich auch, was du mir vorrückst, gelten,
Dennoch ist Spott auf gute Geister schlecht,
Den Tadel bringt er um sein halbes Recht.

Unbekannter.
Hätt' ich's mit dir allein zu tun,
Ließ' ich vielleicht die spitze Feder ruhn,
Allein die blind lobpreisenden Verehrer,
Nußknackerisch scholastischen Erklärer,
Kleinmeister, brillenaugigen Magister,
Die famuli, die Pietätsphilister,
Die »Goethereifen«, die Goethe-Pietisten,
Die selbstgefällig dir im Mantel nisten,
Nur dieses Volk, für welches du ein Gott,
Ist schuldig, daß mein Tadel ward zum Spott;
Dir selber, denk ich, sind in Himmelshallen
Die Schuppen von dem Auge schon gefallen.

Alter Herr *(für sich.)*
Er sah's nicht, wie es vorhin mich ergetzte,
Als man beschleunigt an die Luft sie setzte,
Doch ist, als ahnt' er's.
*(Laut.)*
Allzu frech und wild
War doch dein Hohn auf tiefgedachtes Bild,
Auf manches hochbedeutsame Symbol,
Das du verzerrtest läppisch, albern, hohl
Und überdies frivol.

Unbekannter.
Ei, meine Späße, freilich sind sie krumm,
So toll wie meine Reime und so dumm,
Hanswurstisch, närrisch und gerade drum
Nicht bös,
Nicht gegen dich maliziös.
Ich dachte mir bei diesen Spielereien:
Vielleicht sie fallen mir herein,
Zerbrechen über meine Rätselknöpfe
Sich gar am Ende auch noch ihre Köpfe,
Wie sie an deinen harten Nüssen knackten,
Mit Spatzenschnäbeln bohrten, pickten, hackten –
Du saßest in bequemer Ruh
Verborgen hinter spanischer Wand
Und horchtest lächelnd dem Geknacke zu –

Alter Herr.
Vergleichst du mein Gebild mit deinem Tand?
Nur das Bedeutende macht sinnen,
Reizt, nötigt zum Gedankenspinnen.
An *deinen* Rätseln, diesen dünnen Blechen,
Wird niemand Kopf und Zähne sich zerbrechen
Weißt du, wie meine Prachtallegorien,
Anschauungen im großen Stil,
Bezaubernd Phantasie und Formgefühl,
Gewaltig jetzt auf eurer Bühne ziehn?

Unbekannter. Verzeih, o großer, wunderbarer Mann,

Wenn ich darauf nicht fein erwidern kann.
Ausstattungsstück ist jetzt dein Faust geworden,
Da gaffen sie in dichtgedrängten Horden
Beim zweiten Teile dumpfen Staunens voll,
Und keiner weiß, was er sich denken soll.
Ist's aber – ja, ich frage – ist es gut,
Daß also man am schwachen Volke tut?
Daß man es anhält, sich für klug zu halten,
Indes beim Anblick blendender Gestalten
Narkotisch alle Nerven sich beduseln
Und Fragezeichen im Gehirne wuseln?

Alter Herr *(für sich)*.
Zu lange schon! Er wird mir grob und gröber,
Der kecke Spürer, unbescheidne Stöber,
Noch manches, was ich selber längst erkannt,
Rührt er mir auf mit wühlerischer Hand,
Wenn ich nicht jetzt ein kurzes Ende mache
Mit raschem Schritt zum Mittelpunkt der Sache.
*(Laut.)*
Du weißt wohl nicht, mein Freund, wie grob du bist?

Unbekannter.
Im Deutschen lügt man, wenn man höflich ist.

Alter Herr.
Noch eines sag ich,
Noch eines frag ich –
Und traurig g'nug, daß ich noch fragen muß –:
Der Faust am Schluß,
Der Faust als Volksregent
Im Kampfe mit dem Wogenelement,
Der Mann der Tat, der wirkt und schafft,
Die rein bewußte, sturmgereifte Kraft,
Der Faust, dem hohen Sinne ganz ergeben:
Nur der verdient sich Freiheit, so wie Leben,
Der täglich sie erobern muß, –
Der Faust, der selig in die Zukunft schaut,
Wo alles grünen wird, was er gebaut,

Wo er, fortwirkend in der Zeiten Fluß,
Mit freiem Volk auf freiem Grund wird stehn,
Der Faust, der *nun* zum Augenblicke spricht:
Verweile doch, du bist so schön!
Der große Faust – und den verstehst du nicht?
*Die* Lösung des Prologes und der Wette,
Daß er dem Tod, dem Teufel nun erliegt
Und dennoch es verdient, daß ich ihn rette,
Den Faust, der in der Niederlage siegt,
Den Faust, in dem die Menschheit lebt
Und ewig irrend ewig strebt,
Den siehst du nicht? Was jede Seele trifft,
Bespritzest du mit deines Hohnes Gift, –
Und ich – Fürbitter soll ich für dich sein?
Hinweg, sag ich, fort zur verdienten Pein!

Unbekannter.

Nicht so ist's; mehr als manch Verehrerhundert
Hab ich von Herzen diesen Schluß bewundert,
Doch um so mehr des Schlusses Schluß beklagt,
Der nach des Schlusses wahrem Geist nicht fragt.
Gilt es denn gleich, woher ich die Symbole,
Aus welchem Fundort die Motive hole?
Darfst du, den Faust zum Himmel aufzuschwingen,
In pfäffische Gesellschaft ihn verbringen,
Die ihn, wenn sie halbwegs ihn nur gekannt,
Als Ketzer hätte sicherlich verbrannt?
Geruch des Weihrauchs, stimmt er zu den Sphären,
Wo mündig frei der Geist sich soll bewähren?
Soll altehrwürdig hier das Sinnbild walten,
Die Bibel bot dir schlichtere Gestalten.
Ich bleib dabei, die salbungsvollen Glatzen,
Sie sind und bleiben lächerliche Fratzen.

Alter Herr.

Das ist zu stark! Noch einmal sag ich, fort!

Unbekannter.

Es ist noch nicht mein letztes Wort.

Vor dich zu treten ist mir vorgeschrieben,
Entscheiden kannst du nach Belieben,
Ich bettle nicht, allein ich geh noch nicht;
Erst volle Wahrheit, danach das Gericht!

Alter Herr.
Noch stolz, noch stolz? Ist alles nicht erledigt?
Droht mir zum Schluß wohl gar noch eine Predigt?

Unbekannter.
Nenn's, wie du willst, nicht wohlweis soll es sein!
Von dir an dich leg ich Berufung ein.

Alter Herr.
Von mir an mich?

Unbekannter.
Ja, sag ich, an den Mann,
Den klaren, der es besser wissen kann.
Verstehen kannst du meines Spottes Born:
Erkrankte Liebe ist mein ganzer Zorn.

Alter Herr *(sieht ihn nachdenklich an, für sich).*
Will er jetzt schmeicheln? Nein, das kann er nicht!
Weich blickt er jetzt und gut, so blickt kein Wicht.

Unbekannter.
Nicht wehe tut's, wenn fragliches Talent
Sich in Manier, Geheimniskram verrennt,
Doch wenn es einem Genius widerfährt,
O das tut weh, das sticht und brennt und schwärt!
Zu dir hab ich von früher Jugend Tagen
Beglückt, entzückt die Augen aufgeschlagen.
Nur Staunen kann uns Mittleren geziemen,
Auch nur zu lösen deiner Schuhe Riemen
Bin ich nicht wert. Vor Menschen beugt mein Knie
Sich nie,
Doch könnt' es je sich beugen,
Wie ich dich ehre, würd' es dir bezeugen. –
Es schwebten Feen
Aus seligen Höhn
Und sangen um deine Wiege.

Ein himmlisches Rosenlicht
Umschwamm des Kindes Löckchen und Stirne.
Seliger Knabe du,
Hauchten segnend die Geisterstimmen,
Seliger Knabe du,
Einst, wer dein Lied vernimmt,
Dem werde es wohl, der werde froh,
Leicht, leichter rinne sein Blut! –
Als Gott erschaffen die Welt,
Da sah er an, was er hatte gemacht,
Und siehe da, es war sehr gut.
Also sehn wir mit deinen Augen
Luft und Erde und Baum und Tier
Und der Menschen gute Geschlechter,
Ein solcher Goldglanz zittert um alles,
Was da ist.
Es quillt, es sprudelt
In deinem Geist,
Ergiebig, reich, voll
Schießen und steigen kristallne Strahlen,
Verdichten sich, werden Bilder,
Scharf gezeichnete, hell geschaute,
Klar wie in jonischem Sonnenlicht,
Wohlbekannte und doch so fremde,
Denn es umschwebt sie ahnungsvoll
Ein namenloses Unendliches.
Sinn und Sinne hatten die Holden,
Jeglichen Nerv dir weihend gesegnet,
Gesegnet vor allem, daß es schaue,
Dein Auge.
Eine noch trat im Reigen hervor,
Raunend mit fein bewegten Lippen
Küßte sie deinen Kindermund;
Mit dem Gedanken, sagte sie, sei dir
Unbefohlen das Wort zur Hand,
*Eines* mit ihm, geboren mit ihm!

In *einem* Momente mit der Stimmung
Summe und klinge im innern Ohr
Die Weise, der Ton, der Akzente Rhythmus
Und des Lautklangs seelische Farbe!
Schöpfe am Quell, mein Liebling du!
Aus künstlicher Fassung mögen andre
In zierlichen Bechern holen und bieten
Gestriges Naß. –
  Hinein ins Leben mit keckem Sprung
Wirft sich die junge, strotzende Kraft.
Saftige Derbheit, wilder Mutwill,
Gärungsberauschter Jugendmut
Lärmt wie Frühlingsgewitter daher,
Blitzt und kracht und klatscht wie ein lauer,
Fruchtbarer Regen aufs Gefilde. –
– So stürmisch und doch wie weich im Innern!
Hoffnungsloser Liebe Gewalt,
All ihr namenloses Weh
Packt und durchwühlt das sehnsuchtvolle,
An seines Reichtums Überfülle
Gefährlich kranke, in zehrender Wehmut
Schwelgende, nimmersatte,
Nach göttlichem Dasein lechzende Herz.
Vielbeweinte Dichtergestalt
Schreitet zum Tode. Aber der Dichter,
Er genest. Ihn rettet die Dichtung. –
Hinter dem krausen, sturmgejagten
Morgengewölke tagt es schon,
Wacht der Besinnung gesunde Kühle,
Öffnet sich täuschungsloser Blick,
Dringt in die eigne heiße Brust,
Dringt ins Getriebe der dichten Welt,
Durchschauet den Schein,
Unerbittlich, doch nie verneinend,
Was dem gemeinen, gottverlaßnen
Blicke Schein heißt –

Künftiger Weisheit früher Bote.
Sieh, und auf einmal
Schwingt sich mit breitem Adlerfittich,
Schwebt in entzücktem Traumgesicht,
Heiligen Wahnsinns, göttlicher Trunkenheit
Pythische Wunderlaute stammelnd,
In Ätherhöhen dein Geist empor,
Ins lichtdurchdrungene tiefe Blau,
Und entschwindet. In welche Fernen
Hat dich, geheimnisvoller
Vertrauter des Weltgeists,
Die Sehnsucht getragen?
Aber da bist du leibhaft wieder,
Trittst vertraulich in unsre Mitte.
Fröhlicher Leichtsinn scherzt und spielet,
Schwimmt in des Daseins Reiz und Lust.
Sorgend sieht auf das ungebundne
Weltkind der ernste, redliche Freund,
Zürnend der Sitte strenger Hüter.
Hast du vergessen, wie schwer das Leben
Wuchtet, wie sich die Wolken türmen,
Vergessen, wie leicht der bange Pilger
Im Gewitterdunkel, von Schlünden umgähnt,
Redlich suchend und dennoch irrend
Fehltritt und auf das schuldige Haupt
Niederzuckt der gezackte Blitz
Und in die Klüfte und in die Grüfte
Der arme Getroffne niedertaumelt? –
Du, o nimmer! Zart und zitternd
Schwingt mitfühlend der menschliche Nerv,
Leidet mit allen, leidet in allen
Sturmdurchwühlten, kampfzerrißnen,
Todwund blutenden Menschenherzen.
Seufzer aus Abgrundtiefen geholt,
Strom der Klagen, der heißen Zähren,
Wilder Verzweiflung gellender Aufschrei,

Eumenidengeheul dazwischen
Schlagen zum Himmel empor und rufen:
Menschenlos!
Aber es rührt sich, aber es gleitet
Über die Wunden weiblich weich,
Träufelt kühlenden Balsam ein
Priesterlich eine sanfte Hand,
Aber es lispelt Segenspruch
Priesterlich eine sanfte Stimme.
  Nach Oliven- und Myrtengärten,
Nach dem Lande, dem ungenannten,
Sehnt sich fluchbeladenes, armes,
Geraubtes Kind.
Stumme Liebe verzehrt sein Herz,
Tränen fließen, klagende Chöre,
Wehmutlösende, weiche Stimmen
Tönen an seiner frühen Gruft.
  Doch von fern aus nordischem Nebel
Steigt ein Gebilde geisterhaft,
Hebt sich dunkle Mannesgestalt.
Unter sinnender hoher Stirne
Schlagen sich große, brennende Augen
Weitauf. Heiliger Durst nach Wahrheit
Lohet im Blicke, lechzet und fragt,
Fragt die letzte, die höchste der Fragen.
Tiefster Zweifel, innerster Zwiespalt,
Der eine Brust zerreißen kann,
Klafft. Zum Bund mit der Hölle greift
Verzweiflung.
Aus der Tiefe was taucht herauf?
Ein Geist, nicht Teufel dem ersten Blick.
Unverblendbarer Weltverstand
Schmunzelt behaglich auf seinen Lippen,
Über das Leben lächelt er hin;
Erfahrung heißt er. Nicht leiden mag er
Überschwang. Das Titanenherz

Will er in seine Schule nehmen.
Hinter dem Lächeln aber zuckt es
Todgefährlich, Verneinung grinsend,
Höllische Tigerklaue lauert
Aus den Augen und um die Stirne. –
Herein in die Tagwelt dämmert seltsam
Gespenstischer Schein.
Unter dem Hexenkessel züngelt
Flackernde Flamme. – Zum Zauberberg
Geht es hinauf mit schwanken Schritten.
Schwefliches, schwüles Licht ergießt sich,
Flimmert umher und flirrt und knistert,
Schatten huschen, in wirrem Traume
Dreht sich die Welt, die Windsbraut sauset,
Durch die heulenden, zischenden Lüfte
Naht im Sturme dahergefegt
Hexenzunft. –
Alte Sagen klingen dazwischen,
Seltsame Stimmen singen verhallend
Von alten untergangnen Zeiten –
Rauschet und brauset die wilde Jagd?
Wotan mit seinem Geisterheer? – –
Aber in wilden Spukes Mitte
Schiebt sich grausige Geist-Erscheinung,
Tauchend aus des Gewissens Tiefe,
Betrogner Liebe Totenbild. –
Am Rabensteine was jagt vorüber?
Die Rappen schnauben – der eine Reiter
Fragt etwas. »Vorbei!« ist die Antwort,
»Vorbei!« –
In Kerkermauern, in Moderluft
Klirren Ketten, wälzt sich auf Stroh
Ein Weib.
Engel vom Himmel, o alle Geister
Des Mitleids stehen weinend umher.
Lasset in Flammen alles vergehen,

Was sie geschaffen, die Meisterhand,
Lasset den Namen selbst vergessen,
Aber die Blätter gerettet sein,
Die wenigen, die dies Bild entrollen:
Wie? so werden die Enkel fragen,
Wer ist der Geist, der namenlose?
Wer vermag mit so sichrer Hand
Aus des Lebens und aus der Seele
Tiefen zu schöpfen und zu holen,
Wer mit so ungeschminktem Bild
Jegliches Herz in seinem geheimsten
Marke zu packen und zu schütteln?
 Sanftere Rührung grüßt und begleitet
Mit innigem Wunsche ländliches Paar,
Wie es durch wogendes Kornfeld schreitet,
Schüchtern schweigende Lieb im Herzen.
Ahnungsvolle Beleuchtung streut
Hinter Gewitterwolken hervor
Die sinkende Sonne über das Feld.
Schwärzere Wolken jagen und bersten
Über der Völker entsetzten Häuptern.
Mannsmut will es, den Bund der Liebe
Zu wagen, mit fremdem, flüchtigem Weib
Ein Haus zu gründen. Der Vater zürnt.
Aber erweicht in der Seele Grund
Legt er den Liebenden Hand in Hand.
Hoch und entschlossen aufgerichtet
Neben den Eltern, neben der Jungfrau,
Der edlen, ernsten, schmerzgeprüften,
Neben den tiefbewegten Freunden
Steht der Jüngling, ein deutscher Mann.
Schützen wird er mit Heldenarm
Weib und Kind und Haus und Hof,
Die Äcker, die Gärten, die Felder rings,
All die Habe, die wohlbestellte,
Die satte, gediegne, wie sie der Dichter

Mit des Homeros Auge geschaut. –
Ich ende. Wie sollen die lahmen, armen,
Stammelnden Worte dich erreichen!
Über die Flecken in deiner Sonne,
Über die Zeiten, da der Hellenen
Auserkorener Geisteserbe
Zu voll des Dankes tiefer, als gut ist,
Als germanisches Blut es duldet,
In das Himation sich vermummte,
Trägt im Fluge mich noch einmal
Das entlastete, freie, schlagende Herz;
Preisen möchte ich noch die hohe
Ruhe, die hinter allen Stürmen
Wie im Grunde des Meeres wohnt,
Preisen möcht ich die Stille, preisen
Möcht ich im leicht erregten,
Reizbaren, leidenschaftbestürmten
Geiste die Weisheit.
Läßt sie im Kreise der Engelheerschar
Steil vortreten den argen Schalk,
Wechselt der Herr des Himmels selbst,
Sicher, daß ihm, dem Weltenlenker,
Dienen muß der Verneinungsdämon,
Menschlich läßliches Wort mit ihm –
Oh, mit so heitrer, heller Stirne
Über den bunten Wolkenbildern,
Die du heraufführst, über den Drachen,
Die aus dem Abgrund du beschwörst,
Thront sie, die Lichte, die selig Stille
Ruhig, stetig im reinen Blau.
Geht der Dichter nieder in dir,
Der Weise steigt und zu seiner Rechten,
Inniger stets und milder schauend,
Freundlicher, nachsichtsvoller lächelnd
Herzliche Güte, Menschenliebe.

Bärbel *(die eingeschlafen war, bei der eintretenden Stille erwacht und sich die Augen reibt).*
Was gibt's? Was gibt's? Ja so, ja so!
Es hat mir nur geträumt, bin froh.
Die Geister gingen im Schlaf mir nach,
Von denen der Herr so wunderlich sprach,
So kurios. Fast wird mir bang,
Er möchte am End noch närrisch werden.
Ich meine, er sprach auch gar zu lang.

Valentin. Ich hörte ihn ohne Schlafbeschwerden.
Ein biss'rl verrückt – du hast schon recht –,
Doch mir gefiel's nicht grad so schlecht,
Obwohl ich's nicht so ganz versteh;
Erging's ihm schlimm, mir tät's doch weh.

Alter Herr.
Bist endlich fertig? Längst schon war's zuviel;
Im Tadel kennst du, jetzt im Lob kein Ziel.

Unbekannter *(stutzend).*
Bist du denn da? Wie doch entfiel es mir,
Daß ich noch immer mich befand vor dir?
Ganz ohne Zeugen glaubte ich zu sein,
Ich sprach mit deinem Bild allein.
So ist es wirklich, zweifle nicht!
Ich lobe nicht gern ins Gesicht.

Alter Herr.
Vernommen hab ich deines Lobes Spenden
Und soll nun – meinst du doch vielleicht –
Durch deinen Panegyrikus erweicht
Für deine Begnadung mich verwenden?

Unbekannter.
Nein, nimmermehr! Jetzt erst recht kannst du nicht,
Du darfst nicht, weil dies Loblied du gehört,
Und ich, dem doppelt nun der Stolz es wehrt,
Auf jede Hoffnung leiste ich Verzicht.

Alter Herr *(sich abwendend).*
So geh!

Unbekannter.
Nicht so! Laß mir ein andres Bild von dir!
Im Widerwillen scheide nicht von mir!
Leb wohl und gib mit zugewandtem Blick
Ein freundlich Wort dem Scheidenden zurück!
Dann trag ich leichter im Verbannungstal
Die angedrohte, unbekannte Qual.
Leb wohl und reiche freundlich deine Rechte!

Alter Herr *(die Hand reichend).*
Leb wohl!

Unbekannter.
Hab Dank! Und nun, ihr strengen Mächte!
Ich bin bereit, es komme, was da will.
Ich klage nicht, dem Schicksal halt ich still.

## Sechster Auftritt

*In diesem Augenblick zerspringt mit lautem Knall der Ofen, daß die Kacheln umherfliegen. Aus Gluten tritt hervor*

Mephistopheles *(den Unbekannten am Arme pakkend).*
Her zu mir!
*(Nach dem Ofen.)*
Vorwärts, meine Schergenscharen!
Heraus und packt den Sträfling bei den Haaren!
*(Es schlüpfen aus dem Ofen der Schemen des zweiten Aufzugs mit Fuchs Schwindelhort und Hund Packan, Dr. Marianus, Pater Seraphicus, Ecstaticus und Profundus, woneben noch einige Gestalten im Kirchenrock evangelischer Pastoren. Alle stellen sich auf, zum Angriff bereit.)*

Mephistopheles.
Heraus, ihr wilden, rotgestreiften Katzen,

Heraus, mit euren Tatzen
Den Frevler zu zerkratzen!
*(Die Katzen des zweiten Aufzugs springen aus dem Ofen und stellen sich ebenso auf.)*

Unbekannter. Wie was?
Was soll mir das?
Das sind zumeist ja meine eignen Fratzen!
Die sind ja nicht!
Sind nur ein Traumgesicht!

Mephistopheles.
Sie sind. Sie selber haben dir souffliert,
Du mögest sie, vermeintlich frei,
Im bösen Sinn der Spötterei
Für deines schlechten Dramas Zweck erdichten,
Damit sie dich, von mir nun requiriert,
Wie du's verdienest, ohne Gnade richten.
An allen Ecken wirst du Feinde finden,
In Ost und West, in Nord und Süden brennt's,
Dort häuft schon aus dem Stamme dürrer Linden
Den Holzstoß eine alte Exzellenz;
Die Lutherhasser, die Lessinghasser,
Sie haben allwärts Oberwasser;
Von deiner eignen Klerisei
Sind etlich Herren auch dabei;
Und wenn die Schwarzen nicht genug noch schüren,
Die Roten werden kräftig assistieren.
Doch halt! noch fehlt zum ganzen, rechten Spaße
Die Brühe zu den Brocken, fehlt die Masse.
Heraus auch du und sei nicht stumm,
Schwatzhaftiges Philistertum!
Mach Lärm, verdrehe, klatsche,
Verstärke noch die Patsche!
*(In der Öffnung des Ofens entwickelt sich aus Rauch und Dampf eine unbestimmte Menge von Philisterfiguren und pflanzt sich zum Angriff bereit neben die andern.)*

Mephistopheles.
Erhebe jetzt das Schlachtgeschrei
Zum Angriff, ganze Kompanei!
Rufe der Priester.
Fort mit ihm zum supplicium!
Auf, schleppet ihn mit gaudium
Vors heilige officium!
Fort, ohne moratorium
Schleppt ihn vors Consistorium!
Packan.
Wu wu!
Fuchs.
Hu hu!
Katzen.
Auf! Dem Verräter ins Gesicht!
Gekrallt, gekratzt, gebissen!
Auf, schleppet ihn vors Volksgericht,
Er sei gelyncht, zerrissen!
Philister.
Auf, ganzes Philisterium,
Voran die Herrn Pastoren,
Schleppt ihn vors Ministerium
Und schreit ihm in die Ohren!
*(Die sämtlichen Erscheinungen werfen sich auf den Unbekannten. Getümmel, Gezause.)*
Bärbel. Sie morden ihn noch sicherlich,
Derweil verdutzt wir stehen!
Ach, Vältl, hilf doch, spute dich!
Ich kann's nicht länger sehen.
Valentin.
Hätt' ich den Geisterdegen noch!
Bärbel.
Die Schaufel her! So eile doch!
Valentin.
Hast recht, sie hat schon gut getan!
*(Schnell ab.)*

Mephistopheles.

Lauf nur! Du bist zu spät daran!

*(Der Unbekannte wird nach dem Ofen gerissen und verschwindet daselbst mit Mephistopheles nebst der ganzen Meute; man hört noch verworrenes Geräusch vom Ofenloch her, dann Stille.)*

Valentin *(kehrt zurück mit der Malzschaufel).*

Bärbel.

Ach Gott, ach Gott, zu spat, zu spat!

Valentin.

Den Donner auch, wie ist es schad!
Wie hätt' ich dreingehauen!

Bärbel *(zu dem alten Herrn).*

Ach, guter Herr, erbarmt Ihr Euch denn nicht?
Könnt Ihr so ruhig zu dem Greuel schauen?

Valentin.

Könnt Ihr denn nicht noch etwas für ihn tun?
Wir hörten, Eure Stimme hab' Gewicht.

Bärbel.

Bedenkt, es tut ihm halt ein wenig rappeln.

Alter Herr.

Nun, nun –
Der Mensch war schlimm,
Ein Isegrim.
Er mag nur eine gute Weile zappeln,
Doch nicht zu lang. Ich denke seinetwegen
Zu rechter Zeit ein Wörtchen einzulegen.
Bei einer Frau von wunderbarem Glanz:
*Der Nachwelt,* dieser obersten Instanz;
Denn gegen die obskuren Kutten,
Die ihm zu schaden sich verquälen,
Auch ihm soll es an Ulrich Hutten,
An Franz von Sickingen nicht fehlen.

Ende.

# Zur Textgestalt

Der Text von Friedrich Theodor Vischers *Faust. Der Tragödie dritter Teil* folgt mit wenigen Ausnahmen (die nachfolgend verzeichnet sind) der zweiten, umgearbeiteten und vermehrten Auflage von 1886, deren Titelblatt auf Seite 3 wiedergegeben ist. Im gleichen Jahr 1886 erschien noch eine dritte Auflage, die stets als (unveränderter) Neudruck der zweiten Auflage ausgegeben, manchmal aber auch als Ausgabe letzter Hand bezeichnet wird (s. Bibliographie). Der Vergleich zwischen der zweiten und dritten Auflage ergab jedoch neben einer Reihe offensichtlicher Druckfehler in beiden Auflagen, die in der vorliegenden Ausgabe stillschweigend korrigiert wurden, auch einige Textabweichungen und -ergänzungen in der dritten Auflage gegenüber der zweiten, die hier übernommen wurden (die Zahlen verweisen auf die Seiten und Zeilen der vorliegenden Ausgabe):

11,31 Ich war ... Säufer!] Ich war dereinst kein Fresser doch und Säufer! 2. *Aufl.*

13,23 gekleidet, in einer Küche beschäftigt sind;] gekleidet sind 2. *Aufl.*

18,5 gern. (Ab.)] gern. 2. *Aufl.*

18,7 f. den Degen ziehend, zu Valentin).] den Degen ziehend). 2. *Aufl.*

18,30 f. schüttelt ihn ... Faust.)] schüttelt ihn, Faust wird inzwischen von Lieschen übergossen.) 2. *Aufl.*

19,29 Angenehm brenzliche] Quirlende, brenzliche 2. *Aufl.*

21,7 Höllen Qualm] Höllen-Qualen 2. *Aufl.*

22,21 Ei, wie] Ach wie 2. *Aufl.*

25,16 f. Wer scharrt ... angefangen?] Gesteht ... lacht? 2. *Aufl.*

28,24 f. (Für sich.) Schon ... Definition,] Schon ... Definition, (für sich) 2. *Aufl.*

50,11 stärkeres] starkes 2. *Aufl.*

53,18 Hellenischer hoher Heldengeist:] Hellenischer Heldengeist: 2. *Aufl.*

77,28 er erscheint] es erscheint 2. *Aufl.*

87,6 Dann schickst] So schickst 2. *Aufl.*

94,28 nun] jetzt 2. *Aufl.*

97,4 (Er wird entkleidet und legt sich auf den Schragen.)] (Legt sich auf den Schragen.) 2. *Aufl.*

115,8 entzündet. Alle andern sind verschwunden.] entzündet, alle Figuren verschwinden. 2. *Aufl.*

128,4 Sprüchel] Sprücherl 2. *Aufl.*

153,24 shall be slaves!] can be slaves! 2. *Aufl.*

154,13–15 einladen; als ... Kopf, der] einladen; nenne ich beispielshalber nur jenen feinen Geist, der 2. *Aufl.*

160,16–19 zu Bärbel). Frau Wirtin! Haben ... lustig sein!] zu Valentin). Herr Wirt! Haben ... Glocke! Valentin (zu Bärbel). Such, Alte, in der Rumpelkammer hinten, / Dort, mein ich, muß sich eine finden. / (Bärbel ab.) 2. *Aufl.*

178,15–36 Fruchtbarer ... heißt –] Fruchtbarer Regen aufs Gefilde. / Aber es wachet, aber es luget / Hinter dem krausen, sturmgejagten / Morgengewölke taghell schon / Täuschungslos durchschauender Weltblick / Unerbittlich dem Schein ins Herz, / Nicht verneinend, was dem gemeinen, / Götterverlaßnen Blicke Schein heißt, 2. *Aufl.*

179,34–36 Seufzer ... Aufschrei,] Sehnen und Bangen, weinende Wehmut, / Seufzer aus Abgrundtiefen geholt, / Wilder ... Aufschrei, 2. *Aufl.*

Orthographie und Interpunktion wurden, bei Wahrung des Lautstandes und Erhaltung stilistischer Eigenheiten, dem heutigen Gebrauch angeglichen.

# Anmerkungen

*Schriften von F. Th. Vischer zur »Faust«-Tragödie*

(1) Die Literatur über Göthe's Faust. Eine Übersicht. In: Hallische Jahrbücher für deutsche Wissenschaft und Kunst. Nr. 9–67, 10. 1. – 19. 3. 1839. – Zweite Veröffentlichung in: Kritische Gänge. Bd. 2. Tübingen: L. F. Fues, 1844. S. 49–215.
(2) Kritische Bemerkungen über den ersten Theil von Göthe's Faust, namentlich den Prolog im Himmel. In: Monatsschrift des Wissenschaftlichen Vereins in Zürich. Jg. 2. Stuttgart: Meyer & Zeller, 1857. S. 42–61.
(3) Zum zweiten Theile von Göthe's Faust. In: Kritische Gänge. N. F. H. 3. Stuttgart: Cotta, 1861. S. 135–178.
(4) Göthe's Faust. Neue Beiträge zur Kritik des Gedichtes. Stuttgart: Meyer & Zeller, 1875.
(5) Zur Vertheidigung meiner Schrift: Göthe's Faust. Neue Beiträge zur Kritik des Gedichts. In: Altes und Neues. H. 2. Stuttgart: Bonz, 1881. – Der erste Teil auch in: Deutsche Revue. Februar/März 1880.
(6) Kleine Beiträge zur Charakteristik Göthe's. In: Goethe-Jahrbuch 4 (1883). – Erneut in: Altes und Neues. N. F. Stuttgart: Bonz, 1889. S. 378–415. [Das *Faust*-Thema wird nur am Rande berührt.]

Die Schriften werden in den Anmerkungen und im Nachwort abgekürzt zitiert durch Angabe der Nummer dieses Verzeichnisses, also z. B.: (4, S. 35); die Zitate folgen in Orthographie und Interpunktion der originalen Textgestalt. Verweise auf Goethes Text der Tragödie *Faust*, Erster und Zweiter Teil, folgen der Verszählung.

5,4 *Ich bin das Lieschen:* V. 3544 ff.

5,23 *Zu hoch für eines Dichters Witz:* Vischer nimmt damit seinen Mißgriff in der 1. Fassung seines Dritten Teils zurück, in der Gretchen die Stelle von Lieschen einnahm.

5,30 *Voran der Geist, der stets verneint:* Mephistopheles als Regent der Kritiker impliziert, daß auch Vischer als Kritiker und Parodist des *Faust* sich Mephistophelisches zuspricht, zu dem nach seiner Interpretation auch der ›Schelm‹ zu zählen ist.

6,3 *Nicht ganz so strebend hab' es sich bemüht:* V. 11934 ff. Vischer hat mehrfach betont, Faust käme zu leichten Kaufes davon, er zeige nach Gretchens Tod zu wenig Schmerz und Reue, Goethe lasse an ihm zu wenig das Streben erkennen, auch müßte Faust sich kräftiger des Mephistopheles erwehren. Er kam dabei in eine ihm unliebsame Übereinstimmung mit der *Faust*-Kritik von religiöser Seite. »Nicht nur die kirchliche Vorstellung aber ist von Göthe verletzt, sondern, mag man nun die Schluß-Scenen im Himmel berücksichtigen oder nicht, auch die rationelle Religion ist es, denn Faust hat auf seinem Pfade doch Verbrechen begangen, die er bereuen muß, wiewohl allerdings nicht die Reue allein an sich, sondern der Übergang zu neuer edler Thätigkeit ihn erlöst« (1, Sp. 410). »Faust hat nicht wahrhaft gestrebt, menschlich gefehlt, aus Schuld sich erhoben, ist nicht bereichert aus Verirrungen hervorgegangen« (4, S. 179).

6,13 *Präzeptor:* bis 1900 in Württemberg Lehrer auf der Unterstufe höherer Schulen. Der zur Askese gezwungene, schwitzend sich abmühende Faust ist das komische Spiegelbild von Vischers Forderung in seinem Entwurf eines Zweiten Teils, Faust solle eine Lebensetappe als Arbeiter, Proletarier durchmachen. »Er muß auch das kosten, wie es thut: sein Brot im Schweiß des Angesichtes essen.« Arbeit und Leiden würden seine Buße der Schuld an Gretchen. Vischer macht ihn im Entwurf zum armen Bauern, der im historischen Bauernkrieg zum scheiternden Revolutionär wird. Ferner soll die Schulmeistertätigkeit Faust zu »bestimmter Form des Daseins und Thuns«, zu steter, geregelter Tätigkeit erziehen, die Vischer ethisch als Abwendung von seinem »wilden Unendlichkeitsdrang« für unabdingbar erachtete.

6,25 *Conclusum! Vidit!:* Schluß! Gesehen und geprüft!

7,1 *Er überwächst uns schon:* V. 12076 ff. Vgl. dazu das Nachwort.

8,1 *Gelte:* größeres Wassergefäß aus Holz oder Metall.

8,19 f. *Ich sprach: »Er ist ... genung«:* V. 3571 f.

9,12 *Auf Erden einst ... Opfer:* V. 3709 f.

9,19 *Hora:* Stunde.

10,10 *Züchtling:* Zuchthausgefangener.

10,25 *Heinrich!:* V. 4612.

10,33 *Ranft:* Rand.

11,34 *arkadischen Zeit: Faust* II,3, Arkadien.

12,7 *Den Blocksberg, Faust, vergiß nicht ganz:* V. 4128 ff.
12,13 *Heinrich, mir graut vor dir:* V. 4610.
12,31 *Macbeth:* Shakespeare, *Macbeth* III,2.
13,8 f. *Doch ist jedem ... dringt:* V. 1092 f.
13,25 *Schwindet beengende:* V. 1447 ff. Die häufige Einflechtung von Gesängen verweist auf Vischers heftige, oft wiederholte Kritik an den ihm allzu reichlich erscheinenden Opernzügen, zumal in *Faust* II. Er wirft wieder und wieder Goethe vor, es werde zuviel Singsang eingewoben, er liebe Opernszenen, die, wie die ihm eigene »Draperie-Huberei«, »bewußt theatralisch, aber auch mehr Putz als Schönheit« seien (4, S. 65 ff.). Goethes Neigung zum Opernhaften habe ihn früh verführt, »so viele Kraft in Singspielen und derart Flitter zu verpuffen« (3, S. 152). Zur Sprachparodie vgl. das Nachwort.
14,15 *Harung:* Hering.
14,24 *Räsen:* scharfen, sauern.
16,6 *Da bin ich:* V. 1531.
16,10 *Er schläft, so recht:* V. 1506.
16,12 *O weh, o weh, der Böse:* V. 3471 f.
16,14 *Trutschel:* spöttische Mädchenanrede.
16,17 *Hat ihm den Geist umsponnen:* V. 1510.
16,30 *Was ist die Himmelsfreud?:* V. 3345 ff.
17,9 *Und meinethalb zugrunde gehn:* V. 3365.
17,12 *Nur her zu mir!:* V. 4611.
18,11 *Den Degen sieh ... gelähmt:* V. 3711.
18,18 *Ärar:* Vermögen.
19,11 *Glücklich erstanden:* V. 737 ff.
19,13 *Horch, welche reinen Töne:* V. 742.
19,18 *phrenetisch:* unsinnig, rasend.
20,3 *bitzliche:* anschmeckende, vorausgekostete.
20,26 *der schnöde Rattenfänger:* V. 3699.
20,34 *Düntzer:* Heinrich D. (1813–1901), Privatdozent in Bonn, Bibliothekar in Köln, Verfasser zahlreicher Publikationen zu Goethe und zur Goethezeit, wurde von Vischer als »Stoff-Huber« heftig abgelehnt, zumal seine *Faust*-Veröffentlichungen (*Goethes Faust in seiner Einheit und Ganzheit wider seine Gegner dargestellt*, 1836, und *Goethes Faust 1. und 2. Teil. Zum erstenmal vollständig erläutert*, 1850/51, [5]1900) Vischers Ansichten durchaus widersprachen und jeglichen kritischen Ansatzes entbehrten.

21,4 *Famel:* Famulus; hier auf Düntzer übertragen.

21,20 *Die Glocke ruft:* V. 742.

21,32 *Tatzen:* Schläge mit dem Stock auf die flache Hand.

22,6 *Tocken:* Puppen.

22,31 *Wie ich vom Blocksberg . . . stieg herunter:* V. 3835 ff.

22,36 *Wien beim Sperl:* ein noch heute vielbesuchtes Café nahe dem Naschmarkt.

23,4 *Und einem Rest von Goethes Epigrammen:* V. 4223 ff. Vischer: »In der That, es ist sehr zu mißbilligen, es ist ein Leichtsinn und Übermuth, daß Göthe eine Schnur von Xenien, von meist ephemerer Bedeutung, da er eben nicht wußte, wohin damit, in ein ewiges Gedicht, wie den Faust, aufnahm. Wem ist zuzumuthen, daß er von Mieding, dem Theater-Maschinisten zu Weimar wisse, daß er errathe, was der Servibilis bedeutet, daß unter dem Kranich Lavater verstanden ist u.s.w.? Diese Tages- und Ortbeziehungen gehören nicht in ein weltumfassendes Gedicht, mit solcher Garderobe der Literatur- und Tagesgeschichte will man nicht geplagt sein, wo es sich um Ideen handelt« (1, Sp. 66). Vischer lehnte überhaupt die »phantastische Spuckwelt« als Vorausnahme der von ihm bekämpften romantischen Neigungen Goethes ab, um so mehr, da sie »mit duncklen Anspielungen überschüttet« sei. »Hier kann uns keine Verehrung Göthe's abhalten, einen strengen Tadel auszusprechen« (2, S. 52). An anderer Stelle kritisiert Vischer einen »unverantwortlichen Leichtsinn« und die »leidige Willkür« Goethes (4, S. 54).

23,19 *Der Herr der Maienkäfer:* V. 1516.

24,10 *Sancta Simplicitas!:* Heilige Einfalt!

25,3 *Es ist so schwül . . . hie:* V. 2753.

25,8 *an den Homunkel:* V. 6819 ff. Vischer hat wieder und wieder polemisch gegenüber anderen *Faust*-Kommentatoren erklärt, Homunculus sei lediglich eine ausgedacht begriffliche Figur, sie lebe nicht ›poetisch‹, vielmehr: sie »thut nichts als bedeuten, wer weiß was«? (4, S. 109; 134; 172.) »Ich bekenne, nach Lesung aller Deutungsversuche, es nicht zu wissen, so auch immer noch nicht zu wissen, was der Homunculus bedeuten soll und überdies an vielen Stellen nicht einmal zu wissen, wie weit das Sinnbild reicht und wo das Nichtsbedeuten anfängt. Wem die Dinge sämmtlich klar sind, ich darf mich nicht mit ihm messen, mir ist eben manches nicht klar« (5, S. 75). Die Schulszene spiegelt in Fausts Hilflosigkeit die Kritik gegenüber der Figur und ihrem Autor in komischer Verdopplung.

26,1 *Wie ist mir? Welche milde Stimme:* V. 742.

26,4 *O homo fuge!:* Zitat aus der *Historia von D. Johann Fausten.* Es heißt da bei Schilderung von Fausts Teufelspakt: »Als diese beiden Parteien sich mit einander verbunden, nahme D. Faustus ein spitzig Messer, sticht ihm eine Ader in der linken Hand auf; und sagt man wahrhaftig, daß in solcher Hand eine gegrabne und blutige Schrift gesehen worden: ›O homo fuge, id est: O Mensch fleuch vor ihm und thu recht.‹« (Zit. nach: *Historia von D. Johann Fausten, dem weitbeschreyten Zauberer und Schwarzkünstler*, hrsg. von Richard Benz, Stuttgart 1964 u. ö., Reclams Universal-Bibliothek Nr. 1515 [2], S. 14 f.).

26,5 *Wallenstein:* Schiller, *Wallensteins Tod* I,6.

26,27 f. *an Galateas Muschelwagen zerschellt:* V. 8472 f. (vgl. Anm. zu 29,9).

26,31 *behört:* abgehört.

27,24 *Wär' es getan ...:* Shakespeare, *Macbeth* I,7.

28,5 *Lady Macbeth:* ebd.

28,36 *Du ahnungsvoller Schlingel du:* V. 3495.

29,9 *Muschelwagen der Galatea:* V. 8424 ff.

29,11 *Welch tiefes Summen ...:* V. 742.

29,15 *Was sucht ihr, mächtig und gelind:* V. 762.

29,25 *Die Ader schwillt:* V. 784.

29,36 *Was muß geschehn, mag's gleich geschehn:* V. 3363.

30,2 *Und du mit mir zugrunde gehn:* V. 1702.

30,6 *Und wie du selbst am End auch ich zerscheitern:* V. 1775.

30,24 f. *ich bin ein Teil der Kraft ... schafft:* V. 1335 f.

30,28 *Glücklich erstanden:* V. 737 ff.

31,24 *Fappliche:* fapplich ›flatterhaft, unruhig hin und her fahrend‹.

31,36 *O tönet fort, ihr süßen Engelslieder:* V. 783.

32,12 *Kants kategorischen Imperativ:* Kant, *Kritik der praktischen Vernunft* (1788), Erster Teil, Erstes Buch, § 7: »Handle so, daß die Maxime deines Willens jederzeit zugleich als Prinzip einer allgemeinen Gesetzgebung gelten könne.«

33,1 *konig:* schimmlig.

33,23 *Schaudert's dich?:* V. 6216.

33,25 *Die Mütter! Mütter!:* V. 6217. Die Mütter verfielen als lediglich allegorische Figuren der heftigen Kritik von Vischer und seinem Mißbehagen darüber, daß Goethe in *Faust* II zuviel »Zauberphantasie« an die Stelle »realer menschlicher Handlung« gesetzt habe (2, S. 52 ff.). »Daß Faust ausruft: ›die Mütter! die Mütter – 's klingt so wunderlich‹? Ist das nicht zum Lachen statt zum Schauern«, da es sich doch lediglich um »Strohpuppen« handelt (4, S. 112). »Diese Szene gehört zu jenen Bildern, die, uns vorgeführt, eben auch formell, dem inneren *Auge* vorgestellt, widerwärtig komisch sind, während sie nach des Dichters Meinung ernst schön sein sollen. ›Faust nimmt eine entschieden gebietende Attitüde mit dem Schlüssel!‹ wer kann das Lachen halten?« (4, S. 111.)

33,31 *Niederschliff:* Hinunterrutsch.

34,12 *Du Hasenfuß:* parodistische Spiegelung von Vischers oft angestimmter Klage, daß Faust im Zweiten Teil es an Mannhaftigkeit und Tatkraft fehlen lasse, fast nur Mephistopheles, nicht aber er selbst handle.

34,18 *Stampft!:* V. 6304.

35,14 *Göttinnen sind es . . .:* V. 6218 ff.

35,16 f. *Ihr Wesen ist Gestaltung . . . Unterhaltung:* V. 6287 f.

35,18 *Umschwebt von Bildern aller Kreatur:* V. 6289.

35,20 *origo omnium formarum:* Ursprung aller Gestaltungen.

35,30 f. *Sie thronen hehr . . . Zeit:* V. 6213 f.

36,4 *Zu ihrer Wohnung . . . schürfen:* V. 6220.

37,1 *Ich soll ihn ja nicht . . . drehn:* V. 6225.

37,5 f. *Valentin (macht . . . Schlüssel):* Vischer überträgt auf ihn Fausts Attitüde aus *Faust* II,1, Finstere Galerie.

37,11 *mauderich:* kleinlaut, verstört, ängstlich.

38,7 *Mütterschupf:* Mütterbude.

38,29 *Raupen:* dumme Einfälle, Launen.

38,34 *Es können ihre Schauer:* V. 6272.

39,19 *Institut:* Erziehungsanstalt.

40,25 *Juchhe!:* Vgl. den Refrain bei dem Bauernlied und -tanz unter der Linde in *Faust* I.

41,14 *deinen Plato:* Platon, griechischer Philosoph in Athen (427 bis 347 v. Chr.), Begründer der Metaphysik.

41,16 *Ideenlehr:* Platon unterscheidet zwischen dem sinnlich erfaßbaren, werdend-vergehenden Sein und einem Sein, das, sich immer gleich, mit dem Begriff der Ideen bezeichnet wird, die nur mittels des Denkens als die Struktur des Seienden erkannt werden können. Die Ideen stehen untereinander im Verhältnis der Teilhabe, wie denn auch das Sinnliche an ihnen teilhat.

41,30 *Diodor:* griechischer Geschichtsschreiber des 1. Jh.s v. Chr. aus Agyrion (Sizilien), Verfasser einer *Historischen Bibliothek* in 40 Büchern, von denen die Bücher 1–5 und 11–20 vollständig überliefert sind. Die gegenwärtige Forschung lehnt solche Ableitungen von Goethes Mütter-Mythos ab, sie betont die mythenschöpferische Unabhängigkeit Goethes, der lediglich den Namen ›Mütter‹ und vielleicht einen allgemeinen Hinweis auf einen Bereich der Urbilder von Plutarch (*Das Leben des Marcellus*; *Über den Verfall der Orakel*) übernahm.

42,9 *labor improbus:* rastloser Fleiß.

42,15 *Firgelet:* firgeln ›pedantisch herumtüpfeln‹. Vischer verspottete wie die »Stoff-Huber« auch die »Sinn-Huber« unter den ihm zeitgenössischen *Faust*-Interpreten.

42,18 *Fandango:* eine Art Mütterballett, in seiner Komik dadurch gesteigert, daß der Fandango ein sehr feuriger, erotischer Werbetanz ist, begleitet von Kastagnetten, Gitarre und Klatschchor.

42,29 *Herrje ... Junker:* V. 2504.

43,33 *Havanna-Wenzislaus:* Der Kavalier Mephistopheles raucht selbstverständlich kostbare Zigarren.

44,6 *Hab einen eignen Schlot ich angebracht:* eine dezente Veränderung der 1. Fassung, in der Faust und Valentin durch ein Abortrohr in den »tiefsten Grund der Unterwelt« hinabrutschen müssen.

44,22 *Denn unser Hof . . . kleinen:* V. 1627.

45,10 *Im klassischen Walpurgisnachtgewirr:* V. 7005 ff.

45,12 *In bizarrem Greifen-:* V. 7093 ff.

45,15 *Ihn mit dem Schemen Helena verbinden:* Vischer räumte zwar ein, daß das »Allegorienwesen« Helena an sich ein »bedeutendes Bild des menschlich schönen Kulturideals« sei, ihre Vereinigung mit Faust eine »Allegorie der Verbindung des Classischen und Romantischen« darstelle, wiederholte jedoch hartnäckig, der verkehrte »Göthische Classicismus« habe ihn zu diesem allegorischen Unwesen verführt und seinen Schönheitsbegriff »zu dem ästhetischen Princip der bloßen Formschönheit« verleitet (4, S. 31, 77). Die Helena-Figur und die Helena-Szenen erschienen ihm als Hemmschuh für die durchweg vermißte Handlung im Zweiten Teil des *Faust*; er verurteilte beides als »poetisch unerquicklich, geschmacklos« (5, S. 82). Helena sei ein poetisch toter Begriff, eine »bloße Hülse« (5, S. 20), nichts als eine »bloße Bilderscheinung« (4, S. 31).

45,22 *Das sogenannte Volkswohl:* V. 11559. Dazu Vischer (3,

S. 160): »[...] aber nur um Gotteswillen nichts von dem phrasenhaften Gebrauche des Wortes Volk, wie er 1848 bei den Demokraten im Schwange war, da es nur noch fehlte, daß man verlangte, es soll sich Jeder seinen Vater frei wählen dürfen!«

45,29 *Aus dem Ovidius:* Publius Ovidius Naso, römischer Dichter (43 v. – 17 n. Chr.), Verfasser der *Metamorphosen.* Das arme, betagte Ehepaar nahm, unterschiedlich zu allen anderen, gastlich Jupiter und Merkur auf; zum Dank wurden sie von der Außenwelt abgeschirmt, ihre Hütte wurde zu einem prächtigen Tempel verwandelt und ihre Bitte erfüllt, zur gleichen Stunde sterben zu können. Sie waren also für Vischer nur Literaturfiguren, ohne eigene Wirklichkeit.

45,30 *supplicium:* Bestrafung.

45,34 *Ein Lehn empfangen ... Hand:* V. 11035 f.

45,35 *Ein langgestrecktes Uferland:* V. 10306.

46,10 *Ahabs-Mütchen:* Ahab, König in Israel (875–854 v. Chr.), nahm nach 1. Kön. 21,1 ff. mit tückischer Gewaltsamkeit auf Rat seiner Frau Isebel dem Naboth seinen Weinberg fort und wurde an seinem Tod durch Steinigung schuldig.

46,13 f. *Die Alten fielen um ... tot:* V. 11362 f.

46,17 *Er schickte mich ... aus:* V. 11167 f.

46,22 *Den Abschied ... Zauber:* V. 11404 f.

46,24 *Vier graue Weiber:* V. 11384 ff.

46,26 *Die vierte doch, die Sorge, bleibt am Ort:* V. 11420.

46,27 *Sie haucht ihn an:* V. 11498 ff.

46,32 *Von großer Zukunft einen hohlen Traum:* V. 11559 ff. Vischer bemängelte (3, S. 145), daß Goethe nur von Fausts großartigem Kampf mit dem Meer, Pflege des Handels und Gewerbes, nichts aber von dem anderen, wichtigern Zweige segensreichen fürstlichen Waltens, nichts von Verfassung, nichts von Förderung des geistigen Wohls vernehmen lasse.

47,3 *Da steht die Uhr, der Zeiger fällt:* V. 11593 f.

47,6 *stipuliert:* verbindlich festlegt.

47,12 *Der Teufel soll ...:* V. 11761 ff.

47,14 *Rückwirkend um die Beute mich bestohlen:* V. 11827 ff.

47,28 *Farbenlehre:* Zum hier geschilderten Farbenspiel vgl. Goethe, *Zur Farbenlehre* (1810), Didaktischer Teil, bes. Abt. 6 und Zugabe. Natürlich ist dies ironisch gemeint: Vischer kritisierte gerade, daß der Zweite Teil von unpoetischen Elementen überstopft sei. »Übrigens muß ich hier zu den Vorwürfen gegen den zweiten Theil [...] noch den weiteren fügen, daß

Göthe, nicht zufrieden, Allegorie auf Allegorie gehäuft zu haben, die immerhin noch eine Idee von allgemein menschlichem Interesse in sich verbergen mögen, Gegenstände nackter Gelehrsamkeit, wie die Frage über die samothrakischen Götter und den Streit des Neptunismus und Vulcanismus, in sein Gedicht hereingezogen und unter einem Kram antiquarischen Apparats versteckt hat [...]. Der Gelehrsamkeit [...] mag ihre Ehre bleiben, aber daß er kein Gefühl dafür hat, wie trostlos es mit einem Gedichte aussieht, das für die Mitwelt oder nächste Nachwelt der eigenen Nation und für die Masse nicht bloß, sondern auch für die Gebildeten einen solchen Kram erfordert: dadurch legt er einen vollen Beweis ab, daß er gar nicht weiß, was Poesie ist« (1, Sp. 396).

47,30 f. *Doch als ich schon ... sah: Faust* II,5, Bergschluchten: »Engel, schwebend in der höheren Atmosphäre, Faustens Unsterbliches tragend«.

47,35 *Der Mensch hat ja im Grunde nichts getan:* Es ist ein Hauptpunkt in Vischers Kritik, daß es Faust an »Lebenstüchtigkeit, Mannhaftigkeit, Thatkraft« (4, S. 175) fehle. Er verhalte sich lediglich passiv, und Mephistopheles handle an seiner Stelle. Das Einzige, was er wirklich tut, sei, daß er Helena von den Müttern hole. Denn auch wo er im 4. Akt in einen politisch-staatlichen Lebenskreis eintrete, überlasse er seinem satanischen Begleiter die Aktion (3, S. 140).

48,33 *Rigorosum:* strenge akademische Prüfung.

49,15 *Kindertocken:* Kinderpuppen.

49,18 *batten:* förderlich sein.

49,24 *besteln:* basteln.

50,14 *Dachteln:* Ohrfeigen.

50,31 *Das dritte trifft:* Mephistopheles setzt auf die römische Kirche als seine Siegeschance über Faust. In Vischers Plan des Zweiten Teils der Tragödie sollte Mephistopheles als Parteigänger des frivolen Geistes einer faulen Reaktion dem Freiheitskämpfer Faust gegenüberstehen.

51,4 *und ihr, andächt'gen Schauers voll:* Goethe, *Iphigenie auf Tauris* I,1.

51,7 *Dem Jüngling gleich zu Sais:* in Schillers Gedicht »Das verschleierte Bild zu Sais«.

52,2 *Und sieh, ein brauner Saft darin:* V. 732 ff.

53,2 *in jenen Grotten:* V. 9586.

53,4 *Renaissance:* Die buhlerische Helena möchte ehelüstern die

Vermählung mit Faust, also der Antike mit dem Mittelalter, des Klassischen mit dem Romantischen, fortsetzen, damit als noch fehlender Sprößling auch die Renaissance gezeugt wird.

53,16 *Ich bin ja Heroine:* V. 10186. Helena erweist sich als kenntnisreich in den ihr gewidmeten Kommentaren. Vischer bestreitet, daß Faust durch Helena zu heroischen Taten inspiriert werde. »Und könnte Jemand behaupten, das sei nachgeholt in dem Worte des Mephistopheles ›man merkts, du kommst von Heroinen?‹ Gebrutet hat er mit der Helena, sonst gar nichts« (4, S. 175).

53,26 *Ah bah! Der Nekromant von Norcia:* V. 10439.

53,30 f. *Gestand ich doch . . . verstehe:* V. 10311 f.

53,33 *Ja hattest du denn nicht . . . Schar:* V. 9186.

54,8 *Mit Theseus . . . amüsiert:* V. 8848 ff.

55,4 *Bin die Begeisterung:* V. 9599 ff. Vischer gestand zu, Euphorion sei allegorisch als »culturgeschichtliche Frucht dieser Verschmelzung« des Klassischen und Romantischen in Helena und Faust gemeint (4, S. 31). Aber er erachtete diese allegorische Personifikation als gründlich mißlungen, um so mehr, da »sie nach des Dichters Meinung ›ernst schön‹ sein sollte. Der auf- und niederspringende Euphorion, wer ums Himmels willen kann denn läugnen, daß das eine abgeschmackte Vorstellung ist?« (4, S. 111.) Dieser »Kautschuckmann« sei außerdem gegen alle Natur viel zu rasch geboren worden. Er sei wie Helena jedes »warmblütigen poetischen Lebens« entleert, beide seien »zu hohlen Pappendeckelpuppen« ausgeweidet (3, S. 145).

55,20 *Fern und so weiter fern:* V. 9711 ff.

56,3 *O denk, o denke:* V. 9729. Vischer merkt an, es sei zwar der Helena das menschliche Gefühl der Muttersorge beigelegt, als Euphorion seine »Purzelsprünge« macht, »aber wie? Sie ruft einmal o denk, o denke, wem du gehörst; man meint, ein Kindsmädchen und ein Söhnchen aus gutem Hause vor sich zu haben« (4, S. 128).

56,24 *Byron der stolze Lord:* Vgl. die Szenenanmerkung in *Faust* II,3, Schattiger Hain: »man glaubt in dem Toten eine bekannte Gestalt zu erblicken«. Goethe hat selbst auf diesen Bezug zu dem englischen Dichter Lord Byron hingewiesen.

57,15 *Ototoi, ai, ai, ai:* Wehgeschrei in der griechischen Tragödie.

57,18 *Sophokles:* Das griechische Zitat hat Goethe *Dichtung und Wahrheit* als Motto vorausgesetzt. Es lautet wörtlich übersetzt: »Der nicht geschundene Mensch wird nicht er-

»zogen«, und entstammt der Komödie *Monostichoi* des Atheners Menandros (342/341–291/290 v. Chr.). Der Satz wurde zum geläufigen Sprichwort. Warum Vischer hier den Namen des griechischen Tragikers Sophokles einsetzt, erklärt sich vielleicht aus dem Zitat des Wehgeschreis und damit einer parodistisch-tragischen Situation.

57,25 *Die Griechin gar hört man in Reimen:* V. 9375 ff. Parodie der Dialogstelle, in der Helena den ihr unbekannten, der griechischen Dichtung fremden Reim im Liebesspiel mit Faust lernt und so verssymbolisch ihre erste Vereinigung mit ihm vollzieht.

57,33 *Ein altes Wort:* Goethe, *Iphigenie auf Tauris* IV,5,1718.

58,3 *Krinoline:* glockenförmiger, sehr weiter Frauenrock, in Mode seit etwa 1839. Er erforderte entweder fünf bis sechs Unterröcke oder, seit etwa 1856, den »Hühnerkorb«, ein Untergestell aus Stahlrippen und anderem Material. 1868 setzte sich die Mode des Cul de Paris durch, wie ihn Vischer in den folgenden Versen beschreibt. Seine Helena trägt sich also nach der neuesten Mode. Vischer richtete in »Vernünftige Gedanken über die jetzige Mode« (zuerst in: *Morgenblatt für gebildete Stände*, Nr. 5/6, 1859, danach in: *Kritische Gänge*, N.F., H. 3, 1861) alle Ironie seines Zorns gegen die Krinoline; aus ästhetischen, hygienischen und nationalen Gründen, verriet sie doch eine sklavische Unterwerfung unter das französische Modediktat. Sie wurde ihm zum politischen Symbol »der Vollendung der Reaktion durch den Imperialismus, der sich breit und hohl ausspannt wie dieses sein Bild; der als letzter und stärkster Ausdruck der Zurückschwellung aller Tendenzen des Jahres 1848 seine Macht wie eine Glocke über Gutes und Schlimmes, Berechtigtes und Unberechtigtes der Revolution gestürzt hat« (*Kritische Gänge*, S. 119).

58,28 *Da kommt ja ein Popo:* Vgl. Vischers Vierzeiler »Frauenmode« (1884): »Die letzte Kleidermode war / Noch immer nur so so; / Jetzt erst, jetzt sind wir ganz und gar / Ein wandelnder Popo.«

58,32 *Herr Zola:* Vischer lehnte gemäß seiner ›idealrealistischen‹ Kunstauffassung und aus moralisch-bürgerlicher Perspektive den sogenannten Naturalismus des französischen Romanerzählers Emile Zola (1840–1902) rigoros ab. Von Zola waren bis 1885 erschienen u. a. *Thérèse Raquin* (1867), *Le ventre de Paris* (1874), *L'assommoir* (1877), *Nana* (1880), *Germinal* (1885).

59,8 *Juppe:* eine von Vischer propagierte, hochgeschlossene Jacke.

59,12 *Pandora, Epimenides:* Vischer betrachtete beide Dichtungen Goethes als abschreckende Beispiele für dessen Altersklassizismus und Verlust an Schöpferkraft.

59,27 *Jetzt die Zerrissenheit:* Schlagwort, wie die folgenden, für die Literatur in der 1. Hälfte des 19. Jh.s, vornehmlich unter kritischem Aspekt nach 1850.

59,34 ff. *Verneinerei ... Nirwanerei:* Beides zielt gegen die Philosophie Arthur Schopenhauers, die nach 1850 modisch und von Vischer abgelehnt wurde.

60,20 *Die tatenfaule Humanisterei:* Der Vorwurf wendet sich gegen die Faust-Figur und gegen Goethe. Vischer sah die Helena-Szenen als rein ästhetisch und »humanitarisch« an, die ein Fortrücken der Handlung verhinderten, die nach seiner Ansicht aus Faust einen »Mann der Freiheit«, einen Vorkämpfer einer großen, begeisterten Bewegung für ewige, allgemeine Menschen- und Volksrechte hätte machen sollen (3, S. 143). Auch in diesem Fall greift Vischer Goethes ästhetischen Klassizismus an.

60,23 *Glücklich erstanden:* V. 757 ff.

61,5 *wittische:* widerwärtige.

61,22 f. *Schlugst du nicht auch ... Teile: Faust* II,4.

61,28 *Mit allegorischen Automaten:* V. 10323 ff.

61,34 *Mediation:* staatsrechtlicher Begriff für die Vermittlung eines Staates im Konfliktfall zwischen zwei oder mehreren Staaten.

61,35–62,3 *Ich bin's nicht mehr ... Schild:* Romantik wird als deutsche Mentalitätslage gleichgesetzt mit Wirklichkeits-, Willens- und Tatenschwäche. Sollten die Helena-Szenen in *Faust* II Faust zum Heroischen auch hinführen, Vischer läßt das Tathafte in ihn erst einkehren, nachdem er, vom klassizistisch-romantischen »Schöngeistthum« kuriert, es entlarvt hat: als einen nur betrügerischen Schein. Dem Faust, wie er vorher war und wie er in Goethes Dichtung dargestellt wurde, tritt jetzt der Faust entgegen, der, als Inkarnation aller Deutschen und damit als Allegorie des deutschen Charakters, ein anderer ist oder werden wird. Vischer rückt somit seinen Faust in den aktuellen, politisch-nationalen Bereich, in den Goethe seinen Faust im Zweiten Teil nicht handelnd eintreten ließ. Die Parodie soll zugleich eine Korrektur sein. Zusätzlich glaubte Vischer sich zur politischen Aktualisierung dadurch legitimiert, daß auch in Goethes Zweitem Teil das Allgemeine des zeitgenössischen politischen Zustandes nach seiner Deutung »mit den merklichen Beziehungen auf das bourbonische Frankreich und Napoleon« geschildert sei (3, S. 141).

62,10 *Die Politik der freien Hand:* aus einer Rede des Ministers Alexander Frhr. v. Schleinitz 1859 in der preußischen Zweiten Kammer.

62,12 *ein kleines Männchen:* Graf Vincent Benedetti, 1864–70 Botschafter Frankreichs in Preußen. Die von ihm im Auftrag Napoleons III. in Bad Ems dem preußischen König vorgelegten provokativen Bedingungen wegen der spanischen Thronfolge führten zu der sogenannten Emser Depesche und zur Kriegserklärung 1870.

62,15 *Liberator:* Befreier.

62,26 *die große Nation:* Frankreich.

63,8 *Heuet:* Heuernte.

63,9 *Öhmd:* zweiter Schnitt des Grases.

63,21 *den deutschen Michel:* alte, spöttische Benennung des Deutschen. Vgl. Hans Jakob Christoffel v. Grimmelshausen, *Deß Weltberuffenen Simplicissimi Pralerey und Gepräng mit seinem Teutschen Michel* (1670); ferner Goethe in dem Gedicht »Musen und Grazien in der Mark«: »Laß den Witzling uns besticheln! / Glücklich, wenn ein deutscher Mann / Seinem Freunde Vetter Micheln / Guten Abend bieten kann. / Wie ist der Gedanke labend: / Solch ein Edler bleibt uns nah! / Immer sagt man: Gestern abend / War doch Vetter Michel da!«

64,29 *Me voilà, vainqueur de Sebastopel:* Die russische Stadt Sewastopol wurde im Krimkrieg (1853–66), den Frankreich, England und die Türkei gegen Rußland führten, nach elfmonatiger Belagerung am 10. September 1855 zerstört.

64,31 *Vainqueur de Solferino:* Bei Solferino siegte Frankreich über Österreich am 24. Juni 1859.

64,32 *camerino:* Abort.

65,2 *Orgelspritze:* die im Krieg 1870/71 in der französischen Armee verwendete Mitrailleuse (›Kugelspritze‹), ein Salvengeschütz.

65,20 *Afrika:* marokkanische Truppen in der französischen Armee.

66,18 *Je suis perdu:* Ich bin verloren; Kapitulation Napoleons III. in Sedan am 2. September 1870.

66,24 *In einem Tal voll heilsam warmer Quellen:* Vgl. dazu

Vischers *Epigramme aus Baden-Baden* (1867, anonym). Vischer fühlte sich aus moralischen und nationalen Gründen durch den Glücksspielbetrieb unter einem französischen Pächter und durch das Gesellschaftsleben in dem Mode-Badeort zu temperamentvollem Zorn provoziert; wie immer, wenn etwas seiner Forderung nach moralisch-ästhetisch gesundem Leben widersprach.

67,9 *croupiers:* Bedienungspersonal beim Glücksspiel.

67,20 *cremor tartari:* Schleim der Unterwelt; die politischen und kulturellen Sünden Frankreichs.

68,2 *Daß ich der Faust von früher nicht mehr bin:* Gemeint ist der verwandelte, politisch selbstbewußt gewordene Deutsche nach Erringung der deutschen Einheit und der Reichsgründung von 1871.

68,4 *Daß einer willig lerne von dem andern:* Vischer spricht hier zugleich von der Hoffnung auf eine zukünftige friedliche geistige Gemeinsamkeit mit Frankreich im Austausch der kulturellen Werte.

68,8 *Bei allem seinem Witz auf e i n e m Punkt muß kranken:* V. 2026.

68,10 *fou:* Verrückter.

68,16 *Noch immer, was doch uns gehöret, haben:* Elsaß-Lothringen.

70,9 *Hocus pocus!:* Parodie der katholischen Litanei.

70,22 *Et in nomine sancti:* Die Stimme erweist sich als Stimme eines Jesuiten »mit langem Schiffhut«. Der Orden wurde 1537 als Compañía de Jesús von Ignatius v. Loyola (1491–1556) begründet. Vischer nimmt im folgenden das zeitaktuelle Thema des sogenannten Kulturkampfes seit 1872, also der Auseinandersetzung zwischen Preußen unter Bismarck, bei Unterstützung durch den Reichstag, mit der katholischen Kirche (Ultramontanismus) auf (Jesuitengesetz, 1872). Vischer vertrat nicht nur persönlich ein »rationelles Christentum«, d. h. einen Pantheismus auf protestantischer Grundbasis; er verstand auch Goethes *Faust*-Dichtung im gleichen Sinne. Allerdings vermißte er an Fausts »rationell freiem Denken über die Religion ein wesentliches Moment, das ethische« (3, S. 150). Da nach seiner Ansicht Goethe versäumt habe, Faust mit der Reformation in Zusammenhang zu bringen, holt er dies gleichsam nach, indem er Faust jetzt mit dem Kulturkampf, als der zweiten Reformation, verbindet.

71,20 *Unfehlbarkeit:* Sie wurde 1870 definitiv formuliert.

71,35 *Credo:* Glaubensbekenntnis.

72,5 *Kollaborator:* Hilfslehrer.

72,11 *würz'gem Dampfe:* Weihrauch.

74,1 *Des Constantinus heil'ge Schenkung:* gefälschte Urkunde, die besagte, Kaiser Konstantin d. Gr. habe den Vorrang Roms über alle Kirchen anerkannt, dem Papst kaiserliche Abzeichen, die Herrschaft über Rom und alle abendländischen Provinzen zugesprochen. Auf dieser angeblich echten, aber erst im 8. Jh. in Rom verfertigten Urkunde, die bereits im 14. Jh. als Fälschung erkannt wurde, gründete das Papsttum universale Herrschaftsansprüche.

74,7 *freie Maurerei:* Freimaurerorden.

75,3 *Bannbullbeißer:* päpstliche Bulle im Mittelalter, die aus der Kirche und damit der christlichen Gemeinschaft ausstieß.

75,5 *zwag ich:* zwack, zwick ich.

75,19 *Die Hugenotten in die Messe hetzte:* Nach der Überlieferung wurden in Frankreich die protestantischen Hugenotten zwecks Bekehrung mit Doggen in die katholische Messe gejagt. Vermutlich Anspielung auf Schiller, *Wallensteins Tod* I,5: »Und kann's der Sohn vergessen, daß der Vater / Mit Hunden in die Messe ward gehetzt?«

76,4 *l'hombre und Tarock:* alte, gesellige Kartenspiele, die etwa in Frankreich seit dem 14. Jh. (Tarock), in Spanien seit der Mitte des 15. Jh.s bekannt und teilweise noch heute geläufig sind.

76,14 *Zentrum:* Partei des politischen Katholizismus, seit 1871 im Reichstag.

76,25 *der gehaßte Widersacher:* die Sozialdemokratische Arbeiterpartei, gegründet von Wilhelm Liebknecht und August Bebel 1869 in Eisenach.

78,30 *Erster Mann:* Martin Luther.

78,30 ff. *Der alt böse Feind:* Umdichtung von Martin Luthers »Der 46. Psalm« (Deus noster refugium et virtus).

79,24 *Zweiter Mann:* Gotthold Ephraim Lessing.

80,2 *Den »Patriarchen«:* Lessings Drama *Nathan der Weise.*

80,13 *Bin Faust:* V. 500.

80,14 *Wie ich beharrte, wär' ich Knecht:* V. 1710.

81,13 f. *Futurum Exactum:* Vischer erwartete demnach, daß erst in der Zukunft vom deutschen Volk eine Gefährdung durch den katholischen Ultramontanismus überwunden werden würde.

81,33 *mir zum Benefiz:* mir zugunsten.

81,36 *deutschen Schul:* Volksschule; doch klingt hier zugleich ein nationaler Wertakzent mit.

83,12 *Völlig erstanden:* V. 757 ff.

83,19 *Maulig:* trotzig, verdrießlich.

84,27 *Gespenstertuck:* böse Anschläge der Gespenster.

85,21 *Luftdruckpost:* Rohrpost, in Berlin 1865 eingerichtet.

86,15 *Es irrt der Mensch, solang er strebt:* V. 317.

86,25 *Schon gut, nur dauert es nicht lange:* V. 330.

87,3 f. *Wer sagt mir ... Schluß:* Vischer vertrat zunächst die Ansicht, die *Faust*-Tragödie sei ein Fragment geblieben, »ein großartiger Torso«, denn der Abschluß, den Goethe ihr gegeben habe, sei nur äußerlich (1, Sp. 83; 526). Wird, wie Vischer es will, Faust als der Held verstanden, »der die Menschheit in ihrer ewigen, kämpfenden Geistesbewegung vertritt«, dann geht – oder sollte weitergehen – sein Streben im Jenseits weiter; in ihm müßte die unentschiedene Handlung von neuem einsetzen und sich wiederholen, was im Diesseits nur zweifelhaft geendigt hat. Denn der Tod könne doch nicht den Faust in »ein bewegungsloses Asyl« entrücken (2, S. 57). Später hat Vischer seine Einwände gegen die Vollendung bzw. Vollendbarkeit der Tragödie zurückgenommen, allerdings mit nachhaltiger Skepsis. »Wir müssen bei dem in Aussicht gestellten Bild einer Auffahrt in den Himmel stehen bleiben und, so wenig wir noch fragen, ob die Aufnahme in den Himmel kein Unrecht wäre, ebensowenig uns Gedanken darüber machen, was Faust denn dort oben thun wird (am wenigsten uns gar vorstellen, er werde dort Lehrer werden, wie uns die Stellen im Schluß des Schlusses andeuten)« (4, S. 241).

87,9 *Du sprachst von einem dunkeln, sichern Drange:* V. 328.

87,13 *Du gabst mir vor, es war mir überlassen:* V. 323.

87,15 *Auf seinen Urquell bautest du allein:* V. 324.

89,14 *Fausti Sanctificatur:* Fausts Heiligung.

89,26 *Im Unterschied vom früheren Gewimmel:* V. 11844 ff. Vischer wollte Goethes von Kirchenvätern, Heiligen und Engeln überfüllten Tragödienschluß, dessen katholisch-mystisches Operngepränge er heftig verwarf, durch einen sparsamen, protestantischen und »rationell« durchsichtigen Schluß ersetzt sehen. Am Schluß seines Plans eines Zweiten Teils soll sich zwar ein Engelchor einfinden: »Christ ist erstanden ...«, doch soll er symbolisch »die Idee des durch alle Verwicklung siegreich sich durchringenden Geistes der Menschheit« aussprechen (3, S. 177).

89,31 f. *Conclusum ... claudatur:* Schluß. Druckfertig. Die Pforte möge geschlossen werden. – Vischer setzt als lateinischen Sprachwitz Janiculum, einen der sieben Hügel Roms, mit *janua* ›die Pforte‹ ineins.

92,14 *Eine derselben schwebt beständig auf und ab:* Pater Ecstaticus; V. 11854 ff.

94,14 *Adjunkte:* Beigeordnete.

94,34 *streichen:* massieren.

96,32 *Permisse:* Erlaubnis.

98,17 *Für Zauberei beim Uferbau:* V. 11125 ff. Mephistopheles holt jetzt die Bestrafungen dort nach, wo Faust gemäß Vischers Interpretation Reue hätte empfinden müssen und ihm allzu leicht Verzeihung gewährt wurde.

98,20 *Philemons und der Baucis Weh:* V. 11338 ff.

98,21 *Die Räuberei zur offnen See:* V. 11171 ff.

98,30 *Zurück jetzt ... Degenstoß:* V. 3607 ff. und Kerkerszene im Ersten Teil.

98,33 *Wird man von Elfensang nicht absolviert: Faust* II,1. Dazu Vischer: »Sogleich der Anfang des zweiten Theils leidet bei Göthe an zwei höchst bedenklichen Schwächen. Statt den Zustand des furchtbaren Seelenschmerzes, der nach der Schlußkatastrophe des ersten Theils den Helden zerreißen muß, statt die Ermahnung aus diesem Zustand wirklich darzustellen, hat der greise Dichter uns mit einer symbolischen Opernscene beschenkt [...]. Wer das erlebt hat, was Faust, den wollen wir nicht schlafend wiederfinden und nicht durch einen Singsang von Elfen kuriren. Dieß ist das Eine; das Andere: wo ist Mephistopheles?« Denn zu Fausts Streben gehöre eine wesentlich kräftigere Reaktion gegen ihn, die Szene Wald und Höhle im Ersten Teil sei gewiß nicht hinreichend (3, S. 152 f.).

100,28 *Mit Öl vom Atos:* auf dem Heiligen Berg der griechischen Mönchsrepublik erzeugtes Öl.

101,9 *Fuchsenstoß:* Ritual in studentischen Korporationen bei Aufnahme eines ›Fuchses‹, der im 1. und 2. Semester als Aktiver zugehört.

102,27 *Salamander reiben:* Der Salamander wird einer Person zu Ehren ›gerieben‹, d. h., auf das Kommando »Exercitium Salamandris fiat« werden die vollen Gläser auf dem Tisch gerieben, dann ausgetrunken und nach Trommeln mit ihnen auf einen Schlag auf den Tisch gestellt.

102,29 *Ist's jener, der einst glühen sollte:* V. 1273.

102,33 *Komment:* Brauch, Regel (des studentischen Lebens).

104,19 *Fuchsenlied:* Lied zur Aufnahme eines Studenten in die Korporation.

106,36 *der Dichter:* Vischer.

107,11 f. *Permaneant ... genera:* Sie mögen bleiben in allen Zeiten, denn sie sind unseres Geschlechts; Anspielung auf Apg. 17,28.

108,11–14 *»Uns bleibt ein Erdenrest ... reinlich –«:* V. 11954–57. Eine für Vischer besonders anstößige Stelle. »Da singen nun die Engel, die Fausts Unsterbliches tragen ›Uns bleibt ein Erdenrest ...‹. Und gleich darauf erscheint Doctor Marianus ›in der höchsten reinlichen Zelle‹. [...] dies nöthige, die niedriger liegenden Zellen sich stufenweise schmutziger zu denken. Wie unappetitlich. Löper [gemeint ist die erste kritische *Faust*-Ausgabe mit Kommentaren von Gustav v. Loeper, 1871/72] sagt: es ist ein Purgatorium. Es wird zur Waschanstalt« (4, S. 111 ff.).

108,19 *Seismos:* (altgriech.) Erdbeben, hier also dessen Personifikation.

108,26–29 *Mit gedranger Kraft ... muß:* V. 7519–22.

110,8 *Thales:* griechischer Naturphilosoph (um 550 v. Chr.). Er lehrte, daß alles Leben aus dem Wasser entstanden sei. Goethe hat ihn in der Klassischen Walpurgisnacht als den Vertreter des Neptunismus (Entstehung des festen Erdkörpers aus dem Wasser), V. 7853 ff., auftreten lassen.

110,19 *Nereide:* »Meerwunder« wie die Tritonen (110,30), V. 8044 ff.

111,16 *Pindaros:* griechischer Lyriker (um 518 – um 446 v. Chr.).

111,18 *Gesteh, das Wasser ist das Allerbeste:* V. 7499: »Ohne Wasser ist kein Heil!«

111,23 *Werner:* Abraham Gottlob W. (1749–1817), führender Mineraloge. Er gliederte die Mineralogie auf in Oryktognosie (heute: Mineralogie) und Geognosie (heute: Geologie) als Wissenschaft vom festen Erdkörper. Anhänger der Theorie der Entstehung der Erde aus dem Urelement des Wassers. Goethe war persönlich mit ihm bekannt und schloß sich seinen Hypothesen über die Gesteinsentstehung an.

111,34 *Lyell:* Charles L. (1797–1875), Professor am King's College, London. Internationale Autorität auf dem Gebiet der Geologie.

112,8 *Priesnitz:* Vincenz Prießnitz (1799–1851), einer der Begründer der Naturheilkunde und Kaltwasserkuren, ansässig in Gräfenberg bei Freiwaldau (Österr.-Schlesien).

112,35 *Buschs gewalzte Knaben von Korinth:* Wilhelm Busch, Diogenes und die bösen Buben von Korinth (1862).

114,4 *Das ist des bösen Feinds Geschoß:* Schiller, *Wilhelm Tell* IV,3.

114,12 *Homunculus:* V. 8457 ff.

116,32 *den Patribus:* den Vätern.

117,18 *Mit Brudersphären:* V. 243 f.

117,25 *Syenit:* körniges, granitähnliches Tiefgestein.

117,28 *Eozän, miozän, pliozän:* Vischer häuft die geologische Terminologie um der komischen Wort- und Klangreihung willen, er will derart parodistisch die Geologie poetisieren. Es handelt sich um Bezeichnungen für die erdgeschichtliche Tertiärphase unter den Aspekten des Vulkanismus und der durch ihn ausgelösten Gebirgsbildungen.

117,31 *Molasse:* tertiäre Konglomerate, Sandsteine, Mergel u. a.

118,2 *Tränenimpluvium:* Impluvium ›Sammelbecken für Regenwasser‹.

118,3 *humus:* Erde.

118,4 *Fratres nunc sumus!:* Jetzt sind wir Brüder!

118,27 *Eleusische Mysterien:* kultische Feste in der griechischen Stadt Eleusis, an denen teilzunehmen die Aussicht auf ein besseres Geschick im Jenseits versprach.

121,3 *Die Andachtstrophe aus dem Landesvater:* studentisches Korporationsritual. Unter dem Gesang des Liedes »Alles schweige« werden die Mützen auf die Schläger der Chargierten gespießt. Inhalt des Landesvaters ist ein Treuegelöbnis zur Korporation, zum Vaterland und Landesherrn.

121,23 f. *ein kolossaler Stiefelknecht:* Vischer berichtet in »Pro domo« (1863), wie er auf diesen Einfall beim Spiel mit der Möglichkeit kam, mit trivialen Gegenständen tiefsinnige Bedeutungen zu kombinieren. »Ebenso könnte ein Stiefelknecht als Symbol der geistigen Entwicklung gebraucht werden, sofern sie in einem Lösen von Hemmungen, einem Befreien aus inneren Stockungen besteht; Verwicklung in Irrtum, Zweifel, Leidenschaft, die den Fortschritt aufzuhalten droht, wäre dann ein pressender Stiefel, die Leiden des Gemütes auf solchen

Knotenpunkten natürlich – Hühneraugen. Die vollendete Absurdität der Vorstellung machte mir Spaß, denn sie erschien mir als ganz gemäße Veranschaulichung der richtigen Konsequenz des Sinnbilder ausbrütenden Verfahrens. Nun ist die Idee der Entwicklung die leitende in der Tragödie Faust; schon der Prolog im Himmel sagt uns, daß die Entwicklung es sei, welcher auch das Böse als Hebel dienen muß, und kündigt an, daß wir alle Trübung des Geistes, Verrennung, Verirrung, Täuschung, Schuld im Leben des Helden unter diesem Standpunkte zu fassen haben.« So werde Faust nach bestandener Prüfung gewürdigt, »in dem Sinnbilde der Entwicklung das Geheimnis des Lebens und aller Geschichte anzuschauen«. Es kam ein sehr persönlicher Anlaß hinzu: Vischer bevorzugte aus Eitelkeit zu enge Schuhe und litt infolgedessen erheblich an Hühneraugen. Ferner ließ er sich wohl von der Tragödie Zweiter Teil, Beginn des 4. Akts, anregen: »Ein Siebenmeilenstiefel tappt auf. Ein anderer folgt alsbald. Mephistopheles steigt ab. Die Stiefel schreiten eilig weiter«; ferner Mephistopheles, V. 10067 ff.

124,32 *Ewiger Wonnebrand:* V. 11854.

125,35 *Nimm uns auf:* V. 11898 ff. Hier fand Vischer ein Paradebeispiel der unfreiwilligen, von Goethe nicht angezielten Komik in *Faust* II. »Selige Knaben, in Kreisbewegung sich nähernd – warum nicht lieber in Spiralbewegung? Oder in Bewegung einer Pentagrammfigur? Wäre das nicht bedeutsamer? Der Pater Ecstaticus schwebt auf und ab – da kann man doch auch nicht ernst bleiben; der Pater Seraphicus ›nimmt die seligen Knaben in sich‹, daß sie aus ihm heraussehen, – der Sinn: mit den Augen eines Anderen sehen hübsch buchstäblich in Allegorie übersetzt –; müßte etwas schwierig auf dem Theater zu geben sein; ob er die Jungens auch wieder aus sich herauszieht, ist nicht gesagt« (4, S. 111 f.).

126,20 *bohrzen:* sich unruhig hin und her bewegen.

126,31 *Mundus:* Welt.

126,36 *Aus des Abgrunds:* V. 11866.

127,3 *verwiefelt:* gestopft.

130,24 *das reine Zero:* die Null als Symbol für das Absolute; vielleicht Anspielung auf Hegel oder auf Goethes aus dem Nichts herausspinnende Allegorik.

131,36 *Das Abgeschmackteste:* V. 12106.

133,28 *Nach dem Gelde nur:* Vischer lehnte den Materialismus der Gründerzeit entschieden ab.

133,31 *Himmelsbädeker:* Der Reisehandbücher-Verlag Karl Baedeker wurde 1827 in Koblenz gegründet; seit 1872 in Leipzig.

134,1 *Himmelszahnradbahn:* Die erste europäische Zahnradbahn Vitznau–Rigi wurde 1871 gebaut. Vischer war ein zorniger Gegner des einsetzenden modischen Tourismus und seiner landschaftlichen, ökonomischen und moralischen Auswirkungen. Er sah in ihm die Zerstörung von Landschaft und Volksoriginalität.

135,18 *Polnisches:* Fremdländisches.

136,32 *Hauptgeschäft:* Goethe nannte die Vollendung der *Faust*-Tragödie das Hauptgeschäft seiner letzten Lebensjahre.

137,7 *Exakten:* Verspottung der exakten, auf biographische Fakten und Dokumente allein sich beziehenden Goethe-Philologen, der von Vischer so genannten »Stoff-Huber« im Gegensatz zu den ausschließlich philosophisch argumentierenden *Faust*-Interpreten, den »Sinn-Hubern«.

137,29 *Hypsometer:* Instrument zum Messen des Luftdrucks.

138,24 *Lotten:* Charlotte v. Stein (1742–1827), mit der Goethe in Weimar bis zur italienischen Reise befreundet war. Vgl. den Briefwechsel.

138,27 *Fritz:* jüngster Sohn (1772–1844) Charlotte v. Steins, den Goethe seit 1783 zu Erziehungszwecken in Haus und Obhut nahm.

138,28 *Schröter:* Corona Sch. (1751–1802), Sängerin, Schauspielerin; von Goethe nach Weimar gebracht.

138,33 *Mariane:* Marianne v. Willemer (1784–1860). Goethe war 1814/15 Gast in ihrem Haus in und bei Frankfurt und widmete ihr die Gedichte des *West-östlichen Divan.* Vgl. den Briefwechsel.

140,28 *Zaser:* dünne Faser.

141,2 *acta, facta:* Zeugnisse, Tatsachen.

141,34 *Exest, colloquium!:* Schluß mit der allgemeinen Unterhaltung! Formel im studentischen Ritual.

142,3 *Collodium:* Arzneimittel zum Verschließen und Heilen von Wunden.

142,13 *Lumpidus:* Liedstrophe im studentischen Korporationsritual.

144,8 *Ramler:* Karl Wilhelm R. (1725–98), Schriftsteller in Berlin, Verfasser von Oden in pedantischer Imitation antiker Versmaße.

145,25 *lenis, dulcis, mollis:* sanft, süß, mild.

145,26 *collis:* Hügel.

146,10 *einer neuen dramatischen Schöpfung:* Vischers *Faust. Der Tragödie Dritter Theil.*

146,23 *cantionera:* Wirtshaus.

146,35 *Ein polnischer Faust:* Die Veröffentlichung von Goethes *Faust* II löste in Polen eine Reihe von Faustiaden aus, u. a. von Adam Mickiewicz, *Dziady* (1823–32; dt. *Totenfeier*, 1887), Juliusz Słowacki, *Kordian* (1834; dt. 1887), Zygmunt Krasiński, *Nieboska Komedia* (1835; dt. *Ungöttliche Komödie*, 1841). Welche dieser Dichtungen hier gemeint ist, muß offenbleiben.

147,22 *Crispus:* Der Name dieses Philosophen und die übrigen Namen sind so allgemein gehalten, daß ihre Entschlüsselung nicht möglich ist. Es geht Vischer mehr um Typen als Personen.

148,14–16 *»Der Frühling webt ... schon«:* V. 3845 f.

148,17 *Fichte:* Johann Gottlieb Fichtes Schrift *Nicolai's Leben und sonderbare Meinungen. Ein Beitrag zur Literatur-Geschichte des vergangenen und zur Pädagogik des angehenden Jahrhunderts*, hrsg. von August Wilhelm Schlegel (1801).

148,18 *Nicolai:* Friedrich N. (1733–1811), Schriftsteller, Verleger, Zeitschriftenherausgeber, verfaßte den Roman *Das Leben und die Meinungen des Herrn M. Sebaldus Nothanker* (3 Bde., 1773–76).

152,7 *v. 3385 und 3386:* Gemeint ist V. 3738 und 3739.

153,34 *Dann überlaßt sie ihrer Pein:* Lied des Harfners in Goethes *Wilhelm Meisters Lehrjahre*, Zweites Buch, Kap. 13.

154,17 *Hegels Phänomenologie:* Hegels *Phänomenologie des Geistes* (1807) wurde bis in jüngste Zeit – z. B. Ernst Bloch, *Das Prinzip Hoffnung* (3 Bde., 1954–57) – mit Goethes *Faust*-Tragödie in Bezüge gebracht.

154,32 *Fernow:* Carl Ludwig F. (1763–1808), Kunstschriftsteller, seit 1802 nach Jahren in Rom Professor der Ästhetik in Jena, seit 1804 Bibliothekar in Weimar. Goethe besuchte zeitweilig seine ästhetischen und kunstphilosophischen Vorlesungen. Der Bezug zu V. 4281 f., in dem sich »Der Purist« über das schamlos Nackte der Hexen empört, ist nicht faßbar.

155,1 *Servibilis: Faust* I, Walpurgisnacht, V. 4214 ff.; im Sinne von ›beflissener Diener‹.

155,2 *»Wir waschen ... gar«:* V. 3988.

155,3 f. *dem alten General, dem Minister, dem Parvenü:* V. 4076 ff., V. 4080 ff., V. 4084 ff.: nach Ernst Beutler (*Goethe.*

*Faust und Urfaust*, [2]1940) Zeitgenossen, die Goethe wegen ihrer untätigen Unzufriedenheit zum Teufel wünschte und deshalb dem Gefolge des Mephistopheles einreihte.

155,10 *Wirtstochter von Bockenheim:* Goethe, *Dichtung und Wahrheit*, Erster Teil, Fünftes Buch.

155,11 *Friedrike von Sesenheim:* Goethe, *Dichtung und Wahrheit*, Zweiter Teil, Zehntes Buch.

157,21 *Barbara:* Bärbelchen in Vischers Drittem Teil.

158,22 *kleinen Fritz:* Fritz v. Stein, s. Anm. zu 138,27.

158,25 f. *Caduceus:* Heroldsstab.

160,6 f. *Rost, Christian, Friedrich:* Valentin Christian Friedrich R. (1790–1862), seit 1814 am Gymnasium in Gotha Lehrer, zuletzt Direktor und Geheimer Oberschulrat. Verfasser weithin verbreiteter griechischer Wörterbücher, u. a. zu Homer und Pindar.

160,22 *rusticus:* Bauer.

161,18 *Delivered!:* Befreit!

161,35 f. *Forward ... language:* Vorwärts! Immer weiter! – symbolische Ausdrücke, allegorische Sprache.

163,25 *Der alte Herr:* Goethe.

164,13 *Brennerfahrt:* während der Reise nach Italien am 8. September 1786.

166,22 *Urfaust:* Die älteste überlieferte Fassung des *Faust* wurde 1887, im Todesjahr von Vischer, in einer Abschrift Luise v. Göchhausens, der Hofdame der Herzogin Anna Amalia in Weimar, von Erich Schmidt aufgefunden.

167,8 *Verwünschte Rast!:* Vischer entwickelte in seinem Buch *Göthe's Faust* (1875) ausführlich die von ihm angenommenen Gründe für die Verzögerung der Fertigstellung der *Faust*-Tragödie durch Goethe, denen er die Schwächen des Zweiten Teils zuschrieb.

168,31 *Im Weiterschreiten:* V. 11551 f.

169,10 *Unbekannter:* Vischer selbst, der also in seinem eigenen Stück zugleich als Verfasser und als dargestellte Figur auftritt.

173,35 *Gewaltig jetzt auf eurer Bühne:* Anspielung auf die von Adolf Wilbrandt gewagte und erfolgreiche Inszenierung des ganzen *Faust*, bei nur wenigen Textstreichungen, 1883 im Wiener Burgtheater an drei Abenden.

173,36 *Verzeih ... Mann:* V. 3211.

174,20 f. *Du weißt wohl nicht ... ist:* V. 6770 f.

174,33 f. *Nur der verdient ... muß:* V. 11575 f.

174,36 *Wo alles grünen wird:* V. 11565 ff.

175,4 *Verweile doch ... schön:* V. 11582.

178,24 *Vielbeweinte Dichtergestalt:* Werther in Goethes *Die Leiden des jungen Werthers.*

179,3 *mit breitem Adlerfittich:* Goethes Gedicht »Wandrers Sturmlied«.

179,17 *Sorgend sieht ... Freund:* Johann Heinrich Merck (1741 bis 1791), Goethes kritischer Freund.

179,19 *Zürnend der Sitte strenger Hüter:* Friedrich Gottlieb Klopstock (1724–1803), der im Mai 1776 einen entrüsteten Mahnbrief an Goethe schrieb.

180,1 *Eumenidengeheul:* Goethe, *Iphigenie auf Tauris.*

180,11–13 *Nach dem Lande ... Kind:* Mignon in Goethes *Wilhelm Meisters Lehrjahre.*

180,20 *dunkle Mannesgestalt:* Faust.

181,24 *Schiebt sich grausige Geist-Erscheinung:* V. 4184 f.

181,29 *»Vorbei!«:* V. 4404.

182,13 f. *Sanftere Rührung ... Paar:* Goethes Verserzählung *Hermann und Dorothea.*

183,9 *Himation:* altgriechischer wollener Mantel, der den Oberkörper verdeckte. Hier Sinnbild für den von Vischer abgelehnten Klassizismus.

183,19 *im Kreise der Engelheerschar: Faust* I, Prolog im Himmel.

185,2 *Nicht so ... dir:* Goethe, *Iphigenie auf Tauris* V,6.

185,21 *Her zu mir!:* V. 4611.

188,32 f. *Hutten ... Sickingen:* Ulrich v. H. (1488–1523), Franz v. S. (1481–1523). Der lutherische und humanistische Publizist H. verband sich mit S. im Ziel einer Reichsreform, die zugunsten der Stärkung der Macht des Kaisers und der reichsfreien Ritterschaft, der beide angehörten, die Territorialfürsten ausschalten sollte. Vischer wollte im Entwurf seines Zweiten Teils der *Faust*-Tragödie beide als Vertreter einer vom Papst unabhängigen lutherisch reformierten Kirche und einer Einigung Deutschlands historisch mit Faust in Verbindung bringen. Es ist bezeichnend für Vischer, daß sein Widerwille gegen die römische Kirche, die »obscuren Kutten«, auch in dieser seiner *Faust*-Dichtung das letzte Wort erhält. Er stellte noch den eigenen ›Nachruhm‹ unter diese politisch-religiöse Perspektive.

# Bibliographie*

*Ausgaben*

[Vischer, Friedrich Theodor:] Faust. Der Tragödie dritter Theil in drei Acten. Treu im Geiste des zweiten Theils des Göthe'schen Faust gedichtet von Deutobold Symbolizetti Allegoriowitsch Mystifizinsky. Tübingen: Laupp, 1862.

[Vischer, Friedrich Theodor:] Faust. Der Tragödie Dritter Theil. Treu im Geiste des zweiten Theils des Götheschen Faust gedichtet von Deutobold Symbolizetti Allegoriowitsch Mystifizinsky. 2., umgearb. und verm. Aufl. Tübingen: Laupp, 1886.

[Vischer, Friedrich Theodor:] Faust. Der Tragödie Dritter Theil. Treu im Geiste des zweiten Theils des Götheschen Faust gedichtet von Deutobold Symbolizetti Allegoriowitsch Mystifizinsky. 3. Aufl. ⟨Neudr. der 2., umgearb. und verm. Aufl.⟩ Tübingen: Laupp, 1886.

[Vischer, Friedrich Theodor:] Faust. Der Tragödie Dritter Theil. Treu im Geiste des zweiten Theils des Götheschen Faust gedichtet von Deutobold Symbolizetti Allegoriowitsch Mystifizinsky. 4. Aufl. ⟨Neudr. der 2., umgearb. und verm. Aufl.⟩ Tübingen: Laupp, 1889.

Vischer, (Friedrich Theodor): Aus »Faust, drittem Teil«. In: Der Kunstwart. Jg. 13. (München) 1900. H. 16. S. 138–148.

[Vischer, Friedrich Theodor:] Faust. Der Tragödie Dritter Theil. Treu im Geiste des zweiten Theils des Goetheschen Faust gedichtet von Deutobold Symbolizetti Allegoriowitsch Mystifizinsky. 5. Aufl. ⟨Neudr. der 2., umgearb. und verm. Aufl.⟩ Tübingen: Laupp, 1901.

[Vischer, Friedrich Theodor:] Faust. Der Tragödie Dritter Theil. Treu im Geiste des zweiten Theils des Goetheschen Faust gedichtet von Deutobold Symbolizetti Allegoriowitsch Mystifizinsky. 6. Aufl. Tübingen: Laupp, 1907.

[Vischer, Friedrich Theodor:] Faust. Der Tragödie dritter Teil. In drei Akten. Erster Akt. Erster Auftritt. In: Friedrich Umlauft: Das Buch der Parodien und Travestien aus alter und neuer Zeit. Wien [1910]. S. 256–264.

* Die Zusammenstellung folgt mit freundlicher Genehmigung des Aufbau-Verlages der *Faust*-Bibliographie T. III: Das Faust-Thema neben und nach Goethe. Bearb. von Hans Henning. Berlin/Weimar: Aufbau-Verlag, 1976. S. 65–67.

Dass. In: Friedrich Umlauft: Das Buch der Parodien und Travestien aus alter und neuer Zeit. 2., verm. Aufl. Wien [um 1910]. S. 256–264.

[Vischer, Friedrich Theodor:] Faust. Der Tragödie Dritter Theil. Treu im Geiste des zweiten Theils des Goetheschen Faust gedichtet von Deutobold Symbolizetti Allegoriowitsch Mystifizinsky. Originalausg. Tübingen: Laupp, 1918.

(Vischer, Friedrich Theodor:) Aus »Faust« dritter Theil. In: Theodor Klaiber: Friedrich Theodor Vischer. Stuttgart 1920. S. 312–336.

⟨Vischer, Friedrich Theodor:⟩ Faust. Der Tragödie dritter Teil. Treu im Geiste des zweiten Teils des Goetheschen Faust gedichtet von Deutobold Symbolizetti Allegoriowitsch Mystifizinsky. Hrsg. mit einem Nachw. von Ernst Bergmann. Leipzig: Reclam, [1932]. (Reclams Universal-Bibliothek. Nr. 6208/09.)

Vischer, Friedrich Theodor: Faust. Der Tragödie dritter Teil. Treu im Geiste des zweiten Teils des Goetheschen Faust gedichtet von Deutobold Symbolizetti Allegoriowitsch Mystifizinsky. Meersburg: Hendel, (1936).

[Vischer, Friedrich Theodor:] Faust. Der Tragödie dritter Theil. Treu im Geiste des zweiten Theils des Götheschen Faust gedichtet von Deutobold Symbolizetti Allegoriowitsch Mystifizinsky. (Nachdr. der Ausg. letzter Hand. Tübingen 1886.) Hildesheim: Olms, 1963.

Dass. (2., unveränd. fotomech. Nachdr. der Ausg. letzter Hand. Tübingen 1886.) Hildesheim / New York: Olms, 1969.

Vischer, Friedrich Theodor: Erster Aufzug. [Auszug.] ([Mit 2] Ill. von Dieter Goltzsche.) In: (Walter Dietze:) Die respektlose Muse. Berlin 1968. S. 150–188.

Vischer, Friedrich Theodor: Faust. Der Tragödie dritter Teil. Treu im Geiste des zweiten Teiles des Goetheschen Faust gedichtet von Deutobold Symbolizetti Allegoriowitsch Mystifizinsky. (Neuausg. des Neudr. Meersburg 1936.) Berlin: Haude & Spener, (1969).

*Untersuchungen*

Faust, der Tragödie dritter Theil. In: Europa. [Jg.] 1862. Leipzig 1862. Nr. 26. Sp. 833–838.

Faust. Der Tragödie dritter Theil in drei Akten. In: Morgenblatt für gebildete Leser. Stuttgart. 20. und 27. 8. 1862.

»Faust's dritter Theil«. In: Berliner Börsen-Zeitung. 7. 9. 1879.
Fulda, Ludwig: Faust, der Tragödie dritter Theil. In: Münchner Neueste Nachrichten. 13. 3. 1886.
(Fulda, Ludwig:) Der dritte Theil Faust. In: Die Nation. Jg. 3. Berlin 1886. Nr. 21. S. 310–312.
Waetzoldt, Stephan: Ein dritter Theil zu Goethe's Faust. In: Hamburgischer Correspondent. 18. 4. 1886 (Beilage).
Volkelt, Johannes: Vischers Faust. In: Allgemeine Zeitung. München. 23. und 27. 5. 1886 (Beilagen).
Zolling, Theophil: Der Faust-Tragödie dritter Theil. In: Die Gegenwart. Bd. 29. Berlin 1886. Nr. 15/16. S. 229–233 und 248–251.
Frapan, Ilse: [Vischers »Faust, dritter Teil«]. In: I. F.: Vischer-Erinnerungen. Stuttgart 1889. S. 58–91.
Vischer, Friedrich (Theodor): An O. K. In: F. Th. V.: Allotria. Stuttgart 1892. S. 205.
Klaiber, Theodor: (»Faust, der Tragödie dritter Teil«). In: Th. K.: Friedrich Theodor Vischer. Stuttgart 1920. S. 90–96.
Loefen, Georg v[on]: Zwei Faustdichtungen »nach Goethe«. In: Deutsche Zeitung. Berlin. 19. 8. 1927.
Dreyhaus, Hermann: Faust, der Tragödie dritter Teil. Ein Dokument des Liberalismus vor 75 Jahren. In: Darmstädter Tageblatt. 2. 9. 1937.
Bruford, W[alter] H[orace]: Friedrich Theodor Vischer and his Faust criticism. In: Publications of the English Goethe Society. N. S. Vol. 37. Leeds 1967. S. 1–30.
Adel, Kurt: Friedrich Theodor Vischer und seine Bedeutung für die Geschichte der »Faust«-Dichtung. In: Ansichten zu Faust. Karl Theens zum 70. Geburtstag. Hrsg. von Günther Mahal. Stuttgart [u. a.] (1973). S. 169–194.

# Friedrich Theodor Vischer

Friedrich Theodor Vischer hat, verfolgt und verehrt, gefürchtet und geschätzt, in der Bildungsgeschichte der zweiten Hälfte des 19. Jahrhunderts in Deutschland eine außerordentliche Wirkung gewonnen. Er war für viele als Gelehrter, als Publizist und Kritiker eine Autorität, auch wenn sie mit ihm nicht immer übereinstimmten – zu diesen vielen gehörten die besten: Eduard Mörike und David Friedrich Strauß, Friedrich Hebbel, Gottfried Keller, Conrad Ferdinand Meyer, Karl Marx und Theodor Fontane. In seinen stets temperamentvollen, oft auch rücksichtslos zugreifenden Neigungen und Abneigungen, in seiner meist vehementen Gesellschaftskritik wie in den Werten, die er als unabdingbar, gleichsam als ethische Naturgesetze verstand, begriff Vischer sich als der zugleich demokratische und nationale, gebildete und volksnahe Repräsentant des bürgerlichen Geistes, den er in den Gründerjahren mit Bitterkeit zerfallen sah: ein Opfer des Kapitalismus, Bourgeoistums und Imperialismus im Deutschland nach der Reichsgründung, die er gleichwohl aus nationalen Gründen mit Verve bejahte. Er fühlte sich politisch und kulturell als Süddeutscher, als Württemberger, mehr zu Österreich als zu Preußen hingezogen, dessen Kraft er wider Willen bewundern mußte, wie er denn selbst sich im Schreiben wieder und wieder als verhinderter Täter erschien. Er war ein Gelehrter mit dem Zug der Geringschätzung der neutralen, um ihrer selbst willen betriebenen Wissenschaft, ein Philosoph, der auf das konkrete Leben einwirken wollte, ein Publizist, der aufreizen, herausfordern, sich Feinde machen wollte – in der Lust am Kampf, im Bewußtsein seiner kritischen Überlegenheit und einer Art von geradezu seelsorgerischer Verpflichtung gegenüber den öffentlichen Mißständen und dem öffentlichen Wohl. Sein Schmerz war, trotz aller Versuche und ästhetischen Sensibilität nicht zum Dichter geboren, kein dichterisch kreativer Mensch zu sein – nur in der Parodie konnte er ein damals ungewöhnliches Talent ausleben, im Spiel des Grotesken bis an den Rand des Absurden. Seine Gefahr war die Zersplitterung in das Vielfältige; doch seine Begabungen wurden zusammengehalten durch die energische Geistigkeit einer originären und singulären, oft kauzig-schrulligen, oft mitreißend überzeugenden Persönlichkeit, der sich die Zeitgenossen nicht entziehen konnten. Dem jungen Tübinger Ordinarius sprach die staatlich-geistliche Obrigkeit sofort nach der Antrittsvorlesung das Recht zum akademischen Unterricht ab; der betagte Ordinarius, der endlich einen Lehrstuhl in Stuttgart durchgesetzt hatte, erhielt vom König den persönlichen Adel.

Vischer, geboren 1807 in Ludwigsburg, gestorben 1887 in Gmunden am Traunsee, durchlief als Pfarrerssohn aus unbemittelter württembergischer ›Honoratioren‹-Familie die landesübliche theologische Ausbildung: 1821 am Seminar in Blaubeuren, 1825–30 im Tübinger Stift, 1830 Vikar in Horrheim, 1831 Repetent in Maulbronn, 1833 wieder im Tübinger Stift. Die Theologie war ihm nur Zwang; bei seiner Aufmüpfigkeit gegen alles Kirchliche ist er zeitlebens geblieben. Auch war ihm der württembergische Pietismus gründlich verhaßt. Schon in den Studienjahren fesselten ihn Philosophie, Ästhetik, Literatur. Er habilitierte sich mit der Schrift *Über das Erhabene und Komische* (ersch. 1837) – eine für seine Persönlichkeit charakteristische Themenwahl – 1836 in Tübingen, 1837 folgte die Ernennung zum außerordentlichen, 1844 zum ordentlichen Professor, der jedoch umgehend eine aufgezwungene zweijährige Tätigkeitspause folgte. Er hatte provokativ alle von Kirche und Staat erlaubten Grenzen überschritten. Vischers kulturkritische Progressivität trieb ihn auch politisch zur Partei der gemäßigten Linksdemokraten; er wurde, eigentlich wider Willen, zum Abgeordneten in der Nationalversammlung in der Frankfurter Paulskirche gewählt; er hielt auch bei dem Stuttgarter Rumpfparlament 1849 aus, aus Pflichtgefühl, doch ohne eigenen politischen Ehrgeiz. Dies besserte seine öffentliche Position nicht; er nahm als Mittel der ›Auswanderung‹ bereitwillig die Berufung 1855 an das Polytechnikum in Zürich an, kehrte aber, da es auch dort nicht ohne Streitigkeiten blieb, 1866 im gleichen Amt als Ordinarius für Ästhetik und Literatur nach Stuttgart und Tübingen zurück. Er brauchte die heimatliche Atmosphäre – doch nicht in der Universitätskleinstadt. 1869 hatte er schließlich, nach zähem Kampf, durchgesetzt, daß ihm ein Ordinariat in der Landeshauptstadt eingerichtet wurde, eine Lehrtätigkeit bis 1877, die in Hochschule und Öffentlichkeit dank seiner Vortragsbegabung und seinem Pflichternst ungemein erfolgreich wurde.

Als kultur- und gesellschaftskritischer Publizist hatte Vischer in den linkshegelianischen *Hallischen Jahrbüchern* von Arnold Ruge begonnen: mit einer berühmten Verteidigung seines Freundes David Friedrich Strauß, als dieser wegen seines antidogmatischen *Leben Jesu* (1835) amtsentsetzt wurde; er bezog als Kunstkritiker Opposition gegen einen symbolisierend-allegorisierenden Romantizismus zugunsten der realistischen Moderne in der belgisch-französischen Kunst, er nahm zu politischen wie philosophisch-literarischen Fragen temperamentvoll-aggressiv Stellung und ließ geistvoll-bissig, mit virtuoser Rhetorik des Witzes, seine Gesellschaftskritik sich in der Kritik der Gesellschaftsmoden des männlichen und weiblichen Geschlechts austoben. Hauptwerk, in langer, ihn gegen Schluß nicht mehr befriedigenden Arbeit, wurde die *Ästhetik oder Wissenschaft des Schönen* (1846–57); das letzte große System der Ästhetik im 19. Jahrhundert, das vom ›Objektiven‹ der Idee der Schönheit aus klassischer und Hegelscher Tradition ausging. Vischer litt am Zwiespalt von Philosophie, Literaturwissenschaft, die er mehr systematisch als historisch verstand, und eigenem dichterischem Verlangen. Originalität erreichte er, trotz der Versuche in der Lyrik, im Lustspiel, in Erzählungen, nur in der Parodie: in den Bänkelsang-Parodien unter dem Pseudonym P. U. Schartenmayer, in dem »Dritten Teil« des *Faust* (1862/86) und in den komisch-grotesken Partien und Einlagen seines voluminösen, zugleich ethisch-lebensphilosophisch ernst gemeinten und stark autobiographischen Romans *Auch Einer* (1879). Er schoß ätzende Pfeile gegen die Gründerzeitgesellschaft und ihre Versklavung durch ausländische Moden in *Epigramme aus Baden-Baden* (1867), er wagte in *Der deutsche Krieg 1870–71* (1874) den Griff zum komischen Epos auf nationalem Fundament. Wie seine Stellung zu der von der preußischen Obermacht beherrschten Zeitgeschichte zwiespältig war, so fragwürdig erschienen ihm die Folgen der Reichsgründung in Kultur und Gesellschaft, die Verluste an moralischen Bildungswerten um des ökonomischen Aufstiegs willen. Vischer rückte darin der Kulturkritik von Friedrich Nietzsche sehr nahe, aber sein Blick ging zurück: zu der klassisch-idealistischen Tradition, zu der demokratischen Moralität des Vormärz und zu einem Realismus, der sich mit konkret-sinnlichen Lebensgrundlagen der Natur verband, wie er ihn vor allem in Gottfried Kellers Erzählungen fand, für deren Ruhm er viel getan hat; nicht zuletzt um eines ironischen Humors willen, der sich gegen alle Verzerrungen des Menschlichen wandte.

Vischer war ein Essayist und Literaturkritiker von beträchtlichem Rang, und er war so etwas wie ein Kulturgewissen der Deutschen in jenen Jahrzehnten, ungeachtet jener Sonderbarkeiten, denen er hartschädelig-eigensinnig ebenso freien Lauf ließ wie seinen vielen Wahrheiten, die sich dem geistigen und gesellschaftlichen Bewußtsein der Zeitgenossen mahnend und warnend einprägten und in seinem engeren akademischen Wirkungskreis durch Generationen nachwirkten. Theodor Heuss hat dem Herausgeber noch erzählt, wie er durch seinen Vater, einen Studenten Vischers, ganz in dessen humanistisch-demokratischen Geist erzogen worden sei.

# Nachwort

Kein Dichtwerk hat eine so umfangreiche Vielzahl von Nach-, Um- und Neudichtungen ausgelöst wie Goethes *Faust*; keines auch diese Fülle kontroverser Deutungen. Kein Dichtwerk ist so wie *Faust* in das Bewußtsein von Zeitgenossen und Nachfahren eingedrungen: mehr als Dichtung, zu einem Mythos verwandelt, in dem das moderne Bewußtsein mit allen seinen geistigen Energien und ein Volk, eine Nation sich zu erkennen versuchten. Friedrich Theodor Vischer hat an dieser Wirkung intensiv teilgenommen, er hat sie gefördert, und er ist ihr kritisch begegnet, wo sie sein unabhängiges Urteil einzuschränken schien. Goethes *Faust* wurde ihm in Jahrzehnte umfassender Beschäftigung zu einem Hauptvorwurf und -gegenstand seines philosophischen und ästhetischen Denkens und Urteilens. Er hat sich wieder und wieder, als Interpret und Kritiker, als Literatur- und Kunsttheoretiker wie als ethisch-philosophischer Lehrer, mündlich in Vorlesungen, wissenschaftlich-publizistisch in den Jahren von 1833 bis 1881 bemüht, seinen Zeitgenossen diese Dichtung zu erschließen, in der er die progressiven geistigen Kräfte der Zeit und der Zukunft zu erkennen meinte. Sie war ihm – soweit es, mit Ausnahme weniger Partien, um den Ersten Teil ging – größte Dichtung, Weltdichtung, nur etwa Dante und Shakespeare vergleichbar. Und es traf ihn im *Faust* noch mehr: er las ihn als Bestätigung und Steigerung aller Tendenzen seiner eigenen geistigen Existenz, er hat sich mit der Faust-Figur identifiziert. Doch was er dem Ersten Teil zuerkannte, traf für den Zweiten Teil nach seiner Ansicht durchaus nicht mehr zu. Er blieb ihm durch sein ganzes Leben hindurch ein wieder und wieder provozierendes Ärgernis – mit Ausnahme weniger Szenen.
Im Ersten Teil sah er eine Schöpfung von »absolutem poeti-

schem Werte« (4, S. 22)[1], in genialer Mischung von Tiefe, Feuer, Herz, packender, energisch fortschreitender Handlung und phantastischer Willkür die Größe der Produktionskraft des jüngeren Goethe. Er fand in ihm jene Vereinigung des Ideellen und Realen, in deren Entfaltung für ihn nicht nur das Programm der Dichtkunst des 19. Jahrhunderts lag, sondern auch die Gipfelung eines nationalen, »germanischen« Stils, der, durch klassische Bildung geläutert, nichts an Lebensfrische eingebüßt hatte. Der Zweite Teil war ihm hingegen ein Werk des greisenhaft geschwächten Alters, ein Abfall Goethes von sich selbst, das Opfer eines einseitigen ästhetisierenden Klassizismus und eines verbegrifflichten Allegorismus, dem Gefühl, Stimmung, Anschauung, kurzum, das dichterische Leben abgestorben waren. Vischer war mit solchen Wertungen, die den jungen gegen den alten Goethe ausspielten, unter seinen Zeitgenossen nicht allein; sie entsprachen einem generellen Urteilsschema. Aber niemand hat mit ähnlichem polemischem Temperament den Trennungsstrich so hart gezogen, mit dieser Unmittelbarkeit subjektiver Betroffenheit, als habe Goethe ihn persönlich um die Vollendung seiner Weltdichtung betrogen. Es war fast ein Zwang für ihn, am Zweiten Teil des *Faust* eine Korrektur vorzunehmen.

An eine Neudichtung hat er sich, anders als begabte und minderbegabte Zeitgefährten, nicht gewagt; er war selbstkritisch genug, sich kein auch nur entfernt konkurrenzfähiges dichterisches Vermögen zuzusprechen. Doch wollte er nicht bei der negativen Kritik seiner Faust-Publikationen bleiben. Er mußte sie in einen Gegenentwurf verwandeln. Erste Zeugnisse dieser Auseinandersetzung waren jugendlich schwache Versuche, sich das Faust-Thema aus eigener innerer Erfahrung anzueignen: »Faust'sche Stimmen« im *Jahrbuch schwäbischer Dichter und Novellisten*, das 1836 die Freunde Eduard Mörike und Wilhelm Zimmermann her-

1 Die Schriften Vischers zur *Faust*-Tragödie sind auf S. 191 verzeichnet; zur Zitierweise siehe ebd.

ausgaben. Unter ihnen findet sich ein erster Ansatz zur Parodie: unter dem Pseudonym E. Treuburg »Zur Fortsetzung des Faust. Eine Posse. Unter den Linden zu Berlin«. Schon 1831 hatte Karl Rosenkranz ein *Geistlich Nachspiel zur Tragödie Faust* veröffentlicht. Rosenkranz berichtet in seinen Memoiren *Von Magdeburg bis Königsberg* (1873, S. 433): »[...] mein kleines Drama war, wenn auch einseitig, der Anfang der Fortsetzungen des Faust in einem zweiten Teil, woran sich hinterher so Viele versucht haben.« Zu Vischers frühen Versuchen zählt weiterhin die Novelle »Ein Traum«, die er nicht zu veröffentlichen wagte, doch Mörike anvertraute. Faust war ihm in seiner Frühzeit Bezugspunkt des eigenen religiös-weltanschaulichen Ringens, noch nicht Gegenstand der Kritik.

Nach Jahren intensiver Auseinandersetzung mit Goethes *Faust* und dessen zeitgenössischen Interpretationen – eine erste *Faust*-Vorlesung im Maulbronner Seminar 1833, das gleiche Thema in seiner ersten akademischen Vorlesung in Tübingen 1834 – hat er, fast gleichzeitig mit seinem Dritten Teil, einen Entwurf eines veränderten Zweiten Teils 1861 publiziert.[2] Er soll hier nicht erörtert, nur skizziert werden, gehört er doch in das Bezugsfeld der Parodie im Dritten Teil (wenn auch nur am Rande) hinein. Vischer ändert seine frühere These, Goethes Tragödie sei »ins Unendliche fortsetzbar« (3, S. 139 f.), jetzt dazu, daß ein Abschluß immerhin denkbar sei. Was hatte Goethe versäumt? Er zeigte keinen sich in Reue quälenden Faust nach Gretchens Tod, keinen energisch Strebenden und keinen seine Verschuldungen Büßenden, keinen Faust, der sich kräftig von Mephistopheles abstößt. Vischers anderer Faust muß ins politische Leben eintreten, er muß handelnd und leidend damit das Ethische verbinden. Vischer fügt ihn in die Zeitgeschichte des 16. Jahrhunderts ein, in den innigsten Zusammenhang von Reformation, Humanismus, politischem

2 *Zum zweiten Theile von Göthe's Faust*; siehe S. 191, Nr. 3.

Kampf gegen Leibeigenschaft und für die Einigung Deutschlands. Deutlich ist der Einfluß des um die Mitte des 19. Jahrhunderts herrschenden, protestantischen Geschichtsbildes. Faust soll als armer bäuerlicher Arbeiter, als »Proletarier« auch erfahren, was es heißt, sein Brot im Schweiß zu essen. Er soll im Bauernkrieg als revolutionärer Kämpfer für die Freiheit des armen Volkes tätig werden, seines eigenen deutschen Volkes und damit der Menschheit, und er soll, als reiner Idealist, an der blutigen Unreinheit der revolutionären Mordtaten scheitern und freiwillig den Tod wählen. Und er soll im päpstlich-sündigen Rom nur mit Mühe und unter Mord der Buhlteufelin Helena entgehen. Der Schluß, den Vischer heftig polemisch gegen den »stockgotischen Giebel« von Goethes Tragödie vorzeichnet, zeigt Faust als den von Gretchen begnadeten Propheten einer besseren, gereinigten, segensvollen Revolution, in der sich Freiheit, rein humane Religion und Einheit und Größe der Deutschen einstellen werden: »im Vorgefühl von solchem hohen Glück genieß ich jetzt den höchsten Augenblick«. Diese Zukunft ist nicht Stillstand in himmlischer Erlösung – sie bedeutet weiter Tätigkeit, Entwicklung, Fortschritt – ein Faust aus dem Geiste des ethischen Pantheismus und des Fortschrittsglaubens, den Vischer mit seinem Jahrhundert teilte.

Nicht diese historische und symbolische Tragödie, die in ihrer Grundanlage und in epigonalen Zügen zum Zwitter und zum Mißglücken verurteilt gewesen wäre, hätte Vischer ihre Ausführung riskiert, sondern die Parodie wurde seine kritisch-produktive Antwort auf den Zweiten Teil. Er war seit der Moritatenparodie in der Seminaristen- und Studentenzeit – den »Schartenmayer-Gesängen« – seiner Imitations- und Sprachbegabung in dem ›leichten Genre‹ sicher. Es ist hier nicht der Ort einer Geschichte der literarischen Parodie als literarischer Kritik. Sie war verbreitet im 18. Jahrhundert, sie war zu erneutem literarischem Ansehen durch die Generation des Sturm und Drang – unter be-

trächtlicher Beteiligung des jungen Goethe – gelangt, sie war in der Romantik geläufig – Vischer hat sich auf Ludwig Tiecks *Gestiefelten Kater* und *Prinz Zerbino* berufen – und sie fand breite Entfaltung in der ersten Hälfte des 19. Jahrhunderts: durch Wilhelm Hauff und Heinrich Heine, Karl Leberecht Immermann und Christian Dietrich Grabbe, August von Platen, Johann Nestroy und noch Gottfried Keller. Hierzu gehört, historisch gesehen schon etwas verspätet, das Opus von Vischer, das als *Faust. Der Tragödie dritter Theil in drei Acten. Treu im Geiste des zweiten Theils des Göthe'schen Faust gedichtet von Deutobold Symbolizetti Allegoriowitsch Mystifizinsky* in Tübingen 1862 erschienen ist.
Bereits nach Ablauf eines Jahres bekannte sich Vischer in einer Verteidigungsschrift gegen mißmutige Kritiker, »Pro domo«[3], zur Verfasserschaft an diesem »Schwank«, der, zum fröhlichen Lachen harmloser Menschen verfaßt, ursprünglich für die *Fliegenden Blätter* bestimmt sein sollte. Offensichtlich von seinen Kritikern verletzt, suchte er einen literarischen Anspruch herunterzuspielen, rückte jedoch im Widerspruch dazu sein Werk, dem seine Neigung gehörte, zum Beweis der Lizenz solcher halb aggressiven, halb humoristischen Spiele in die Nähe von Aristophanes und Molière. Aristophanes war seit Friedrich Schlegel wiederentdeckt worden, die deutsche politisch-satirische Komödie erwartete von seiner Renaissance eigene produktive Möglichkeiten. Es ging auch Vischer nicht nur um die Literatursatire; einige politische Partien, aktuell bezogen, sollten die »nötige Würze« hineinmischen. Aristophanes sollte sein Wagnis einer »phantastischen Posse« stützen, einer dramatischen Demonstration ad absurdum der Allegorien und Mystizismen von Goethes Zweitem Teil. Nicht eine Satire mit Stech- und Beißwitz wollte Vischer verfertigt, sondern »Unmögliches oder Mögliches an Unmögliches angelehnt«,

3 In: *Kritische Gänge*, N. F., Bd. 2, H. 4, Stuttgart: Cotta, 1863, S. 71–95.

ein frei humoristisches »komisches Wunder« erzeugt haben. Habe denn nicht ein »reines freies Lachen«, das nichts verletzen oder beschädigen will, ein ästhetisches Eigenrecht? »Ich kann nur sagen: Witz, der durch Beziehung komisch ist, Stechwitz ist wenig darin, blutwenig, kann nur wiederholen: mein Geschmack ist der zwecklose, der närrische, der natursaftige Witz, der schlechte, wenn man will. Er ist wohl auch der gutmütige, denn durch ihn erhalten die verspotteten, karikierten Personen den Charakter der Behaglichkeit« (»Pro domo«). Es sei ihm – darin räumte er seinen Gegnern, die ihn der Respektlosigkeit gegenüber Goethes Jahrhundertwerk bezichtigten, ein gewisses Recht durch Ausweichen ein – nicht eigentlich um Goethe, sondern um die Befreiung eines Publikums gegangen, dem gewisse Goethe-Verehrer und -Anbeter die wie ein drückender Alp auf ihm liegende Ehrfurcht vor diesem halbkindischen Altersprodukt eingeredet hätten. War er auch in der ersten Fassung seines Dritten Teils mehr als derb geworden, so hielt er dagegen, Goethe habe schließlich, was er selbst mit sittlicher Entrüstung ablehnte, genug an Obszönitäten in beiden Teilen des *Faust* untergebracht. Und schließlich sollte dieser ausgelassene »Cynismus« ein Gegengift gegen die verbildete Unnatur dieser Zeit »der Glacéhandschuhe, Lackstiefel und Krinolinen« sein. Vischer übertraf diese Verteidigung noch selbst, wenn er endlich seine Parodie als Ausdruck eines naturgesunden Realismus den zurückliegenden Literaturjahrzehnten entgegenstellte. »So ist es; jahraus jahrein seufzt und schreit ihr nach Natur, klagt über die Reflektiertheit, Unerquicklichkeit, zersetzende Säure, stachliche Spitzheit der Geister, die Phantasielosigkeit in der Dichtung, die aus der trocknen Erdkruste der Naturwahrheit und der verständigen Beziehungen nicht heraus kann; kommt sie aber einmal, die Natur in ihrer Saftigkeit, freien Sinnlichkeit, kommt der Humor, dem es wohl ist auch ohne Beziehungen, und ruft euch zu: tut mit, lacht einmal laut, hellauf, froh, unklug, vergeßt eure Weis-

heit, Wisserei und pfiffige Witzlerei, dann rümpft ihr die Nasen!« (»Pro domo«.)
Vischer hat in dieser vehementen Selbstverteidigung seine Parodie mit reichlich Bedeutungsfracht belastet. Es war auch nur im eingeschränkten Sinne zutreffend, daß es ihm nicht um Goethe, um die *Faust*-Tragödie gegangen sei. Es ging ihm durchaus um Goethe. Er wollte ihn vor sich selbst retten, den Ersten Teil, dem seine höchste Bewunderung galt, vor dem Zweiten Teil, in dem er (einige Partien ausgenommen) nur einen greisenhaften Sündenfall entdecken konnte. »Und ich lebe des Glaubens, daß er im Elysium mir dankt; denn Goethe im Elysium ist der verjüngte, der wahre Goethe, nicht der Allegorienträdler und Geheimnisdüftler von 70–80 Jahren« (»Pro domo«).
Bevor auf das Beziehungsfeld zwischen Vischers Parodie und *Faust*-Kritik eingegangen wird, einige Worte zur Unterschiedlichkeit der ersten und zweiten Fassung seines Dritten Teils. Daß es zu einer zweiten, veränderten und erheblich erweiterten Fassung kam, die wir als die von Vischer definitiv legitimierte Endfassung in der vorliegenden Ausgabe darbieten, also zu der 1886 erschienenen Fassung, läßt die literarische Herabstufung seines Wagstücks in »Pro domo« zweifelhaft erscheinen, so wie die Überlieferung, er habe es für das Beste gehalten, was aus seiner Feder kam. Wer so viel investiert, betrachtet sein Opus nicht nur als Einfall in witziger Laune, als einen studentisch-akademischen Schwank, wie er in der ersten Fassung noch durchblickt. Die Universitätssphäre, in der Vischer lebte und sein Publikum erwartete, ist hier leicht erkennbar. Dieses Publikum mußte faustfest sein, es mußte den Witz der Zitatmontage und Anspielungen im veränderten Kontext rasch verstehen, es mußte sprachkundig und mit dem Korporationenritual vertraut sein; es mußte, als Entlastung vom Ernst des Bildungsübermaßes, Spaß haben am Drastisch-Burschikosen und Fäkalischen der ersten Fassung. Faust und Valentin rutschen unappetitlich im Abortrohr zu

den Müttern hinab, zu Fausts Reinigung vom Erdenrest dient das umständlich inszenierte Klistier. Vischer hat dies und auch den groben Zungenschlag des Valentin in der zweiten Fassung bereinigt und gedämpft, und er hat auch Gretchen ersetzt, die in der ersten Fassung als eine durch ein himmlisches Töchterpensionat verbogene, sentimentale Bildungspädagogin auftritt.

Doch die Grundanlage hält Vischer in beiden Fassungen fest: Faust muß mehrere Prüfungen und eine Läuterung im Vorhimmel über sich ergehen lassen; die ironische Brechung liegt darin, daß er sich unlustig, unwillig trotz des Seligkeitslohnes unterwirft, seine Sinnlichkeit noch immer am Irdischen hängt und daß er die Prüfungen nur mäßig besteht, bei ihnen der Nachhilfe bedarf durch Lieschen und Valentin, die ihn fest an die Kandare nehmen. Diese Grundkomposition des parodistischen Spiels war eine komische Spiegelung der *Faust*-Auffassung von Vischer: er sah Goethes Tragödie als ein großes Prüfungs-, Läuterungs-, Erziehungsspiel an. Die komische Umkehr liegt darin, daß im Vorhimmel höchster Seligkeit Faust körperlich nachholen muß, was Goethe in der Tragödie, zu leichtfertig die Erlösung einsetzend, geistig-ethisch versäumt hat. Denn im Grunde hielt Vischer, wenn er auch später die Möglichkeit eines protestantisch vereinfachten, rational begründbaren Tragödienschlusses einräumte, an der prinzipiellen Unabschließbarkeit des *Faust* fest, bestimmt von der unaufhörlichen Dialektik von Streben und Irren als universalem menschlichem Geschick, als das Ringen zwischen einer dem Menschen eingelegten Freiheit und jenen Schranken, in die er, solange er Mensch ist, eingebunden ist.

Diese Prüfungsabläufe stimmen szenisch und im Dialog in beiden Fassungen weitgehend überein. Neu ist in der jüngeren Fassung der Prolog Lieschens, die an die Stelle des allzu pietätlos behandelten Gretchen geschoben wird. Hierin gehorchte Vischer seinen Kritikern. Die Parodie forderte Abbreviaturen, Raffungen: der Prolog wie mehrfach eingelegte längere Zusammenhangerzählungen – z. B. Mephistopheles bei den Müttern – müssen die Lücken ausfüllen; sie legen sich wenig geschickt wie Retardationen in den Bewegungsvorgang ein. Akt- und Szenengliederung werden übersichtlicher geändert; die Grobheiten in Valentins Sprache werden gemildert: zugunsten seiner noch immer handgreiflich-derben, volksmännischen Naivität. Erkennbar ist, wie Vischer nach zusätzlichen parodistischen Zitatmöglichkeiten sucht und deshalb die Dialoge ausweitet: so etwa den Dialog zwischen Faust, Valentin und Lieschen vor dem Abstieg zu den Müttern, so auch den Dialog zwischen Faust und Helena und die Euphorion-Szene. Vor allem drängt sich die Erweiterung der aktuellen politischen Satire – der Einheitskrieg 1870/71 und der Kulturkampf – auf. Vischer stellte sie damit auf die veränderte politische Situation um. Die Satire in der ersten Fassung zielte gegen das in sich uneinige, tatenunlustige, politisch impotente deutsche Denkervolk, dessen Schwäche Vischer in anderen Schriften, z. B. »Eine Reise«, mit Erbitterung beklagte. Faust wird zum Negativbild des Deutschen. In der zweiten Fassung nach der Reichsgründung, nach dem Sieg gegen Frankreich hat Faust, mit neuem Selbstbewußtsein, sich zum Vorbildhaften geändert: er wird zum Symbol des Deutschen, wenn auch er die Prüfung durch den Kulturkampf erst nach einigem Schwanken und Nachgeben besteht. Auf diese Weise beteiligte sich Vischer an der nationalen Mythisierung der Faust-Figur nach der Einheitsfindung des kaiserlichen Reiches. Sie war schon 1861 in seinem Entwurf eines korrigierten Zweiten Teils angelegt, aber dort unter Nachwirkung der demokratischen Revolution noch mit dem sozialen Freiheitskampf ineins gefaßt, in dem sich auch eine von ihren Bluttaten gereinigte französische Revolution wiederholen sollte. Daß sich in der zweiten Fassung der Akzent auf die nationale Einheitsbewegung verlagert hat, gibt ihr einen geschichts- und ideologiesymptomatischen Charakter. Entsprechend entfällt der Auftritt der Chorweiber: »Wir sind die Bilder Eines zerrissenen, kläglichen Reiches« (1. Fassung, 2. Aufzug, 7. Auftritt).

In der zweiten Fassung leitet den 3. Aufzug neu der Dialog zwischen der Stimme des Herrn und Mephistopheles ein – in Assoziation an Goethes »Prolog im Himmel«. Vischer mußte das von ihm oft erörterte Problem der gerechtfertigten und nichtgerechtfertigten definitiven Himmelfahrt Fausts vor dem Prozeß seiner letzten Reinigung, Läuterung auch in der Parodie nochmals extensiv und mit deutlicher Verschiebung ihrer Tonlage einbringen. Die Dialektik von unendlichem Streben, unendlichem Irren wird zur »Schraube ohn Ende« (III,1) – betrügt der Herr nicht Mephistopheles um den Schluß der Tragödie? Und betrügt er mit seiner Metaphysik der Unendlichkeit des Geistes in sich, des wahren, reinen Ich, mit dieser höchsten und allgemeinsten Abstraktion, den Zuschauer nicht um die Tragödie, die auf »Gestalt und Schein und Bild« (III,1) und damit auch auf einen sinnfälligen Schluß angewiesen ist? Der Herr schneidet die Diskussion ab, er zieht sich in ein heimliches Lachen zurück. Faust wird gerettet, doch auch Mephistopheles wird noch »etliche Satisfaktion« zugebilligt, eine letzte, ziemlich gewaltsame Prüfung des Faust. Damit hat Vischer den Übergang zum Folgenden gefunden.

In der ersten Fassung hat er sich auf die Kneiperei der studentischen frommen Väter mit Faust und auf die anstößige Klistierszene beschränkt, diese »letzte Reinigung« und »Entschweinigung vom Erdentand«. Sie wird in der zweiten Fassung ersetzt durch Valentins schmerzhafte Massage des Faust, die ihn von seiner Schuld an Gretchen und ihm kurieren soll, ferner wird an das studentische »Fuchsentaufenfest« noch die ausgedehnte Wassertherapie mit vielen Anspielungen an den Streit zwischen Vulkanismus und Neptunismus, auf Geologie und Wasserheilkunde angefügt. Vischer ging es offenbar um eine Steigerung der Parodie in Imitation der Klassischen Walpurgisnacht von Goethes

Zweitem Teil. Auch Homunculus, Anstoß zu heftiger Kritik Vischers, wird herbeibemüht. Aber die Parodie greift nicht mehr, sie versandet in Überhäufung und Überlängung. Der Schluß der zweiten Fassung wird überlastet, zähflüssig, der Anlauf zur Absurdität der Stiefelknechtszene wird retardiert durch Detailintermezzi, wie etwa die erotischen Attacken der frommen Väter auf Valentins Eheliebste. Erst im 11. Auftritt schließt sich der Text wieder der ersten Fassung an. Ein witziger Einfall war das Widerstreben von Valentin und Bärbelchen gegen die ›himmlische Langeweile‹, ihr irdisches Festhalten an wackerer Tätigkeit in ihrem Wirtshaus. Die erste Fassung endet mit dem Chorus mysticus; Goethe schaut aus einem Himmelsfenster beifällig lachend zu und erteilt derart seinem Parodisten die Absolution. Die Mehrzahl von Vischers Kritiker war hingegen wenig zum Lachen aufgelegt. Zwar gab es unter ihnen Zustimmende wie Hermann Marggraff in den *Blättern für literarische Unterhaltungen*, der wenigstens durch manche Stellen »höchlichst ergötzt« wurde, wie der schwäbische Landsmann Hermann Hauff im *Morgenblatt für gebildete Stände*, der die Faust-Frage als »eine literarisch-ästhetisch-psychologische Kalamität« und die Faust-Exegese als einen Vampir ansah, der guten und schlechten Gehirnen das Gehirn aussaugt. Hauff wußte, wer der Verfasser war. Robert Prutz im *Deutschen Museum* hatte davon gehört, doch hielt er die Parodie eines so geistreichen und geschmackvollen Mannes für unwürdig; Vischer hätte sie gewiß auch nicht in seinen allerschwächsten Stunden verfaßt oder gar drucken lassen. Karl Frenzel in den *Unterhaltungen am häuslichen Herd* sprach von nur grunzender und johlender Lustigkeit mit plumpen Einfällen und mühsam herausgepreßtem, dürftigem Humor, und der Kritiker in den *Grenzboten*, vermutlich Moritz Busch, war sicher, Goethe hätte dieser zumeist nur abgeschmackten Posse kein Lachen gegönnt.

Dies traf Vischers Autorenselbstbewußtheit und -empfind

lichkeit bitter genug. Er versuchte, in seiner Selbstverteidigung »Pro domo« abzulenken: nicht Goethe sei das Ziel seiner Parodie, sondern der blind anbetende Goethe- und Tiefsinnskult seiner Kommentatoren. Er fühlte sich durch den Vorwurf der Pietätlosigkeit verletzt. Doch die Vehemenz seiner Kritik am alten Goethe und an *Faust* II verriet, daß es ihm um beide ging, mochte es auch eine Verteidigung des jungen gegen den alten Goethe sein. Daß er der zweiten Fassung die Gelehrtensatire als Nachspiel anhängte, verdeutlicht, daß die Kritik Wunden hinterlassen hatte und er jetzt nachholen wollte, was in der ersten Fassung nur flüchtig enthalten war. In den Streitszenen der Goethe-Interpreten, die zuletzt in eine grobe Prügelposse ausliefen, hat er, trotz zu langatmiger Ausführung, eine der witzigsten Germanistensatiren geschrieben, deren es allerdings auch nur wenige gibt. Vischer jagt zwei Parteien gegeneinander, die er schon in seiner kritischen *Faust*-Revue in den *Hallischen Jahrbüchern* formiert hatte. Die exakten Philologen des Details im Detail, die Stoffhuber, und die pseudophilosophischen Begriffsdetektive, die Sinnhuber, geraten einander im grotesken Methodenturnier in die Haare: beide demonstrieren im absurden Redekampf ihre Narrheit. Vischer wirft ihnen seinen eigenen Dritten Teil als fetten Rätselbissen vor – in höhnischer Parodie ihrer sinnleeren Anstrengungen und Ereiferungen. Wer gute Augen hat, wird erkennen: diese Satire ist noch heute kein Anachronismus.

Die Kritiken der ersten Fassung hatten noch ein anderes Rechtfertigungsbedürfnis hinterlassen. War zwar die Behauptung realisiert, es sei ihm im Grunde nur um die Goethe-Kommentatoren gegangen, der Vorwurf, sich an ihm selbst vergangen zu haben, war noch nicht ausgestrichen. Der gealterte Autor der zweiten Fassung mochte spüren, in seinem Spiel zu weit gegangen zu sein. Er führt Goethe selbst jetzt zweimal vor: im Gespräch mit dem kritischen Valentin, der ihn zur Selbstexplikation seiner eigentlichen, leider von ihm selbst verdorbenen Faust-Idee nötigt und derart ihn Vischers Faust-Auffassung bestätigen läßt, dann im Gespräch mit dem Autor selbst. Vischer stellt sich selbst zum Gericht; er findet einen trotz seines Zorns, seiner Vorhaltungen milden Richter. In der Wendung »Erkrankte Liebe ist mein ganzer Zorn« faßt Vischer seine Position gegenüber Goethe und den Impuls zu dessen Parodie zusammen. Die Liebe spricht aus dem Hymnus auf Goethe im Stil des damals beliebten theatralischen Huldigungsgedichts, aber auch von seinem Zorn nimmt er nichts zurück; er übergibt sich widerstandslos, so also doch auch reuig, dem wenigstens über *eine* Beute aufjauchzenden Mephistopheles. Vischers Höllenzeit wird nicht lang sein, Goethe wird ihn freibitten. Vischer porträtiert in seiner Goethe-Figur einen im Grunde versöhnlichen, weltfreudig-behaglichen und humoristischen Altersweisen, er färbt ihn in Lebensverständnis und Sprache in das bürgerliche 19. Jahrhundert ein. Es ist ein Goethe, wie er ihn für seine Selbstrechtfertigung brauchte, ein alter Goethe, der dem alten Vischer gemäß war. Er hat damit sein Spiel kritisch und versöhnlich, es anklagend und es verteidigend, im Spiele selbst reflektiert. Es wird über sich hinausgeführt, soweit sein Autor und dessen Produkt zum Spiel- und Dialoginhalt werden. Damit hatte die zweite Fassung gegenüber der ersten weit mehr an Gewicht erhalten. Mochte sie noch dem akademisch-studentischen Schwank ihre Entstehung, ihre Handlung und ihre Sprache verdanken, die zweite Fassung soll ein Literaturwerk mit selbständigem Anspruch auf literarische Wertung sein.

Vischer hat es stark betont: die literarische Parodie war eine kreative Literaturkritik. Aber er fühlte sich in ihr wie in seiner ästhetisch-wissenschaftlichen Goethe-Kritik mißverstanden. Kritik hieß für ihn, aufrichtig und unabhängig, ohne Rücksicht auf irgendwelche Konventionen, zu urteilen. Er wollte nichts mit den blinden Goethe-Gegnern, nichts mit seinen ebenso blinden Verehrern zu tun haben, die ihn wie einen Buddha andachtsvoll feierten. Er drehte den Spieß gleichsam um: die Parodie sollte beweisen, daß seine Ehrfurcht vor dem Genie Goethe wahrhaftiger sei, als jene beanspruchen konnten, die zwischen Genialem und Mißglücktem, zwischen poetischer Urkraft und poetischer Greisenhaftigkeit nicht zu unterscheiden verstanden oder wagten. Denn welchen Wert, welche Überzeugungskraft konnte ein Urteil haben, das versagte, wo man nach Vischers Überzeugung nur verurteilen konnte? Gerade der ergriffene Ernst und der intellektuelle Enthusiasmus, mit dem er in noch jugendlichen Jahren die *Faust*-Tragödie aufgenommen hatte, verlangten von ihm die radikalisierte Kritik des Zweiten Teils. Er wollte den jüngeren Goethe des Ersten Teils gegen den Autor des Zweiten Teils retten; um Goethes und um des Publikums willen, dem er sich fast wie ein Seelsorger zur Aufrichtigkeit verpflichtet wußte. »*Daher* thut die *wahre* Pietät dem Dichter einen *Dienst*, wenn sie die Armen [das Publikum, F. M.] aus diesem Elend *erlöst*, indem sie ihnen sagt: Laßts ruhig liegen, *da* findet ihr nicht den wahren Göthe« (4, S. 115). Kritik, auch radikale Kritik war ihm ein Akt der Verehrung und dessen Wahrheitszeugnis. »Daß wahre Pietät die Kritik nicht ausschließt, bedarf für Verständige keines Beweises« (2, S. 61).

An Radikalität der Kritik gegenüber dem Zweiten Teil der Tragödie ließ es denn Vischer auch nicht mangeln. Sie soll hier nicht in der vollen Breite ihrer Begründungen rekapituliert werden. Die Reihe der Studien, die Vischer zwischen 1839 und 1881 veröffentlicht hat (s. S. 191), zeigt, bei kleinen Selbstkorrekturen, wie konstant sie blieb und wie grundsätzlich sie von ihm gegenüber seinen vielen Widersachern vertreten wurde. Er trug sie mit ganzem Ernst der Überzeugung vor, oft grimmig, dann wieder scharf ironisch oder witzig auftrumpfend. Sie wurde begründet durch eine Kunst- und Dichtungsauffassung, die ihre wesentlichen Argumente aus der Unterscheidung zwischen dem wahrhaft und echt Poetischen, das im Symbolischen und Mythischen, also dem »eminent Symbolischen«, sein Element hat, und dem begrifflich Allegorischen, das lediglich mit gedanklicher Willkür kombiniert und in Bilder umsetzt, deren Sinn nicht unmittelbar in ihnen offenbar wird, sondern intellektuell erschlossen werden muß. Im echt und wahr Symbolischen verwirklichte sich die Einigung des Ideellen mit dem Realen; die Allegorie zerstörte sie und damit zugleich das Ideelle wie das Reale. Zu dem ästhetischen Argument trat das ethische: Vischer vermißte in Goethes Zweitem Teil die Entschiedenheit eines geistig-ethischen Läuterungsprozesses in Faust und dessen Entschiedenheit zu einem in die Weltwirklichkeit ausgreifenden Handeln. Dieser Faust entsprach durchaus nicht dem, was er, mit aller Intensität einer Identifikation aus eigener Lebenserfahrung, als die tragende und lösende Idee der Tragödie verstand: »Fausts Leben sollte ein Bild werden des Entwicklungsganges eines wild, dunkel, gefährlich strebenden Menschen durch Irrtum und Fehl zum Licht, zur Klarheit, zur sittlichen Reife. Hierin sollte zugleich eine universale Bedeutung liegen: ganz unbeschadet der konkreten Persönlichkeit wuchs ihm [Goethe, F. M.] sein Held zu einem Bilde der strebenden Menschheit empor« (5, S. 45). Dies ›Streben‹ war für Vischer die Kernsubstanz und das tragische Agens in der Persönlichkeit des Faust und in der universalen Geschichte der Menschheit; um so mehr vermißte er, daß es im Zweiten Teil sinnfällig gestaltet wurde. So hat er in seinem Dritten Teil das in die komische Karikatur verkehrt, was nach seiner Überzeugung Goethe verfehlt hatte. Dem Faust des Dritten Teils fehlt die Tatkraft des Handelns, er muß sich von anderen antreiben und schieben lassen, eher ein »Hasenfuß« als ein Held, und ihm fehlen die Stärke des Schuldbewußtseins wie der Ernst von Reue und Buße – das heißt also, jene Voraussetzungen, die seine himmlische Erlösung rechtfertigen. Vischer faßt das Defizit zusammen: »Keine fruchtbringende Reue Fausts über die an

Gretchen begangene Schuld, am Hof des Kaisers kein Fortrücken der Handlung, die Helena-Scenen als rein humanitarisch [...] nichts weniger als eine motivirende Vorbereitung für die Thätigkeit des Helden im letzten Akt, die Schlacht im vierten zu nichts gut, als die kaiserliche Landschenkung zu motiviren, das Wirken im Herrscheramte nicht exponirt, über neue Schuld wieder keine Reue, kein Lernen daraus; kein Charakter wird lebendig fortgeführt, weil keiner eigentlich handelt« (5, S. 76). Was Vischer für Faust als Helden der Tragödie erwartete, daß er sich »aufsteigend durch wahre, den ganzen Menschen umbildende Läuterungsprozesse« (5, S. 97) darstelle, dies gerade traf in Goethes Zweitem Teil nicht zu. Hier sah er Impulse für seine Parodie. Der »Hasenfuß« Faust ist eine komische Übertreibung von dessen Schwäche, die mit ironischer Pointierung Goethes Defizit sinnfällig macht. Und er führt mit anderer Verkehrung, nämlich durch das drastische Übertreiben und durch komische Inszenierung vor, was im Ernsten Goethe vernachlässigte: die peinigenden Prüfungen des Faust, der sich von banalen irdischen Genüssen so schwer trennt, die derben Läuterungen von allen Erdenresten, für die Valentin seinen starken Arm reicht, bis hin zu jenen gleichsam kosmischen Abspülungen, aus denen Faust gebadet und gereinigt der Verklärung entgegengeht. Was der Zweite Teil Goethes geistig-ethisch vergeblich suchen ließ, es wird körperlich in der komischen Gegenspiegelung durch die Parodie nachgeholt. Kritik maskierte sich in ihrem Narrenspiel und wird zugleich in der Maske durchsichtig. »Wen ich herzlich liebe, auf den darf ich recht böse sein, wenn ich finde, daß er an dem sündigt, um dessentwillen ich ihn liebe, an seinem eigenen herrlichen und freien Können und seinem hohen Sollen« (4, S. 39).

Nicht weniger radikal wie seine ethische Argumentation, die darauf hinausläuft, Goethe lasse seinen Faust viel zu leichten Kaufes gen Himmel fahren, denn der Mann habe ja schließlich überhaupt nichts getan, fiel Vischers ästhetische Argumentation gegenüber dem Zweiten Teil aus. Denn Goethe habe in ihm gesündigt, »wo er leichtweg mit der Künstlerpflicht spielt, uns für Narren hat, wo er über alles billige Maß säumt und verzögert, wo er absurd, affectirt, steif, widerwärtig, lächerlich wird« (4, S. 39). Der Zweite Teil war für seinen Kritiker ein Dokument des Versagens der Phantasie, des Geschmacks, des sinnlichen Vermögens und der Sprache, eines Anheimfalls an das Absurde. Gewiß gab Vischer zu, er nehme da und dort bedeutende Anläufe, lasse da und dort, vor allem in humoristischen Szenen und Dialogen, den »ächten Geist Göthes« durchblicken, er hebt auch den hohen Gedanken eines würdigen, großen Endes von Fausts Lebensgang als Fürst eines freien Volkes mit Nachdruck hervor, obwohl dieser nur blaß und mangelhaft berichtet sei (3, S. 144) – gleichwohl ist er ihm »im Ganzen eine Reihe lederner, abstruser Allegorien und verläuft nicht nur durch sie, sondern namentlich auch durch seine senilen Sprachschnörkel auf Schritt und Tritt ins Absurde« (4, S. 110 f.). Anerkannt wird eine »kecke Mischung von Ernst und Scherz«, Goethes Humor, der hier noch leuchtende Funken wirft, jedoch: »Aber ach, zu spät! zu spät! Denn im Uebrigen ist nun die Allegorie Meisterin geworden; sie müßte nicht notwendig dunkel sein, aber der gewisse ägyptische Zug, der sich in Göthe mehr und mehr ausgebildet hat, gefällt sich im ›Hineingeheimnissen‹ und spielt in Rätseln Versteckens, das Schönmachen, das angenehme Runden und das Opernhafte lagert sich in Hauptstellen, die mit lauter Stimme Lebenswahrheit, dramatische Kraft, Leidenschaft, energischen Ernst verlangen, der Nachlaß des Geschmacks [...] erscheint zum Ungeschmack in einem unbegreiflichen Grade gesteigert, mitten im Schönen begegnet man auf Schritt und Tritt mindestens einer anfremdenden und curiosen Sprachform, und so kommt es, daß in Allem, auch im Besten, ein Haar ist und daß alle Tiefe eines Teils der Intentionen, die Niemand läugnet, dem gaumenabstoßenden Gerichte die Ungenießbarkeit nicht nehmen kann« (4, S. 105). Vischers enttäuschter Zorn wendet sich gegen das Übermaß opernhaften »Singsangs«, gegen die »Draperie-Huberei«, die mehr Putz als Schönheit ist, überhaupt gegen die klassizistische »Art Schönmacherei«, das glatt-schön Ausbreiten. Er lodert auf angesichts des Schlusses, dieser »Ausbeutung der Rumpelkammer der Legende«. Ein so »breites Uebergehen in die Mysterienform, ein solcher Weihrauchgeruch und von Heiligen, Kirchenvätern, Engeln wimmelnder Goldgrund« (3, S. 173) stehe der Tragödie übel an. Denn diese Theatralik sei so schlecht wie Goethes Versstil, die den ganzen Zweiten Teil durchziehenden manierierten »Sprachkräuselungen« und »Sprachperücken«.

In dem Temperament dieser Kritik ist der Absprung zur Parodie vorgezeichnet. Ihr Signal ist Vischers Spott über die Verse der Seligen Knaben (*Faust* II, V. 12077 ff.). »Aber es kommt in der Kunst doch immer auf das Wie an! Und ich frage, ob die Vorstellung Fausts als himmlischen Knabenlehrers, bei der man hier unvermeidlich gelangen muß, nicht eine komische ist?« (4, S. 139.) Noch dazu in einem als erhaben gedachten Oratorium! »Gleich nachher bittet umgekehrt Gretchen, den Faust belehren zu dürfen. Gretchen didaktisch! Auch dies noch! – Im besten Sinn kann man den ganzen Faust ein Erziehungs-Schauspiel nennen, um so weniger war es gegeben, die pädagogische Idee am Schluß noch speciell einzuführen. Muß es im Himmel noch einmal angehen?« (4, S. 139.) Die Ironie dieser Frage wurde das Sprungbrett zur Parodie. Vischer glaubte sich zu ihr legitimiert durch die Vis comica Goethes, der er in beiden Teilen der Tragödie gern nachspürte und in der er den echten Goethe zu fassen meinte. Selbst in dem geschmähten Zweiten Teil stieß er auf sie. »Ich muß meine früheren Äußerungen über diesen zweiten Theil in dem Punkte namentlich korrigieren«, so 1861, »daß ich anerkenne, wie am allermeisten in den komischen Parthien noch die ächte Göthe'sche Genialität herausschaut« (3, S. 141).

Er nennt als exemplarisch einige schelmische Szenen im 1. Aufzug, den Dialog Mephistopheles und Baccalaureus im 2. Aufzug, den Besuch des Mephistopheles bei Wagner während der Verfertigung von Homunculus im Laboratorium, die erpresserische Zudringlichkeit des Erzbischofs im 4. Aufzug: »reizende Schalkhaftigkeit«, wenn auch mit »zitternder Greisenhand« hingetupft (3, S. 142). Reichte da nicht Goethe selbst dem Wagnis seiner Parodie der *Faust*-Tragödie die Hand? Und verabschiedete er nicht damit den permanent andachtsvollen Tiefsinn und Allegorienkult seiner Interpreten? Konnten die ›ernsten Scherze‹ nicht auch wirklich als Scherze aufgenommen werden? »Daß aber den Hochbejahrten endlich doch der alte Humor in seinem Antikenkabinett wieder besucht und ihm so frohe Dinge eingibt, wie die komischen Scenen im zweiten Theil des Faust, wie so manches heiter-derbe Xenion, das habe ich ja nie verkannt, das ist Göthe's wahre Natur, die sich nicht austreiben ließ und zu deren Unverwüstlichkeit der Genius Germaniens sich die Hände reiben wird voll immer neuer Freude« (5, S. 17). Diese Vis comica war die eine Sache; eine ganz andere Sache war es jedoch, wenn Goethe ganz gegen seine Intention eines hohen Ernstes nach Vischers Urteil unfreiwillig ›objektiv‹ komisch geworden war und so dem Parodisten nur zu leicht Blößen bot, die auszunutzen er sich nicht versagen konnte. »Das Hüpfen des Euphorion, der Zuruf seiner Mama: ›o denk, o denke, wem du gehörst!‹, das Auf- und Abschweben des Pater Ekstatikus, das Insichhineinnehmen der seligen Knaben durch Pater Seraphikus, das Prädikat ›Und wär er von Asbest, er ist nicht reinlich‹, das die vollendeten Engel von Fausts ›Unsterblichem‹ aussagen, und ebenso die ›höchste reinlichste Zelle‹ des Doktor Marianus: diese Dinge sind nicht *matt*, nicht *unzulänglich*, sondern – man muß unwahr beschönigen oder man muß es sagen: sie sind absurd« (5, S. 81 f.). Das Absurde forderte, um entlarvt zu werden, noch seine Übertrumpfung durch den Parodisten.

Dies gilt auch für die Sprachparodie des Dritten Teils. Im Ersten Teil war nach Vischers Urteil Höchstes an in der deutschen Sprache möglicher Ausdrucks-, Stimmungs- und Anschauungskraft erreicht; um so schlimmer beurteilte er den Abfall in Versstil und Sprache des Zweiten Teils. »Ach, da ist ja Alles nicht frisch, nicht jugendlich keck, sondern schnörkelhaftest, sonderbarlichst, greisenhaftest« (4, S. 113). Goethes Superlativierungen, ohne Vergleichspunkte absolut gesetzt und damit in eine nichtssagende Abstraktheit getrieben, erschienen ihm als Erkrankung des poetischen und sprachlichen Vermögens. Vischer wehrt sich wie gegen diese Sprachkünstlichkeiten gegen das »Schönmachen«, gegen die fatale Mischung von »Vornehmheit und bequemlich rundender Behäbigkeit« (ebd.); »Auf Schritt und Tritt begegnen Wendungen, Wortstellungen, Konstruktionen, die den Sinn krumm biegen, peinliche Schwierigkeiten mit sich führen, Mißverständnisse nahe legen, begegnet etwas, das eben so wie es gesagt wird, nicht gesagt werden kann, man liegt in dieser Sprache wie in einem Ameisenhaufen, sie kitzelt, daß man nicht weiß, soll man lachen oder seufzen« (5, S. 22). Vischer erfaßte virtuos die Imitierbarkeit dieser Sprache, vor allem in den Gesangseinlagen, in denen sie sich vom Sachgehalt ablöste und sich wie aus sich selbst erzeugte: in Wort- und Klangreihungen, die sich verselbständigten und das Semantische in deren Musikalität aufzulösen schienen. »Wie Goethe einmal in diesen Versstyl hineingekommen war, hat das einmal in Bewegung gesetzte Rädchen so in ihm fortgesurrt; man kann sich ganz hineinversetzen, ja man wird förmlich angesteckt. Wer diesen zweiten Theil in Vorlesungen behandeln, bei diesen Dingen verweilen muß, wird erfahren, daß es Wochenlang in ihm umsummt, ja er wird in demselben Ton parodisch weiterdichten *müssen*, mit dem Zwang eines Mechanismus wird es in ihm forträdeln« (4, S. 120). Dies »Afterbild der wahren dichterischen Sprachgewalt« (1, Sp. 87) forderte, zumal es junge Schriftsteller zur Nachahmung verführte, zur Parodie heraus, wie Vischer sie bereits bei Wilhelm Waiblinger vorfand, der Goethe seine nahe Ankunft in der Unterwelt verkündigen läßt: »Und so käm ich denn behaglich / Wunderlichst in diesem Falle, / Nimmer fürchtend, nimmer kläglich, / Baldigst in die Todtenhalle«. Vischer schloß seine erste große Auseinandersetzung mit den *Faust*-Interpreten mit dem herausfordernden Satz ab: »Mir wird es, wenn ich diesen zweiten Theil lese, so herbstlich grau, so regnerisch trübe zu Muthe, meine ganze Seele trauert und weint, wenn ich den Genius so dem Gesetze der Sterblichkeit unterlegen sehe« (1, Sp. 87). Der Widerstand gegen diese kritische Melancholie wurde zur Parodie.

Doch genug der Zitate. Sie sollten das dichte Beziehungsfeld zwischen Vischers Literaturkritik und der literarischen Parodie kenntlich machen. Ein nicht weniger dichtes Beziehungsfeld – abgesehen von der politischen und konfessionellen Satire im 2. Aufzug und einigen Szenen im 3. Aufzug – konfrontiert die Parodie mit dem Originaltext der Tragödie. Damit stellt sich die Frage nach Vischers parodistischem Verfahren, nach seiner parodistischen Methode ein. Stichworte müssen genügen; es kann hier, zumal angesichts ihrer vielfältigen historisch-individuellen Ausformungen, keine prinzipielle Theorie der Parodie angeboten werden. Gegenstand ist allein Vischers Dritter Teil – als sein persönlich und zugleich auch durch Tendenzen des 19. Jahrhunderts bestimmtes Opus. Daß im Spezifischen der Parodie zugleich etwas poetologisch Generelles mitgegeben ist, versteht sich von selbst.

Seine *Faust*-Kritik in den Goethe-Publikationen mußte Vischer argumentativ-begrifflich, in wissenschaftlicher Gedanken- und Formenanalyse, unter dichtungsästhetischen Perspektiven vortragen; in der Parodie gewann er Spielfreiheit, sie ins Sinnlich-Anschauliche und Szenische umzusetzen, wenn er auch wohl schwerlich an eine theatralische Aufführung gedacht hat, hielt er doch auch das Original für unaufführbar. Jede Parodie ist Nachahmung unter veränderten Aspekten; sie ist hier zugleich eine Fortsetzung. Im Anschein der Identifikation zwischen parodistischem und originalem Text wird gerade auf eine komische Distanzierung gezielt, die auf die Karikatur des Originals eingestellt ist. Vischers Dritter Teil war zur komischen Korrektur von Goethes Zweitem Teil bestimmt, die dessen Schwächen dem fröhlich-ironischen Gelächter auszuliefern hatte. Dennoch nicht nur als Korrektur – es geht um eine Fortsetzung, die komische Eigengesetzlichkeit fordert, also auch um Neudichtung. Das Original wird vergegenwärtigt – in den Figuren, in Szenen wie in Dialogen, in der Gesamtkomposition wie in vielem Detail – um es zugleich in der Summe komischer Brechungen zu distanzieren. Der Rezipient soll es in den vielen Zitaten, Halbzitaten, Anspielungen wiedererkennen als das Andere, das ihn dazu bringt, das Original kritisch zu durchschauen und in seinen Schwächen zu reflektieren. Vischer will derart sein Publikum aus einem nur ein- und nachfühlenden Verhalten, aus kritikloser Verehrung herausholen. Die Parodie setzt dabei die Vertrautheit dieser Rezipienten mit ihrem Gegenstand voraus; sie mutet ihnen eine Sensibilität der Zeichenerkennung zu und durchbricht zugleich diese Vertrautheit, indem sie das Original, dessen Figuren und Szenen, umarrangiert und es in einem bisher unbemerkten Licht erscheinen läßt. Die Tragödie wird zum närrischen Narrenspiel; der Vorhimmel erweist sich noch als recht irdisch, die Figuren sind Menschen mit recht körperlichen Wallungen und irdischen Launen, sie werden in das Banale hinabgestuft. Die komische Perspektive auf den ernsten Gegenstand pervertiert ihn; sie läßt im Erhabenen das vergnüglich Lächerliche, im Pathetischen das banal Gewöhnliche durchbrechen. So entsteht eine Konfliktsituation zwischen Parodie und Originaltext. Sie wird zugleich dadurch aufgehoben, daß der Konflikt ins Ironische, Komische, Humoristische hinübergespielt wird, die eine ausgleichende, versöhnende Funktion haben und, was satirisch aggressiv wirken könnte, in ein Scherzspiel auflösen. Dies gelingt, wenn die Satire sich selbst nicht ernst nimmt, vielmehr auf das Närrische angelegt ist: bis zum Spaß der Absurdität. Man sagt nichts Neues, wenn man bemerkt, daß die Parodie vornehmlich das Pathetische wählt, um es ins Banale hinabzustufen. Aber diese Hinabstufung in Vischers Drittem Teil führt sich selbst als komisch, als spielerische Karikatur vor, als vergnügliche Darstellung von Absurdem – mit Ausnahme der schon erwähnten Auftritte in der Mütterhöhle, in denen es Vischer um ernsthafte politische und konfessionelle Satire geht und die deshalb auch aus der Tonlage des Ganzen herausfallen. Das Komische, Lächerliche hebt sich als ernstliche Beeinträchtigung des parodierten Originaltextes selbst auf. Das Lachen kann mit dem Ernsthaften spielen, weil in diesem selbst bereits eine Provokation zum Lachen vorgegeben ist: ob nun vom Originalautor intendiert oder ihm unbewußt, was also Vischer das »objectiv« Komische an Goethes Zweitem Teil nennt. Es sind vornehmlich diese Stellen, die Vischers eigene Vis comica angereizt haben. Sie schienen – im Inhaltlichen, im Formalen und im Sprachlichen – geradezu darauf zu warten, herausgelesen und ausgebaut zu werden.

Die Dichte des Beziehungsfeldes zwischen originalem Text und seiner Parodie ist für deren Effektivität ausschlaggebend. Vischer hat die Szenen von Fausts geplagtem Schulmeisterleben im Vorhimmel an die wenigen Verse der Seligen Knaben (V. 12082 f.: »Doch dieser hat gelernt, / Er wird uns lehren«) angeknüpft. Durch die Figuren, die Dialoge, die reichlichen Zitate und Zitatanklänge hat er dafür gesorgt, daß sich in ihnen eine Fülle witziger Bezüge entfaltete. In den Mütterszenen mit Helena und Euphorion hat er sich an den Zweiten Teil eng angeschlossen. Daß die parodistische Gegenspiegelung in den Purgatoriumszenen weniger glückte, liegt einerseits an deren pedantischer Ausdehnung, an ihrer Überlastung mit zusätzlichem Material, andererseits daran, daß die Parodie eines formalen dichterischen Verfahrens, nämlich der Häufung der Allegorien, zu abstrakt – wie ihr parodierter Gegenstand – bleibt. Die Stiefelknechtallegorie führt zwar das Allegoriewesen ad absurdum, übersteigert aber die von Vischer angegriffene Unart der Allegorie, alles mit allem zu willkürlicher Bedeutung kombinieren zu können. Zudem wird dem sakralen Ritual das studentische Ritual zu grob aufgesetzt. Daß die Parodie auf schlagkräftige Kürze, auf Abbreviaturen angewiesen ist, hat Vischer bis zum 5. Auftritt des 2. Aufzugs einigermaßen beherzigt, seit der politischen und Kirchensatire zunehmend vergessen. Wo der Anknüpfungsfaden an die Tragödie so dünn wird wie in dieser Satire oder in den langatmigen Szenen der drastischen Säuberung Fausts von seinen vielen Erdenresten, verliert die Parodie ihre witzigen Dialog- und Spielpointen. Sie lebt von der komischen Verkehrung des originalen Textes. Von ihm emanzipiert, sinkt sie unter ihr Niveau ab. Insofern hat die Parodie Parasitäres an sich, sie gedeiht nur in der dichten Konfrontation mit dem originalen Text. Dies gilt für das Inhaltliche, das Formale und den Sprach- und Versstil. Sie aufzuzählen bedeutet nur eine technische Unterscheidung, stellen sie sich doch als engste Verknüpfung dar, innerhalb derer schon eine einzelne kleine Verschiebung oder Veränderung die parodistische Gesamtstruktur beeinflußt.

Wesentliche Verfahrensmittel der Parodie sind Reduktion und Simplifizierung einerseits, Überhöhung, pathetische Hyperbolik andererseits, also gezielte Umsetzungen in antithetische Extreme im Verhältnis zum originalen Text. Vischer kehrt das Innen der Tragödie nach außen. Da Goethes *Faust* ihm die Darstellung der ewig strebenden und ewig irrenden, im Irren lernenden und weiterstrebenden Menschheit war, eines Prozesses, der vom wilden, ziellosen Streben ins Unendliche durch Leidenschaft, Schuld und Reue hindurch zur Beschränkung führen müsse, legte er analog seinen Dritten Teil als Erziehungsspiel an: nur so, daß ins handgreiflich Körperliche und Derbe verschoben wurde, was in der Tragödie sich als geistig-seelischer Vorgang vollzog. Faust soll sich im Vorhimmel zur haupthimmlischen Erlösbarkeit emporbilden, was schon von Beginn an dadurch ironisiert wird, daß Lieschen nach dem Religionsunterricht des »vorhimmlischen Töchterpensionats«, der eine »gemäßigt freisinnige Theologie« (I,1) ihr beibrachte, ihm in solcher Bildung schon voraus ist. Vischer zielt mit der Ironie, die ihn wieder und wieder den Begriff der Bildung gleichsam mit Anführungszeichen umgeben läßt, über die literarische Parodie hinaus: er attackiert den schöngeistigen Bildungsbegriff des »Guten, Wahren, Schönen«, in den die Zeitgenossen die Tragödie Goethes als Hauptwerk einbezogen hatten, als Bildungsgut seliger Knaben und höherer Töchter. Der Gegenbegriff zu der sentimentalen Bildung, deren »Vollkommenheitsanbahnerin« (I,1) Lieschen zur Seite von Faust ist, stellt sich als das männliche Handeln, die Tat dar, zu der sich Faust zunächst lange als wenig geeignet vorführt. Denn was Vischer Goethes *Faust*-Dichtung vorwarf, legt er mit karikierender Pointierung seinem eigenen Faust ein: er handelt wenig, läßt sich treiben und schieben, von Lieschen, von Valentin und noch von den studentischen Heiligen. Er ist kein Held, er zagt und jammert, und er läßt sich nur mit Mühe auf den Erlösungsweg bringen. Er besteht seine Prüfungen mäßig, »wenn auch mehr nur tatsächlich, mehr dem Erfolg als dem Verdienste nach« (I,5). Und er hat Glück darin, daß Mephistopheles, der teuflisch das Böse schafft, damit doch nur das Gute bewirkt, das zu seinen Gunsten ausfällt: ob nun in der Schulstube, in der Mütterhöhle oder noch im Purgatorium, das die Reinigung Fausts vollendet. Der Teufel ist in allen Szenen der betrogene, komisch-dumme Possenteufel. Gegenfigur zu ihm ist Valentin, der seinen Helden wieder und wieder dem Mephistopheles abkämpft: der derb-realistische Mann des einfachen Volkes und von einfacher Natur, aber mit treuem, wackerem Herzen ist

Fausts Helfer – in Umkehr zu Goethes Tragödie, in der er, der Bruder Gretchens, Opfer eines ruchlosen Faust wurde. Diese Figurenkonstellation entspricht dem parodistischen Prinzip der Reduktion und Abbreviatur. Jede dieser Figuren wird in das Menschlich-Gemeinmenschliche hinabgestuft, aus der Hochtönung in Goethes Tragödie herausgelöst, so wie es denn in diesem Vorhimmel mit seinem nahrhaften, trinkfrohen Gasthaus, in der Schulmeisterwohnung von Faust und Lieschen, in der Schulstube der Seligen Knaben und schließlich in der Studentenkneipe ungemein genrehaft-realistisch – und man darf hinzusetzen: schwäbisch – zugeht. Je mehr diese Figurengruppe – Bärbelchen, Valentins Eheliebste und Wirtschafterin, nicht zu vergessen – irdisch-sinnlich verleiblicht wird, um so mehr werden die Figuren der Gegengruppe, die Mütter, Helena, Euphorion, dann auch Napoleon III. und der Hetzkaplan, zu »Schemen«, zu »Strohpuppen« oder »Pappendeckelpuppen« reduziert – eben zu dem Nichts der Begrifflichkeit, aus dem heraus Goethe die Mütter, Helena und Euphorion geschaffen habe. Die Mütter werden mehrfach reduziert, damit parodiert: als Kaffee- und Gesangskränzchen, als feurige Fandangotänzerinnen, bis sie als Papierfetzen an den Wänden hängenbleiben. Denn ihr Gespenstertum hat nur auf Goethes Papier existiert. Mit Bosheit wird Helena entschminkt: die erneut Ehelüsterne wird von einem ihrer Buhlerei überdrüssigen Faust unritterlich abgewiesen, sie geriert sich wie eine geheimrätliche Mama, und sie entpuppt sich in der Krinoline, diesem Vischer aus ästhetischen und nationalen Gründen ingrimmig verhaßten Kleidungsstück, als Modepuppe nach neuester Façon. Was Goethe allegorisch darstellt, wird, wie so oft, wörtlich genommen – ein alter Trick der Parodie; wie denn auch durch Wörtlichnahme Vischers Dritter Teil seinen Initialimpuls erhielt: der hungernde und schwitzende Schulmeister Faust als der himmlische Gnadenkandidat. Reduktion und Simplifikation endlich der heiligen Väter zu erotischen Attacken nicht abholden Korpsstudenten. Und was macht Vischer aus dem feierlich-hymnischen Erlösungssakral des *Faust*? Eine drastische Massage- und Badekur, die immerhin die Klistierszene in der ersten Fassung auslöscht; sie mündet in die Inszenierung der absurden Stiefelknechthuldigung nach Manier der Großen Oper – der Stiefelknecht als Allegorie der Enthemmung, Entschnürung, Ent-wicklung, damit als Erfüllung des Sinns von Fausts Erziehungsstationen und Übergang in den »ewigen Stillstand« der Erlösung, in dem es weder Streben noch Irren mehr gibt. Auch diese Erlösung erhält zusätzlich ironische Beleuchtung: Valentin und Bärbelchen bitten sich als ihre Gnade aus, von der ›Langeweile‹ dieses Erlösungszustandes verschont im vorhimmlischen Wirtshaus bleiben zu können. Denn so erstrebenswert ist der Gnadenstand im »ewig Langweiligen« (III,11) nicht.

Vischer erklärte in »Pro domo« seine Figurenintention: »Die Charaktere nicht durchgeführte menschliche Individuen, sondern derbe Holzschnittbilder aus wenigen Strichen, Marionetten!« In der Tat ist der Dritte Teil dem Puppenspiel nahe und, gekürzt, als solche Aufführung möglich und vor Jahren im Tortheater von Sommerhausen praktiziert worden. Aber Vischer entging nicht einer ›realistischen‹ Stiltendenz seiner Zeit: der Neigung zum detailliert Genrehaften, zum idyllisch-volkstümlichen Porträtieren: Valentin, Lieschen, Bärbelchen. Er brauchte sie zudem als Kontrast zu dem charakterlich nicht eben zuverlässigen Faust, dem zuviel an Erdenresten – genauer gesagt, zuviel an Goetheresten – anklebte, bis er endlich gegenüber der Napoleonpuppe, die Mephistopheles so wie den Hetzkaplan gebastelt hat, zur Tatkraft erwacht und sich nach erneutem Rückfall angesichts der Macht der alten Kirche (»Ums Schachern ist's im Grund doch etwas Schönes«, II,8) auf die protestantische Luther-Lessing-Tradition besinnt und damit zur Figur des nicht mehr romantisch-sentimental tatenfaulen, sondern männlich selbstbewußten Deutschen wird. Er wird der nationale und protestantische Deutsche, zu dem Vischer den Faust, trotz Goethe, bestimmt vermeinte.

Eigene Spielmöglichkeiten fand Vischer weiterhin in den Figuren angelegt: sie sind Erzeugnisse Goethes und zugleich seine eigenen Erzeugnisse, also mit zwei Vätern begabt und zwischen sie plaziert. Sie werden als Literaturfiguren aus der Tragödie und zugleich von Vischer mit anderen ›realistischen‹ Kennzeichen vorgeführt. Sie haben eine Doppelexistenz. Sie wissen, daß sie ihre Herkunft aus der Tragödie haben, daß sie die vorgeschriebenen Rollen spielen müssen, und sie reflektieren mitunter zugleich kritisch auf diese Rollen und die Tragödie zurück. Faust muß die Tragödie, deren Held er ist, den selig-nichtsnutzigen Knaben erklären, und er findet sich selbst in ihr nicht ausreichend zurecht. Er schlägt bei ihren Interpreten nach, um Auskunft über den Homunculus zu erhalten, der für ihn wie für Vischer in seiner Bedeutung schleierhaft bleibt. Damit ergeben sich parodistische Schwankungen der Identität. Faust ist die Tragödienfigur und hat dennoch eine Eigenlebendigkeit; er fällt vielfach aus seinen Tragödienrollen und muß dennoch in sie zurück. Er ist der Tragödienfaust und sträubt sich mitunter, es zu sein. Er ist in Goethes Dichtung und betrachtet sie von außen mit Kritik – so wie auch deren Autor. »Nun ja, als Goethe jene Worte schrieb, / Da hatt' er einfach diesen Punkt vergessen, / So kam es denn, daß beides stehenblieb; / Er ist halt überm Faust zu lang gesessen« (II,4), entschuldigt Faust, als Helena ihn bei einem Widerspruch ertappt. Und es passiert dem Faust auch, daß er sich beim Plagiat sich selbst gegenüber entdeckt, derselbe und doch ein anderer. Vischer verfährt mit diesen Illusionsbrechungen im Verhalten der Figuren sparsam, um ihre Effekte nicht zu verpulvern. Mephistopheles wird zum Sprecher der Bedenken Vischers gegenüber dem Tragödienschluß, Helena beruft sich auf das, was »Interpretentiefsinn« (II,4) in ihr entdeckt hat, und es ist ein fast grausamer Hieb, daß ausgerechnet der einfältige Valentin Vischers Kollegen in der *Faust*-Interpretation, Heinrich Düntzer, verächtlich abtut. So werden die Figuren komisch aufgesplittert: bald Rollen der Tragödie, bald Produkte Vischers, bald Kritiker der Tragödie und ihres Autors, bald belesen in der *Faust*-Literatur der Forschung. Sie sind Marionetten endlich nicht nur im Sinn des Puppenspiels, denn sie hängen alle an den Fäden des höchsten Herrn.

Ähnlich zeichnet Vischer die szenischen Situationen ins Banale um. Aus der Studierstube des Universalgelehrten wird die Schulstube, die Unterwelt wird zur Kaffeestube, in der man über moderne Säuberungsmittel verfügt, die Bergschluchten werden zum Kneipwirtshaus, das sich in bengalisch-theatralische Wolkenbildungen auflöst. So war es bereits in der Fassung von 1862. Auch in ihr bildete die kolossale Stiefelknechtallegorie den absurden Schluß, dem Goethe lachend aus dem Himmelfenster zuschaut. Die Komik dieser Szenen basiert auf der zitierenden, anspielenden oder assoziierenden Rückspiegelung zum Original. Sie setzt aus, wo Vischer, versessen auf seiner Idee eines im politischen, nationalen Bereich handelnden Faust und seiner Erweiterung zum Sinnbild des neuen Deutschen, die Szenen des Einheits- und Kulturkampfes einsetzte; nicht nur, weil sie, zeitgeschichtlich-ideologisch bestimmt, heute als fragwürdig abgetan sind, sondern auch, weil sie aus dem Beziehungsfeld zu dem parodierten Original herausfallen. Entfernt sich die Parodie vom Original, gehen Spielwitz und -komik verloren. Dies bestätigt sich ebenso an der Verdünnung der reihend aufzählenden, drastisch-körperlichen Massage- und Badeszenen, denen Faust sich unter Valentins Fäusten und unter Fluten von Wassergüssen aussetzen muß. Die Parodie zielt auf die Klassische Walpurgisnacht, den Streit zwischen Neptunismus und Vulkanismus und die ihr eingelegte allegorische Figurenrevue. Aber der parodierenden Nachahmung formaler Verhältnisse gehen, zumal wenn sie disproportional übertreibt, die komischen

Pointen ab. Vischer verirrt sich in ein Übermaß; er vergaß über dem subjektiven Vergnügen an kuriosen Einfällen und Anspielungen die ästhetische Forderung der Parodie nach Kürze und schnellem Wechsel. Ihr Effekt liegt in der unerwarteten, überraschend einleuchtenden Gegenwendung, nicht aber in breiter Ausmalung, wie sie auch die Kneiperei der heiligen Kirchenväter und die Stiefelknechtfeier erfährt. Vischer hat in sie ein damals noch sehr ungewöhnliches, wenngleich schon im 17. Jahrhundert geläufiges Laut-Bild-Zeichen eingelegt; der Stiefelknecht als Allegorie der höchsten Entwicklung erscheint in einer akustischen Buchstabenfigur, in der sich zugleich andeutet, wie er von fern her klein erscheint, immer näher zur Größe anschwillt und dann wieder schrumpfend sich in die Ferne verliert. Stimme, für die das gleiche gilt, und Erscheinungsbild werden so als sich im unendlichen Raum bewegend suggeriert. Vischer nimmt hier das visuelle Lautgedicht des 20. Jahrhunderts im graphischen, abstrakten Klangbild voraus, allerdings noch semantisch funktional in den Kontext eingesetzt. Er sucht in der Parodie mittels der Parodie noch sie selbst zu übergipfeln.

Die literarische Parodie ist wesentlich eine Sprachparodie. Sie ist in ihrer Wirksamkeit von ihr abhängig. Vischer hat sich mit virtuoser sprachlicher Imitationsbegabung in die wechselnden Sprachebenen, Tonlagen und Rhythmen von Goethes poetischer Diktion eingelebt, er erkannte, wie Goethes Sprache zur Parodie offen ist. Er brauchte nur aufzunehmen, zu simplifizieren und zu verstärken, was sich ihm anbot. Hinabstufung, Untertreibung einerseits, hyperbolische Übertreibung andererseits wurden ihm zu geläufigen Mitteln, ebenso der rasche Kontrast in den jeweils gewählten Sprachebenen. Er gab jeder seiner Figuren eine für sie charakteristische Sprache – mit Ausnahme des Faust selbst, dem er ein breiteres Sprachregister zuerteilt. Große parodistische Chancen bot ihm der Versstil der von Goethe der Tragödie eingelegten Gesänge an. Dem Kritiker

Vischer war dieser allzu üppige, glatt-schöne, opernhafte »Singsang« in ihrem Ersten und Zweiten Teil mehr als anstößig. Um so begieriger nutzte er die Möglichkeit, fast schon am Rande von ›Unsinnsdichtung‹ seiner eigenen sprachlichen Klang- und Reimphantasie hyperbolisch freien Spielraum zu lassen. Er spießte Goethes Singsang- und Opernstil auf, indem er ihn in das Närrisch-Absurde, in den Automatismus der Echo-Reimerei übertrieb. Immer wieder ertönt ein Gesang der Geister, seien sie nun mephistophelischen oder himmlischen Ursprungs. Das lyrisch feiernde Pathos wird mehrfach verdreht: nicht nur durch seinen Anlaß, nicht nur durch seine Schlußbrechung in eine nüchterne, skeptische Prosa, bei der wohl Heinrich Heine ein Pate war, vor allem durch die in ihm sich närrisch tummelnde Wort-, Reim- und Klangakrobatik, jene ›Wortschnörkelei‹, in der sich Vischer als ein Nachfahre von Johann Fischart fühlte. Hinabstufung und Übersteigerung verschwistern sich. Dies zeigt sich z. B. an der Umfunktionierung des von Mephistopheles herbeigezauberten Elfengesangs in der Tragödie Erster Teil, V. 1447 ff. Dieser Schlafgesang vom schönen Leben, eine ätherische Sprachmusik, wird übersetzt in die Ausmalung behaglich-materiellster Genüsse, die die überaus irdisch-leibliche Eß- und Trinkgier des entbehrenden Faust in ein schlaraffenländisches Traumparadies versetzen – eine geheime Parodie auch der Tragödienverse »Was bin ich denn, wenn es nicht möglich ist, / Der Menschheit Krone zu erringen, / Nach der sich alle Sinne dringen?«, wenn diese Krone nichts als ein Gänsebraten aus der Hand der appetitlichen Babette ist. Das Ätherische materialisiert sich nicht nur auf deftigste Weise, sondern der gleitend-reihende Reimstil Goethes, der im Klang das Semantische zur Musik verschweben läßt, wird in der Imitation so verkehrt, daß Reimklang, Musikalität untereinander und zu der höchst prosaischen Wörtlichkeit in komische Dissonanz geraten. Der Reim erzeugt eine groteske Kakophonie: »herbsliche – verderbsliche – erwerbsliche – erbsliche« (I,7) usw. Vischers ›Gesänge‹ übersprudeln von solchen grotesken, an Unsinnsdichtung streifenden Wort- und Klangbildungen. Sie drehen in der Imitation von Goethes Versstil dessen Feierlichkeitspathos in das Lächerliche um. Einen besonderen Effekt erreicht er aus einem unerschöpflich erscheinenden kuriosen Reimvorrat: Dialektwörter, Fremdwörter und deren Verballhornungen, Wortraritäten müssen helfen, die Komik dieser Reime zu produzieren, die immer gleichsam gegen das ästhetisch-musikalische Gesetz des Reims gebosselt und gebastelt sind und so die Überfülle komischer Sprachschnörkel und Sprachwitze auslösen. Vischers Reiminventionen stellen sich ebenbürtig neben die von Heinrich Heine und Wilhelm Busch, sie sind ihnen in Spiel- und Klangwitz sogar überlegen. Doch das Grundprinzip ist gleich: das Pathos des Versinhalts findet in der Komik des Versreims, die dessen unerwartet wunderliche Verdoppelung noch erhöht, die groteske Gegenlage. Ebenso dort, wo dem ›großen‹ Wort die komische Variation folgt: »Wo der Weltbaum wipfelt, / Wo die Weltwurst zipfelt« (III,11). Es ließen sich Hunderte von Stellen aufzählen, in denen in witzig antinomischer Bezugs-, Bild- und Klangwendung die *Faust*-Sprache in sich selbst mit blitzschneller Pointe vernichtet wird.

Ein hervorstechendes Mittel zu parodistischer Wirkung ist die von Vischer reichlich seinem Dritten Teil eingelegte Zitatmontage. Man kann die literarische Parodie als Form schlechthin, in ihrer Gegenspiegelung des Originals, ein Zitat nennen: in Figuren und Szenen, in der Gesamtkomposition wie im Detail. Das Zitat im eigentlichen Sinn der Wörtlichkeit ist das wirksamste Mittel, das Beziehungsfeld zwischen ernstem und parodiertem Text dicht zu knüpfen – so dicht, daß beide zusammenzufallen und nicht mehr unterscheidbar erscheinen: um dann doch um so verblüffender gegeneinanderzuprallen. Vischer lebte in einer zitierfreudigen und zitatkundigen Bildungszeit; dies hat seine eigene Virtuosität in diesem literarischen Unterhaltungs- und Versteckspiel unterstützt. Vollzitate Goethescher Verszeilen finden sich neben Zitatfragmenten und -splittern, die in den eigenen Text Vischers eingebastelt werden. Oder Kernworte der Tragödie werden zu anderem Zusammenhang zusammengestellt. Der Dritte Teil zeigt weiterhin eine Fülle von Anspielungen in Wortwahl und Sprachton und assoziative Anklänge, die vor allem durch diese Tonlage suggeriert werden. Zitierungen aus anderen Literaturwerken (Schiller, Shakespeare, anderen Werken Goethes) begegnen, auch Zitate der Szenenanweisungen. Nur ein Beispiel: Vischer verspottete den Goetheschen Nebentext in *Faust* II,1: »Faust macht eine entschieden gebietende Attitüde mit dem Schlüssel« (I,9), der den Weg zu den Müttern öffnet, als leeres Theaterpathos. Er legt es im Dritten Teil Valentin, in der Parodie des Faust, als der falschen und doch in seinem Sinn richtigen Figur zu, demonstriert sich doch Valentin, im komischen Gegensatz zu dem »Hasenfuß« Faust, als der unentwegt tapfer Handelnde. Der Bezug zum Original wird im Zitat präsent gehalten, zugleich dessen Veränderung durch Positions-, Figuren-, Kontext- und Tonveränderung zum Komischen, weil zu einer Art von Selbstaufhebung oder Selbstvernichtung, pointiert. Auch in diesem Verfahren erweisen sich Hinabstufung oder Überhöhung als effektiv. Das zu sich selbst als Versatzstück isolierte Zitat wird zum parodistischen Spielmittel. Der Rezipient soll sich seiner Bedeutung im Tragödiendialog erinnern, es zugleich durch den Herausschnitt als verändert und entfremdet erfahren. Er wird auf seine parodistische Pervertierung gestoßen. Vischer entwendet dem Original die Zitate und Anspielungen, um es gleichsam von innen heraus zu attackieren und ins Lächerliche zu verschieben. Er hatte ein Gespür für die Empfindlichkeit des Goetheschen Textes; schon kleine Verschiebungen können ihn erheblich verändern.

Mit Übertreibung und grotesker Vereinseitigung, nämlich

mit der Karikatur der gleitenden Mehrfachreime Goethes, arbeitet Vischer in der Imitation der Geistergesänge, in dem opernhaften Oratorium des Spielschlusses. Die Hinabstufung hilft ihm zur komischen Brechung der Figuren zu ihrer Doppel- oder Mehrfachexistenz. Es wäre unangemessene Pedanterie, hier im einzelnen zu analysieren, wie diese Technik der Zitatmontage funktioniert, es ließen sich viele Seiten mit dem füllen, was dem Leser selbst zu entdecken aufgegeben ist; in den Anmerkungen wird ihm dazu etwas Hilfe vermittelt. Wie differenzierend Vischer dabei verfährt, möge lediglich ein Beispiel illustrieren. In dem ehelichen Streitgespräch I,2 zwischen Faust und Lieschen bricht letztere in den Ruf aus: »Heinrich, mir graut vor dir!« Es ist, mit winziger Veränderung des »graut's« (V. 4610) zu »graut«, der Verzweiflungsruf Gretchens im Kerker, der sie endgültig von ihrer Liebe zu ihm abschneidet und alle seine Hilfeversuche vernichtet; eine Dialogstelle von höchstem Pathos in der einfachsten Form, eine Klimax der Tragödie. Sie wird bei Vischer zum Komischen depraviert: als Ausruf der sittsam-prüden Vorhimmelslebensgefährtin und Vollkommenheitsanbahnerin Lieschen, die in ihrem Zögling den sehr irdisch verführbaren, frivolen Lebemann entdeckt, und als Ausruf aus Eifersucht der »gesetzten« und soliden, also gereiften Frau, die ihren Gefährten in verbotenen Erinnerungen ertappt. Das Zitat spiegelt also auf die vorhimmlische Gesamtsituation des Faust an Lieschens Seite, auf ihn selbst wie auf Lieschen zurück und verschiebt das tragische Wort in das komische Ehegenre. Ähnliche mehrschichtige Fälle lassen sich häufen.

Jede Parodie ist auch ein historisches Dokument. Sie reagiert auf das Original unter spezifischen geschichtlichen Voraussetzungen, und sie vertritt ihm gegenüber eine spezifische historische Situation. Vischers Dritter Teil spricht aus dem bürgerlichen Realismus und aus einem Goethe-Verständnis heraus, das die Größe des jüngeren Goethe gegen die Schwäche des alten Goethe stellte. Er begriff seine Angriffe auf den Zweiten Teil als eine Verteidigung und Würdigung des jungen Goethe. Er fand sie legitimiert durch die ästhetische, ethische und politische Entwicklung seiner eigenen Jahrzehnte, als Absage und damit Aggression gegen die alte »tatenfaule Humanisterei« (II,5). Sein Dritter Teil ist aggressiv aus dem Selbstbewußtsein einer jüngeren geistigen und politischen Position heraus. Seine Parodie ist eine historische Abrechnung mit einem ästhetisierend-»humanitarischen« Klassizismus, mit einem begrifflich-abstrakten Allegorisieren, mit der ›romantischen‹ Neigung zum Phantastisch-Dunklen und zu katholischem Mystizismus, mit einer sentimental-schöngeistig introvertierten Bildungsideologie ohne praktische Folgen, ohne ethisches und politisches Handeln. So wie er seine Figuren als Literaturrollen auftreten und sich selbst zitieren läßt, was sie in Distanz zu sich selbst und ihre Identität durcheinanderbringt, so waren diese Tendenzen im Zweiten Teil von Goethe für ihn abgetane Rollen der Deutschen, ein erledigtes, deshalb parodierbares, ja die Parodie aufnötigendes abgelegtes Kapitel in der Geschichte der deutschen Mentalität. Er sprach aus dem Geschichtsaugenblick seiner Zeit; daß er selbst inzwischen vergangene Historie wurde, braucht nicht ausführlich belegt und erörtert zu werden.